Collection

La bibliothèque des classiques

Jonathan Swift

1667 - 1745

Les Voyages de Gulliver

1726

ISBN : 978-2-37884-561-2

Éditions Ararauna, 34400 Lunel, France

Dépôt légal : Août 2021

TABLE DES MATIÈRES

Voyage à Lilliput

I

L'auteur rend un compte succinct des premiers motifs qui le portèrent à voyager. Il fait naufrage et se sauve à la nage dans le pays de Lilliput. On l'enchaîne et on le conduit en cet état plus avant dans les terres.

Mon père, dont le bien, situé dans la province de Nottingham, était médiocre, avait cinq fils : j'étais le troisième, et il m'envoya au collège d'Emmanuel, à Cambridge, à l'âge de quatorze ans. J'y demeurai trois années, que j'employai utilement. Mais la dépense de mon entretien au collège était trop grande, on me mit en apprentissage sous M. Jacques Bates, fameux chirurgien à Londres, chez qui je demeurai quatre ans. Mon père m'envoyant de temps en temps quelques petites sommes d'argent, je les employai à apprendre le pilotage et les autres parties des mathématiques les plus nécessaires à ceux qui forment le dessein de voyager sur mer, ce que je prévoyais être ma destinée. Ayant quitté M. Bates, je retournai chez mon père ; et, tant de lui que de mon oncle Jean et de quelques autres parents, je tirai la somme de quarante livres sterling par an pour me soutenir à Leyde. Je m'y rendis et m'y appliquai à l'étude de la médecine pendant deux ans et sept mois, persuadé qu'elle me serait un jour très utile dans mes voyages.

Bientôt après mon retour de Leyde, j'eus, à la recommandation de mon bon maître M. Bates, l'emploi de chirurgien sur l'*Hirondelle*, où je restai trois ans et demi, sous le capitaine Abraham Panell, commandant. Je fis pendant ce temps-là des voyages au Levant et ailleurs. À mon retour, je résolus de m'établir à Londres. M. Bates m'encouragea à prendre ce parti, et me recommanda à ses malades. Je louai un appartement dans un petit hôtel situé dans le quartier appelé Old-Jewry, et bientôt après j'épousai Mlle Marie Burton, seconde fille de M. Édouard Burton, marchand dans la rue de Newgate, laquelle m'apporta quatre cents livres sterling en mariage.

Mais mon cher maître M. Bates étant mort deux ans après, et n'ayant plus de protecteur, ma pratique commença à diminuer. Ma conscience ne me permettait pas d'imiter la conduite de la plupart des chirurgiens, dont la science est trop semblable à celle des procureurs : c'est pourquoi, après avoir consulté ma femme et quelques autres de mes intimes amis, je pris la résolution de faire encore un voyage de mer. Je fus chirurgien successivement dans deux vaisseaux ; et plusieurs autres voyages que je fis, pendant six ans, aux Indes orientales et occidentales, augmentèrent un peu ma petite fortune. J'employais mon loisir à lire les meilleurs auteurs anciens et modernes, étant toujours fourni d'un certain nombre de livres, et, quand je me trouvais à terre, je ne négligeais pas de remarquer les mœurs et les coutumes des peuples, et d'apprendre en même temps la langue du pays, ce qui me coûtait peu, ayant la mémoire très bonne.

Le dernier de ces voyages n'ayant pas été heureux, je me trouvai dégoûté de la mer, et je pris le parti de rester chez moi avec ma femme et mes enfants. Je changeai de demeure, et me transportai de l'Old-Jewry à la rue de Fetter-Lane, et de là à Wapping, dans l'espérance d'avoir de la pratique parmi les matelots ; mais je n'y trouvai pas mon compte.

Après avoir attendu trois ans, et espéré en vain que mes affaires iraient mieux, j'acceptai un parti avantageux qui me fut proposé par le capitaine Guillaume Prichard, prêt à monter l'*Antilope* et à partir pour la mer du Sud. Nous nous embarquâmes à Bristol, le 4 de mai 1699, et notre voyage fut d'abord très heureux.

Il est inutile d'ennuyer le lecteur par le détail de nos aventures dans ces mers ; c'est assez de lui faire savoir que, dans notre passage aux Indes orientales, nous essuyâmes une tempête dont la violence nous poussa vers le nord-ouest de la terre de Van-Diemen. Par une observation que je fis, je trouvai que nous étions à 30° 2' de latitude méridionale. Douze hommes de notre équipage étaient morts par le travail excessif et par la mauvaise nourriture. Le 5 novembre, qui était le commencement de l'été dans ces pays-là, le temps étant un peu noir, les mariniers aperçurent un roc qui n'était éloigné du vaisseau que de la longueur d'un câble ; mais le vent était si fort que nous fûmes directement poussés contre l'écueil, et que nous échouâmes dans un moment. Six hommes de l'équipage, dont j'étais un, s'étant jetés à propos dans la chaloupe, trouvèrent le moyen de se débarrasser du vaisseau et du roc. Nous allâmes à la rame environ trois lieues ; mais à la fin la lassitude ne nous permit plus de ramer ; entièrement épuisés, nous nous abandonnâmes au gré des flots, et bientôt nous fûmes renversés par un coup de vent du nord :

Je ne sais quel fut le sort de mes camarades de la chaloupe, ni de ceux qui se sauvèrent sur le roc, ou qui restèrent dans le vaisseau ; mais je crois qu'ils périrent tous ; pour moi, je nageai à l'aventure, et fus poussé, vers la terre par le vent et la marée. Je laissai souvent tomber mes jambes, mais sans toucher le fond. Enfin, étant près de m'abandonner, je trouvai pied dans l'eau, et alors la tempête était bien diminuée. Comme la pente était presque insensible, je marchai une demi-lieue dans la mer avant que j'eusse pris terre. Jc fis environ un quart de lieue sans découvrir aucune maison ni aucun vestige d'habitants, quoique ce pays fût très peuplé. La fatigue, la chaleur et une demi-pinte d'eau-de-vie que j'avais bue en abandonnant le vaisseau, tout cela m'excita à dormir. Je me couchai sur l'herbe, qui était très fine, où je fus bientôt enseveli dans un profond sommeil, qui dura neuf heures. Au bout de ce temps-là, m'étant éveillé, j'essayai de me lever ; mais ce fut en vain. Je m'étais couché sur le dos ; je trouvai mes bras et mes jambes attachés à la terre de l'un et de l'autre côté, et mes cheveux attachés de la même manière. Je trouvai même plusieurs ligatures très minces qui entouraient mon corps, depuis mes aisselles jusqu'à mes cuisses. Je ne pouvais que regarder en haut ; le soleil commençait à être fort chaud, et sa grande clarté blessait mes yeux. J'entendis un bruit confus autour de moi, mais, dans la posture où j'étais, je ne pouvais rien voir que le soleil. Bientôt je sentis remuer quelque chose sur ma jambe gauche, et cettc chosc, avançant doucement sur ma poitrine, monter presque jusqu'à mon menton. Quel fut mon étonnement lorsque j'aperçus une petite figure de créature humaine haute tout au plus de six pouces, un arc et une flèche à la main, avec un carquois sur le dos ! J'en vis en même temps au moins quarante autres de la même espèce. Je me mis soudain à jeter des cris si horribles, que tous ces petits animaux se retirèrent transis de peur ; et il y en eut même quelques-uns, comme je l'ai appris ensuite, qui furent dangereusement blessés par les chutes précipitées qu'ils firent en sautant de dessus mon corps à terre. Néanmoins ils revinrent bientôt, et l'un d'eux, qui eut la hardiesse de s'avancer si près qu'il fut en état de voir entièrement mon visage, levant les mains et les yeux par une espèce d'admiration, s'écria d'une voix aigre, mais distincte :

Hekinah Degul. Les autres répétèrent plusieurs fois les mêmes mots ; mais alors je n'en compris pas le sens. J'étais, pendant ce temps-là, étonné, inquiet, troublé, et tel que serait le lecteur en pareille situation. Enfin, faisant des efforts pour me mettre en liberté, j'eus le bonheur de rompre les cordons ou fils, et d'arracher les chevilles qui attachaient mon bras droit à la terre ; car, en le haussant un peu, j'avais découvert ce qui me tenait attaché et captif. En même temps, par une secousse violente qui me causa une douleur extrême, je lâchai un peu les cordons qui attachaient mes cheveux du côté droit (cordons plus fins que mes cheveux mêmes), en sorte que je me trouvai en état de procurer à ma tête un petit mouvement libre. Alors ces insectes humains se mirent en fuite et poussèrent des cris très aigus. Ce bruit cessant, j'entendis un d'eux s'écrier : *Tolgo Phonac*, et aussitôt je me sentis percé à la main de plus de cent flèches qui me piquaient comme autant d'aiguilles. Ils firent ensuite une autre décharge en l'air, comme nous tirons des bombes en Europe, dont plusieurs, je crois, tombaient paraboliquement sur mon corps, quoique je ne les aperçusse pas, et d'autres sur mon visage, que je tâchai de découvrir avec ma main droite. Quand cette grêle de flèches fut passée, je m'efforçai encore de me détacher ; mais on fit alors une autre décharge plus grande que la première, et quelques-uns tâchaient de me percer de leurs lances ; mais, par bonheur, je portais une veste impénétrable de peau de buffle. Je crus donc que le meilleur parti était de me tenir en repos et de rester comme j'étais jusqu'à la nuit ; qu'alors, dégageant mon bras gauche, je pourrais me mettre tout à fait en liberté, et, à l'égard des habitants, c'était avec raison que je me croyais d'une force égale aux plus puissantes armées qu'ils pourraient mettre sur pied pour m'attaquer, s'ils étaient tous de la même taille que ceux que j'avais vus jusque-là. Mais la fortune me réservait un autre sort.

Quand ces gens eurent remarqué que j'étais tranquille, ils cessèrent de me décocher des flèches ; mais, par le bruit que j'entendis, je connus que leur nombre s'augmentait considérablement, et, environ à deux toises loin de moi, vis-à-vis de mon oreille gauche, j'entendis un bruit pendant plus d'une heure comme des gens qui travaillaient. Enfin, tournant un peu ma tête de ce côté-là, autant que les chevilles et les cordons me le permettaient, je vis un échafaud élevé de terre d'un pied et demi, où quatre de ces petits hommes pouvaient se placer, et une échelle pour y monter ; d'où un d'entre eux, qui me semblait être une personne de condition, me fit une harangue assez longue, dont je ne compris pas un mot. Avant que de commencer, il s'écria trois fois : *Langro Dehul san.* Ces mots furent répétés ensuite, et expliqués par des signes pour me les faire entendre. Aussitôt cinquante hommes s'avancèrent, et coupèrent les cordons qui attachaient le côté gauche de ma tête ; ce qui me donna la liberté de la tourner à droite et d'observer la mine et l'action de celui qui devait parler. Il me parut être de moyen âge, et d'une taille plus grande que les trois autres qui l'accompagnaient, dont l'un, qui avait l'air d'un page, tenait la queue de sa robe, et les deux autres étaient debout de chaque côté pour le soutenir. Il me sembla bon orateur, et je conjecturai que, selon les règles de l'art, il mêlait dans son discours des périodes pleines de menaces et de promesses. Je fis la réponse en peu de mots, c'est-à-dire par un petit nombre de signes, mais d'une manière pleine de soumission, levant ma main gauche et les deux yeux au soleil, comme pour le prendre à témoin que je mourais de faim, n'ayant rien mangé depuis longtemps. Mon appétit était, en effet, si pressant que je ne pus m'empêcher de faire voir mon impatience (peut-être contre les règles de l'honnêteté) en portant mon doigt très souvent à ma bouche, pour faire connaître que j'avais besoin de nourriture.

L'*Hurgo* (c'est ainsi que, parmi eux, on appelle un grand seigneur, comme je l'ai ensuite appris) m'entendit fort bien. Il descendit de l'échafaud, et ordonna que plusieurs échelles fussent appliquées à mes côtés, sur lesquelles montèrent bientôt plus de cent hommes qui se mirent en marche vers ma bouche, chargés de paniers pleins de viandes. J'observai qu'il y avait de la chair de différents animaux, mais je ne les pus distinguer par le goûter. Il y avait des épaules et des éclanches en forme de celles de mouton, et fort bien accommodées, mais plus petites que les ailes d'une alouette ; j'en avalai deux ou trois d'une bouchée avec six pains. Ils me fournirent tout cela, témoignant de grandes marques d'étonnement et d'admiration à cause de ma taille et de mon prodigieux appétit. Ayant fait un autre signe pour leur faire savoir qu'il me manquait à boire, ils conjecturèrent, par la façon dont je mangeais, qu'une petite quantité de boisson ne me suffirait pas ; et, étant un peuple d'esprit, ils levèrent avec beaucoup d'adresse un des plus grands tonneaux de vin qu'ils eussent, le roulèrent vers ma main et le défoncèrent. Je le bus d'un seul coup avec un grand plaisir. On m'en apporta un autre muid, que je bus de même, et je fis plusieurs signes pour avertir de me voiturer encore quelques autres muids.

Après m'avoir vu faire toutes ces merveilles, ils poussèrent des cris de joie et se mirent à danser, répétant plusieurs fois, comme ils avaient fait d'abord : *Hekinah Degul*. Bientôt après, j'entendis une acclamation universelle, avec de fréquentes répétitions de ces mots : *Peplom Selan*, et j'aperçus un grand nombre de peuple sur mon côté gauche, relâchant les cordons à un tel point que je me trouvai en état de me tourner, et d'avoir le soulagement d'uriner, fonction dont je m'acquittai au grand étonnement du peuple, lequel, devinant ce que j'allais faire, s'ouvrit impétueusement à droite et à gauche pour éviter le déluge. Quelque temps auparavant, on m'avait frotté charitablement le visage et les mains d'une espèce d'onguent d'une odeur agréable, qui, dans très peu de temps, me guérit de la piqûre des flèches. Ces circonstances, jointes aux rafraîchissements que j'avais reçus, me disposèrent à dormir ; et mon sommeil fut environ de huit heures, sans me réveiller, les médecins, par ordre de l'empereur, ayant frelaté le vin et y ayant mêlé des drogues soporifiques.

Tandis que je dormais, l'empereur de Lilliput (c'était le nom de ce pays) ordonna de me faire conduire vers lui. Cette résolution semblera peut-être hardie et dangereuse, et je suis sûr qu'en pareil cas elle ne serait du goût d'aucun souverain de l'Europe ; cependant, à mon avis, c'était un dessein également prudent et dangereux ; car, en cas que ces peuples eussent tenté de me tuer avec leurs lances et leurs flèches pendant que je dormais, je me serais certainement éveillé au premier sentiment de douleur, ce qui aurait excité ma fureur et augmenté mes forces à un tel degré, que je me serais trouvé en état de rompre le reste des cordons ; et, après cela, comme ils n'étaient pas capables de me résister, je les aurais tous écrasés et foudroyés.

On fit donc travailler à la hâte cinq mille charpentiers et ingénieurs pour construire une voiture : c'était un chariot élevé de trois pouces, ayant sept pieds de longueur et quatre de largeur, avec vingt-deux roues. Quand il fut achevé, on le conduisit au lieu où j'étais. Mais la principale difficulté fut de m'élever et de me mettre sur cette voiture. Dans cette vue, quatre-vingts perches, chacune de deux pieds de hauteur, furent employées ; et des cordes très fortes, de la grosseur d'une ficelle, furent attachées, par le moyen de plusieurs crochets, aux bandages que les ouvriers avaient ceints autour de mon cou, de mes mains, de mes jambes et de tout mon corps. Neuf cents hommes des plus robustes furent employés à élever ces cordes par le moyen d'un grand nombre de poulies attachées aux perches ; et, de cette façon, dans moins de trois heures de temps, je fus élevé, placé et attaché dans la machine. Je sais tout cela par le rapport qu'on m'en a fait depuis, car, pendant cette manœuvre, je dormais très profondément. Quinze cents chevaux, les plus grands de l'écurie de l'empereur, chacun d'environ quatre pouces et demi de haut, furent attelés au chariot, et me traînèrent vers la capitale, éloignée d'un quart de lieue.

Il y avait quatre heures que nous étions en chemin, lorsque je fus subitement éveillé par un accident assez ridicule. Les voituriers s'étant arrêtés un peu de temps pour raccommoder quelque chose, deux ou trois habitants du pays avaient eu la curiosité de regarder ma mine pendant que je dormais ; et, s'avançant très doucement jusqu'à mon visage, l'un d'entre eux, capitaine aux gardes, avait mis la pointe aiguë de son esponton bien avant dans ma narine gauche, ce qui me chatouilla le nez, m'éveilla, et me fit éternuer trois fois. Nous fîmes une grande marche le reste de ce jour-là, et nous campâmes la nuit avec cinq cents gardes, une moitié avec des flambeaux, et l'autre avec des arcs et des flèches, prête à tirer si j'eusse essayé de me remuer. Le lendemain au lever du soleil, nous continuâmes notre voyage, et nous arrivâmes sur le midi à cent toises des portes de la ville. L'empereur et toute la cour sortirent pour nous voir ; mais les grands officiers ne voulurent jamais consentir que Sa Majesté hasardât sa personne en montant sur mon corps, comme plusieurs autres avaient osé faire.

À l'endroit où la voiture s'arrêta, il y avait un temple ancien, estimé le plus grand de tout le royaume, lequel, ayant été souillé quelques années auparavant par un meurtre, était, selon la prévention de ces peuples, regardé comme profane, et, pour cette raison, employé à divers usages. Il fut résolu que je serais logé dans ce vaste édifice. La grande porte, regardant le nord, était environ de quatre pieds de haut, et presque de deux pieds de large ; de chaque côté de la porte, il y avait une petite fenêtre élevée de six pouces. À celle qui était du côté gauche, les serruriers du roi attachèrent quatre-vingt-onze chaînes, semblables à celles qui sont attachées à la montre d'une dame d'Europe, et presque aussi larges ; elles furent par l'autre bout attachées à ma jambe gauche avec trente-six cadenas. Vis-à-vis de ce temple, de l'autre côté du grand chemin, à la distance de vingt pieds, il y avait une tour d'au moins cinq pieds de haut ; c'était là que le roi devait monter avec plusieurs des principaux seigneurs de sa cour pour avoir la commodité de me regarder à son aise. On compte qu'il y eut plus de cent mille habitants qui sortirent de la ville, attirés par la curiosité, et, malgré mes gardes, je crois qu'il n'y aurait pas eu moins de dix mille hommes qui, à différentes fois, auraient monté sur mon corps par des échelles, si on n'eût publié un arrêt du conseil d'État pour le défendre. On ne peut s'imaginer le bruit et l'étonnement du peuple quand il me vit debout et me promener : les chaînes qui tenaient mon pied gauche étaient environ de six pieds de long, et me donnaient la liberté d'aller et de venir dans un demi-cercle.

II

L'empereur de Lilliput, accompagné de plusieurs de ses courtisans, vient pour voir l'auteur dans sa prison. Description de la personne et de l'habit de Sa Majesté. Gens savants nommés pour apprendre la langue à l'auteur. Il obtient des grâces par sa douceur. Ses poches sont visitées.

L'empereur, à cheval, s'avança un jour vers moi, ce qui pensa lui coûter cher : à ma vue, son cheval, étonné, se cabra ; mais ce prince, qui est un cavalier excellent, se tint ferme sur ses étriers jusqu'à ce que sa suite accourût et prît la bride. Sa Majesté, après avoir mis pied à terre, me considéra de tous côtés avec une grande admiration, mais pourtant se tenant toujours, par précaution, hors de la portée de ma chaîne.

L'impératrice, les princes et princesses du sang, accompagnés de plusieurs dames, s'assirent à quelque distance dans des fauteuils. L'empereur est plus grand qu'aucun de sa cour, ce qui le fait redouter par ceux qui le regardent ; les traits de son visage sont grands et mâles, avec une lèvre épaisse et un nez aquilin ; il a un teint d'olive, un air élevé, et des membres bien proportionnés, de la grâce et de la majesté dans toutes ses actions. Il avait alors passé la fleur de sa jeunesse, étant âgé de vingt-huit ans et trois quarts, dont il en avait régné environ sept. Pour le regarder avec plus de commodité je me tenais couché sur le côté, en sorte que mon visage pût être parallèle au sien ; et il se tenait à une toise et demie loin de moi. Cependant, depuis ce temps-là, je l'ai eu plusieurs fois dans ma main ; c'est pourquoi je ne puis me tromper dans le portrait que j'en fais. Son habit était uni et simple, et fait moitié à l'asiatique et moitié à l'européenne ; mais il avait sur la tête un léger casque d'or, orné de joyaux et d'un plumet magnifique. Il avait son épée nue à la main, pour se défendre en cas que j'eusse brisé mes chaînes ; cette épée était presque longue de trois pouces ; la poignée et le fourreau étaient d'or et enrichis de diamants. Sa voix était aigre, mais claire et distincte, et je le pouvais entendre aisément, même quand je me tenais debout. Les dames et les courtisans étaient tous habillés superbement ; en sorte que la place qu'occupait toute la cour paraissait à mes yeux comme une belle jupe étendue sur la terre, et brodée de figures d'or et d'argent. Sa

Majesté Impériale me fit l'honneur de me parler souvent ; et je lui répondis toujours ; mais nous ne nous entendions ni l'un ni l'autre.

Au bout de deux heures, la cour se retira, et on me laissa une forte garde pour empêcher l'impertinence, et peut-être la malice de la populace, qui avait beaucoup d'impatience de se rendre en foule autour de moi pour me voir de près. Quelques-uns d'entre eux eurent l'effronterie et la témérité de me tirer des flèches, dont une pensa me crever l'œil gauche. Mais le colonel fit arrêter six des principaux de cette canaille, et ne jugea point de peine mieux proportionnée à leur faute que de les livrer liés et garrottés dans mes mains. Je les pris donc dans ma main droite et en mis cinq dans la poche de mon justaucorps, et à l'égard du sixième, je feignis de le vouloir manger tout vivant. Le pauvre petit homme poussait des hurlements horribles, et le colonel avec ses officiers étaient fort en peine, surtout quand ils me virent tirer mon canif. Mais je fis bientôt cesser leur frayeur, car, avec un air doux et humain, coupant promptement les cordes dont il était garrotté, je le mis doucement à terre, et il prit la fuite. Je traitai les autres de la même façon, les tirant successivement l'un après l'autre de ma poche. Je remarquai avec plaisir que les soldats et le peuple avaient été très touchés de cette action d'humanité, qui fut rapportée à la cour d'une manière très avantageuse, et qui me fit honneur.

La nouvelle de l'arrivée d'un homme prodigieusement grand, s'étant répandue dans tout le royaume, attira un nombre infini de gens oisifs et curieux ; en sorte que les villages furent presque abandonnés, et que la culture de la terre en aurait souffert, si Sa Majesté Impériale n'y avait pourvu par différents édits et ordonnances. Elle ordonna donc que tous ceux qui m'avaient déjà vu retourneraient incessamment chez eux, et n'approcheraient point, sans une permission particulière, du lieu de mon séjour. Par cet ordre, les commis des secrétaires d'État gagnèrent des sommes très considérables.

Cependant l'empereur tint plusieurs conseils pour délibérer sur le parti qu'il fallait prendre à mon égard. J'ai su depuis que la cour avait été fort embarrassée. On craignait que je ne vinsse à briser mes chaînes et à me mettre en liberté ; on disait que ma nourriture, causant une dépense excessive, était capable de produire une disette de vivres ; on opinait quelquefois à me faire mourir de faim, ou à me percer de flèches empoisonnées ; mais on fit réflexion que l'infection d'un corps tel que le mien pourrait produire la peste dans la capitale et dans tout le royaume. Pendant qu'on délibérait, plusieurs officiers de l'armée se rendirent à la porte de la grand-chambre où le conseil impérial était assemblé, et deux d'entre eux, ayant été introduits, rendirent compte de ma conduite à l'égard des six criminels dont j'ai parlé, ce qui fit une impression si favorable sur l'esprit de Sa Majesté et de tout le conseil, qu'une commission impériale fut aussitôt expédiée pour obliger tous les villages, à quatre cent cinquante toises aux environs de la ville, de livrer tous les matins six bœufs, quarante moutons et d'autres vivres pour ma nourriture, avec une quantité proportionnée de pain et de vin et d'autres boissons. Pour le payement de ces vivres, Sa Majesté donna des assignations sur son trésor. Ce prince n'a d'autres revenus que ceux de son domaine, et ce n'est que dans des occasions importantes qu'il lève des impôts sur ses sujets, qui sont obligés de le suivre à la guerre à leurs dépens. On nomma six cents personnes pour me servir, qui furent pourvues d'appointements pour leur dépense de bouche et de tentes construites très commodément de chaque côté de ma porte.

Il fut aussi ordonné que trois cents tailleurs me feraient un habit à la mode du pays ; que six hommes de lettres, des plus savants de l'empire, seraient chargés de m'apprendre la langue, et enfin, que les chevaux de l'empereur et ceux de la noblesse et les compagnies des gardes feraient souvent l'exercice devant moi pour les accoutumer à ma figure. Tous ces ordres furent ponctuellement exécutés. Je fis de grands progrès dans la connaissance de la langue de Lilliput. Pendant ce temps-là l'empereur m'honora de visites fréquentes, et même voulut bien aider mes maîtres de langue à m'instruire.

Les premiers mots que j'appris furent pour lui faire savoir l'envie que j'avais qu'il voulût bien me rendre ma liberté ; ce que je lui répétais tous les jours à genoux. Sa réponse fut qu'il fallait attendre encore un peu de temps, que c'était une affaire sur laquelle il ne pouvait se déterminer sans l'avis de son conseil, et que, premièrement, il fallait que je promisse par serment l'observation d'une paix inviolable avec lui et avec ses sujets ; qu'en attendant, je serais traité avec toute l'honnêteté possible. Il me conseilla de gagner, par ma patience et par ma bonne conduite, son estime et celle de ses peuples. Il m'avertit de ne lui savoir point mauvais gré s'il donnait ordre à certains officiers de me visiter, parce que, vraisemblablement, je pourrais porter sur moi plusieurs armes dangereuses et préjudiciables à la sûreté de ses États. Je répondis que j'étais prêt à me dépouiller de mon habit et à vider toutes mes poches en sa présence. Il me repartit que, par les lois de l'empire, il fallait que je fusse visité par deux commissaires ; qu'il savait bien que cela ne pouvait se faire sans mon consentement ; mais qu'il avait si bonne opinion de ma générosité et de ma droiture, qu'il confierait sans crainte leurs personnes entre mes mains ; que tout ce qu'on m'ôterait me serait rendu fidèlement quand je quitterais le pays, ou que j'en serais remboursé selon l'évaluation que j'en ferais moi-même.

Lorsque les deux commissaires vinrent pour me fouiller, je pris ces messieurs dans mes mains, je les mis d'abord dans les poches de mon justaucorps et ensuite dans toutes mes autres poches.

Ces officiers du prince, ayant des plumes, de l'encre et du papier sur eux, firent un inventaire très exact de tout ce qu'ils virent ; et, quand ils eurent achevé, ils me prièrent de les mettre à terre, afin qu'ils pussent rendre compte de leur visite à l'empereur.

Cet inventaire était conçu dans les termes suivants :

« Premièrement, dans la poche droite du justaucorps du *grand homme Montagne* (c'est ainsi que je rends ces mots : *Quinbus Flestrin*), après une visite exacte, nous n'avons trouvé qu'un morceau de toile grossière, assez grand pour servir de tapis de pied, dans la principale chambre de parade de Votre Majesté. Dans la poche gauche, nous avons trouvé un grand coffre d'argent avec un couvercle de même métal, que nous, commissaires, n'avons pu lever (ma tabatière). Nous avons prié ledit *homme Montagne* de l'ouvrir, et, l'un de nous étant entré dedans, a eu de la poussière jusqu'aux genoux, dont il a éternué pendant deux heures, et l'autre pendant sept minutes. Dans la poche droite de sa veste, nous avons trouvé un paquet prodigieux de substances blanches et minces, pliées l'une sur l'autre, environ de la grosseur de trois hommes, attachées d'un câble bien fort et marquées de grandes figures noires, lesquelles il nous a semblé être des écritures. Dans la poche gauche, il y avait une grande machine plate armée de grandes dents très longues qui ressemblent aux palissades qui sont dans la cour de Votre Majesté (un peigne). Dans la grande poche du côté droit de son *couvre-milieu* (c'est ainsi que je traduis le mot de *ranfulo*, par lequel on voulait entendre ma culotte), nous avons vu un grand pilier de fer creux, attaché à une grosse pièce de bois plus large que le pilier, et d'un côté du pilier il y avait d'autres pièces de fer en relief, serrant un caillou coupé en talus ; nous n'avons su ce que c'était (un pistolet à pierre) ; et dans la poche gauche il y avait encore une machine de la même espèce. Dans la plus petite poche du côté droit, il y avait plusieurs pièces rondes et plates, de métal rouge et blanc et d'une grosseur différente ; quelques-unes des pièces blanches, qui nous ont paru être d'argent, étaient si larges et si pesantes, que mon confrère et moi nous avons eu de la peine à les lever. Item, deux sabres de poche (deux canifs), dont la lame s'emboîtait dans une rainure du manche, et qui avait le fil fort tranchant ; ils étaient placés dans une grande boîte ou étui. Il restait deux poches à visiter : celles-ci, il les appelait goussets. C'étaient deux ouvertures coupées dans le haut de son *couvre-milieu*, mais fort serrées par son ventre, qui les pressait. Hors du gousset droit pendait une grande chaîne d'argent, avec une machine très merveilleuse au bout. Nous lui avons commandé de tirer hors du gousset tout ce qui tenait à cette chaîne ; cela paraissait être un globe dont la moitié était d'argent et l'autre était un métal transparent. Sur le côté transparent, nous avons vu certaines figures étranges tracées dans un cercle ; nous avons cru que nous pourrions les toucher, mais nos doigts ont été arrêtés par une substance lumineuse. Nous avons appliqué cette machine à nos oreilles ; elle faisait un bruit continuel, à peu près comme celui d'un moulin à eau, et nous avons conjecturé que c'est ou quelque animal inconnu, ou la divinité qu'il adore ; mais nous penchons plus du côté de la dernière opinion, parce qu'il nous a assuré (si nous l'avons bien entendu, car il s'exprimait fort imparfaitement) qu'il faisait rarement une chose sans l'avoir consultée ; il l'appelait son oracle, et disait qu'elle désignait le temps pour chaque action de sa vie. Du gousset gauche il tira un filet presque assez large pour servir à un pêcheur (une bourse), mais qui s'ouvrait et se refermait ; nous avons trouvé au-dedans plusieurs pièces massives d'un métal jaune ; si c'est du véritable or, il faut qu'elles soient d'une valeur inestimable.

« Ainsi, ayant, par obéissance aux ordres de Votre Majesté, fouillé exactement toutes ses poches, nous avons observé une ceinture autour de son corps, faite de la peau de quelque animal prodigieux, à laquelle, du côté gauche, pendait une épée de la longueur de six hommes, et du côté droit une bourse ou poche partagée en deux cellules, chacune étant capable de tenir trois sujets de Votre Majesté. Dans une de ces cellules il y avait plusieurs globes ou balles d'un autre métal très pesant, environ de la grosseur de notre tête, et qui exigeaient une main très forte pour les lever ; l'autre cellule contenait un amas de certaines graines noires, mais peu grosses et assez légères, car nous en pouvions tenir plus de cinquante dans la paume de nos mains (des balles et de la poudre).

« Tel est l'inventaire exact de tout ce que nous avons trouvé sur le corps de l'*homme Montagne*, qui nous a reçus avec beaucoup d'honnêteté et avec des égards conformes à la commission de Votre Majesté.

« Signé et scellé le quatrième jour de la lune quatre-vingt-neuvième du règne très heureux de Votre Majesté.

« FLESSEN FRELOCK, MARSI FRELOCK. »

Quand cet inventaire eut été lu en présence de l'empereur, il m'ordonna, en des termes honnêtes, de lui livrer toutes ces choses en particulier. D'abord il demanda mon sabre : il avait donné ordre à trois mille hommes de ses meilleures troupes qui l'accompagnaient de l'environner à quelque distance avec leurs arcs et leurs flèches ; mais je ne m'en aperçus pas dans le moment, parce que mes yeux étaient fixés sur Sa Majesté. Il me pria donc de tirer mon sabre, qui, quoique un peu rouillé par l'eau de la mer, était néanmoins assez brillant. Je le fis, et tout aussitôt les troupes jetèrent de grands cris. Il m'ordonna de le remettre dans le fourreau et de le jeter à terre, aussi doucement que je pourrais, environ à six pieds de distance de ma chaîne. La seconde chose qu'il me demanda fut un de ces piliers creux de fer, par lesquels il entendait mes pistolets de poche ; je les lui présentai et, par son ordre, je lui en expliquai l'usage comme je pus, et, ne les chargeant que de poudre, j'avertis l'empereur de n'être point effrayé, et puis je les tirai en l'air. L'étonnement, à cette occasion, fut plus, grand qu'à la vue de mon sabre ; ils tombèrent tous à la renverse comme s'ils eussent été frappés du tonnerre ; et même l'empereur, qui était très brave, ne put revenir à lui-même qu'après quelque temps. Je lui remis mes deux pistolets de la même manière que mon sabre, avec mes sacs de plomb et de poudre, l'avertissant de ne pas approcher le sac de poudre du feu, s'il ne voulait voir son palais impérial sauter en l'air, ce qui le surprit beaucoup. Je lui remis aussi ma montre, qu'il fut fort curieux de voir, et il commanda à deux de ses gardes les plus grands de la porter sur leurs épaules, suspendue à un grand bâton, comme les charretiers des brasseurs portent un baril de bière en Angleterre. Il était étonné du bruit continuel qu'elle faisait et du mouvement de l'aiguille qui marquait les minutes ; il pouvait aisément le suivre des yeux, la vue de ces peuples étant bien plus perçante que la nôtre. Il demanda sur ce sujet le sentiment de ses docteurs, qui furent très partagés, comme le lecteur peut bien se l'imaginer.

Ensuite je livrai mes pièces d'argent et de cuivre, ma bourse, avec neuf grosses pièces d'or et quelques-unes plus petites, mon peigne, ma tabatière d'argent, mon mouchoir et mon journal. Mon sabre, mes pistolets de poche et mes sacs de poudre et de plomb furent transportés à l'arsenal de Sa Majesté ; mais tout le reste fut laissé chez moi.

J'avais une poche en particulier, qui ne fut point visitée, dans laquelle il y avait une paire de lunettes, dont je me sers quelquefois à cause de la faiblesse de mes yeux, un télescope, avec plusieurs autres bagatelles que je crus de nulle conséquence pour l'empereur, et que, pour cette raison, je ne découvris point aux commissaires, appréhendant qu'elles ne fussent gâtées ou perdues si je venais à m'en dessaisir.

III

L'auteur divertit l'empereur et les grands de l'un et de l'autre sexe d'une manière fort extraordinaire. Description des divertissements de la cour de Lilliput. L'auteur est mis en liberté à certaines conditions.

L'empereur voulut un jour me donner le divertissement de quelque spectacle, en quoi ces peuples surpassent toutes les nations que j'ai vues, soit pour l'adresse, soit pour la magnificence ; mais rien ne me divertit davantage que lorsque je vis des danseurs de corde voltiger sur un fil blanc bien mince, long de deux pieds onze pouces.

Ceux qui pratiquent cet exercice sont les personnes qui aspirent aux grands emplois, et souhaitent de devenir les favoris de la cour ; ils sont pour cela formés dès leur jeunesse à ce noble exercice, qui convient surtout aux personnes de haute naissance. Quand une grande charge est vacante, soit par la mort de celui qui en était revêtu, soit par sa disgrâce (ce qui arrive très souvent), cinq ou six prétendants à la charge présentent une requête à l'empereur pour avoir la permission de divertir Sa Majesté et sa cour d'une danse sur la corde, et celui qui saute le plus haut sans tomber obtient la charge. Il arrive très souvent qu'on ordonne aux grands magistrats de danser aussi sur la corde, pour montrer leur habileté et pour faire connaître à l'empereur qu'ils n'ont pas perdu leur talent. Flimnap, grand trésorier de l'empire, passe pour avoir l'adresse de faire une cabriole sur la corde au moins un pouce plus haut qu'aucun autre seigneur de l'empire ; je l'ai vu plusieurs fois faire le saut périlleux (que nous appelons le *somerset*) sur une petite planche de bois attachée à une corde qui n'est pas plus grosse qu'une ficelle ordinaire.

Ces divertissements causent souvent des accidents funestes, dont la plupart sont enregistrés dans les archives impériales. J'ai vu moi-même deux ou trois prétendants s'estropier ; mais le péril est beaucoup plus grand quand les ministres reçoivent ordre de signaler leur adresse ; car, en faisant des efforts extraordinaires pour se surpasser eux-mêmes et pour l'emporter sur les autres, ils font presque toujours des chutes dangereuses.

On m'assura qu'un an avant mon arrivée, *Flimnap* se serait infailliblement cassé la tête en tombant, si un des coussins du roi ne l'eût préservé.

Il y a un autre divertissement qui n'est que pour l'empereur, l'impératrice et pour le Premier ministre. L'empereur met sur une table trois fils de soie très déliés, longs de six pouces ; l'un est cramoisi, le second jaune, et le troisième blanc. Ces fils sont proposés comme prix à ceux que l'empereur veut distinguer par une marque singulière de sa faveur. La cérémonie est faite dans la grand-chambre d'audience de Sa Majesté, où les concurrents sont obligés de donner une preuve de leur habileté, telle que je n'ai rien vu de semblable dans aucun autre pays de l'ancien ou du nouveau monde.

L'empereur tient un bâton, les deux bouts parallèles à l'horizon, tandis que les concurrents, s'avançant successivement, sautent par-dessus le bâton. Quelquefois l'empereur tient un bout et son Premier ministre tient l'autre ; quelquefois le ministre le tient tout seul. Celui qui réussit le mieux et montre plus d'agilité et de souplesse en sautant est récompensé de la soie cramoisie ; la jaune est donnée au second, et la blanche au troisième. Ces fils, dont ils font des baudriers, leur servent dans la suite d'ornement et, les distinguant du vulgaire, leur inspirent une noble fierté.

L'empereur ayant un jour donné ordre à une partie de son armée, logée dans sa capitale et aux environs, de se tenir prête, voulut se réjouir d'une façon très singulière. Il m'ordonna de me tenir debout comme un autre colosse de Rhodes, mes pieds aussi éloignés l'un de l'autre que je les pourrais étendre commodément ; ensuite il commanda à son général, vieux capitaine fort expérimenté, de ranger les troupes en ordre de bataille et de les faire passer en revue entre mes jambes, l'infanterie par vingt-quatre de front, et la cavalerie par seize, tambours battants, enseignes déployées et piques hautes. Ce corps était composé de trois mille hommes d'infanterie et de mille de cavalerie.

Sa Majesté prescrivit, sous peine de mort, à tous les soldats d'observer dans la marche la bienséance la plus exacte envers ma personne, ce qui n'empêcha pas quelques-uns des jeunes officiers de lever les yeux en haut pendant qu'ils passaient au-dessous de moi. Et, pour confesser la vérité, ma culotte était alors en si mauvais état qu'elle leur donna l'occasion d'éclater de rire.

J'avais présenté ou envoyé tant de mémoires ou de requêtes pour ma liberté, que Sa Majesté, à la fin, proposa l'affaire, premièrement au conseil des dépêches, et puis au Conseil d'État, où il n'y eut d'opposition que de la part du ministre *Skyresh Bolgolam*, qui jugea à propos, sans aucun sujet, de se déclarer, contre moi ; mais tout le reste du conseil me fut favorable, et l'empereur appuya leur avis. Ce ministre, qui était *galbet*, c'est-à-dire grand amiral, avait mérité la confiance de son maître par son habileté dans les affaires ; mais il était d'un esprit aigre et fantasque. Il obtint que les articles touchant les conditions auxquelles je devais être mis en liberté seraient dressés par lui-même. Ces articles me furent apportés par *Skyresh Bolgolam* en personne, accompagné de deux sous-secrétaires et de plusieurs gens de distinction. On me dit d'en promettre l'observation par serment, prêté d'abord à la façon de mon pays, et ensuite à la manière ordonnée par leurs lois, qui fut de tenir l'orteil de mon pied droit dans ma main gauche, de mettre le doigt du milieu de ma main droite sur le haut de ma tête, et le pouce sur la pointe de mon oreille droite. Mais, comme le lecteur peut être curieux de connaître le style de cette cour et de savoir les articles préliminaires de ma délivrance, j'ai fait une traduction de l'acte entier mot pour mot :

« GOLBASTO MOMAREN EULAMÉ GURDILO SHEFIN MULLY ULLY GUÉ, très puissant empereur de Lilliput, les délices et la terreur de l'univers, dont les États s'étendent à cinq mille *blustrugs* (c'est-à-dire environ six lieues en circuit) aux extrémités du globe, souverain de tous les souverains, plus haut que les fils des hommes, dont les pieds pressent la terre jusqu'au centre, dont la tête touche le soleil, dont un clin d'œil fait trembler les genoux des potentats, aimable comme le printemps, agréable comme l'été, abondant comme l'automne, terrible comme l'hiver ; à tous nos sujets aimés et féaux, salut. Sa très haute Majesté propose à l'*homme Montagne* les articles suivants, lesquels, pour préliminaire, il sera obligé de ratifier par un serment solennel :

« I. L'*homme Montagne* ne sortira point de nos vastes États sans notre permission scellée du grand sceau.

« II. Il ne prendra point la liberté d'entrer dans notre capitale sans notre ordre exprès, afin que les habitants soient avertis deux heures auparavant de se tenir enfermés chez eux.

« III. Ledit *homme Montagne* bornera ses promenades à nos principaux grands chemins, et se gardera de se promener ou de se coucher dans un pré ou pièce de blé.

« IV. En se promenant par lesdits chemins, il prendra tout le soin possible de ne fouler aux pieds les corps d'aucun de nos fidèles sujets ni de leurs chevaux ou voitures ; il ne prendra aucun de nos dits sujets dans ses mains, si ce n'est de leur consentement.

« V. S'il est nécessaire qu'un courrier du cabinet fasse quelque course extraordinaire, l'*homme Montagne* sera obligé de porter dans sa poche ledit courrier durant six journées, une fois toutes les lunes, et de remettre ledit courrier (s'il en est requis) sain et sauf en notre présence impériale.

« VI. Il sera notre allié contre nos ennemis de l'île de Blefuscu, et fera tout son possible pour faire périr la flotte qu'ils arment actuellement pour faire une descente sur nos terres.

« VII. Ledit *homme Montagne*, à ses heures de loisir, prêtera son secours à nos ouvriers, en les aidant à élever certaines grosses pierres, pour achever les murailles de notre grand parc et de nos bâtiments impériaux.

« VIII. Après avoir fait le serment solennel d'observer les articles ci-dessus énoncés, ledit *homme Montagne* aura une provision journalière de viande et de boisson suffisante à la nourriture de dix-huit cent soixante-quatorze de nos sujets, avec un accès libre auprès de notre personne impériale, et autres marques de notre faveur.

« Donné en notre palais, à *Belsaborac*, le douzième jour de la quatre-vingt-onzième lune de notre règne. »

Je prêtai le serment et signai tous ces articles avec une grande joie, quoique quelques-uns ne fussent pas aussi honorables que je l'eusse souhaité, ce qui fut l'effet de la malice du grand amiral *Skyresh Bolgolam*. On m'ôta mes chaînes, et je fus mis en liberté. L'empereur me fit l'honneur de se rendre en personne et d'être présent à la cérémonie de ma délivrance. Je rendis de très humbles Actions de grâces à Sa Majesté, en me prosternant à ses pieds ; mais il me commanda de me lever, et cela dans les termes les plus obligeants.

Le lecteur a pu observer que, dans le dernier article de l'acte de ma délivrance, l'empereur était convenu de me donner une quantité de viande et de boisson qui pût suffire à la subsistance de dix-huit cent soixante-quatorze Lilliputiens. Quelque temps après, demandant à un courtisan, mon ami particulier, pourquoi on s'était déterminé à cette quantité, il me répondit que les mathématiciens de Sa Majesté, ayant pris la hauteur de mon corps par le moyen d'un quart de cercle, et supputé sa grosseur, et le trouvant, par rapport au leur, comme dix-huit cent soixante-quatorze sont à un, ils avaient inféré de la similarité de leur corps que je devais avoir un appétit dix-huit cent soixante-quatorze fois plus grand que le leur ; d'où le lecteur peut juger de l'esprit admirable de ce peuple, et de l'économie sage, exacte et clairvoyante de leur empereur.

IV

Description de Mildendo, capitale de Lilliput, et du palais de l'empereur. Conversation entre l'auteur et un secrétaire d'État, touchant les affaires de l'empire. Offres que l'auteur fait de servir l'empereur dans ses guerres.

La première requête que je présentai, après avoir obtenu ma liberté, fut pour avoir la permission de voir Mildendo, capitale de l'empire ; ce que l'empereur m'accorda, mais en me recommandant de ne faire aucun mal aux habitants ni aucun tort à leurs maisons. Le peuple en fut averti par une proclamation qui annonçait le dessein que j'avais de visiter la ville. La muraille qui l'environnait était haute de deux pieds et demi, et épaisse au moins de onze pouces, en sorte qu'un carrosse pouvait aller dessus et faire le tour de la ville en sûreté ; elle était flanquée de fortes tours à dix pieds de distance l'une de l'autre. Je passai par-dessus la porte occidentale, et je marchai très lentement et de côté par les deux principales rues, n'ayant qu'un pourpoint, de peur d'endommager les toits et les gouttières des maisons par les pans de mon justaucorps. J'allais avec une extrême circonspection, pour me garder de fouler aux pieds quelques gens qui étaient restés dans les rues, nonobstant les ordres précis signifiés à tout le monde de se tenir chez soi, sans sortir aucunement durant ma marche. Les balcons, les fenêtres des premier, deuxième, troisième et quatrième étages, celles des greniers ou galetas et les gouttières même étaient remplis d'une si grande foule de spectateurs, que je jugeai que la ville devait être considérablement peuplée. Cette ville forme un carré exact, chaque côté de la muraille ayant cinq cents pieds de long. Les deux grandes rues qui se croisent et la partagent en quatre quartiers égaux ont cinq pieds de large ; les petites rues, dans lesquelles je ne pus entrer, ont de largeur depuis douze jusqu'à dix-huit pouces. La ville est capable de contenir cinq cent mille âmes. Les maisons sont de trois ou quatre étages. Les boutiques et les marchés sont bien fournis. Il y avait autrefois bon opéra et bonne comédie ; mais, faute d'auteurs excités par les libéralités du prince, il n'y a plus rien qui vaille.

Le palais de l'empereur, situé dans le centre de la ville, où les deux grandes rues se rencontrent, est entouré d'une muraille haute de vingt-trois pouces, et, à vingt pieds de distance des bâtiments. Sa Majesté m'avait permis d'enjamber par-dessus cette muraille, pour voir son palais de tous les côtés. La cour extérieure est un carré de quarante pieds et comprend deux autres cours. C'est dans la plus intérieure que sont les appartements de Sa Majesté, que j'avais un grand désir de voir, ce qui était pourtant bien difficile, car les plus grandes portes n'étaient que de dix-huit pouces de haut et de sept pouces de large. De plus, les bâtiments de la cour extérieure étaient au moins hauts de cinq pieds, et il m'était impossible d'enjamber par-dessus sans courir le risque de briser les ardoises des toits ; car, pour les murailles, elles étaient solidement bâties de pierres de taille épaisses de quatre pouces. L'empereur avait néanmoins grande envie que je visse la magnificence de son palais ; mais je ne fus en état de le faire qu'au bout de trois jours, lorsque j'eus coupé avec mon couteau quelques arbres des plus grands du parc impérial, éloigné de la ville d'environ cinquante toises. De ces arbres je fis deux tabourets, chacun de trois pieds de haut, et assez forts pour soutenir le poids de mon corps. Le peuple ayant donc été averti pour la seconde fois, je passai encore au travers de la ville, et m'avançai vers le palais, tenant mes deux tabourets à la main. Quand je fus arrivé à un côté de la cour extérieure, je montai sur un de mes tabourets et pris l'autre à ma main. Je fis passer celui-ci par-dessus le toit, et le descendis doucement à terre, dans l'espace qui était entre la première et la seconde cour, lequel avait huit pieds de large. Je passai ensuite très commodément par-dessus les bâtiments, par le moyen des deux tabourets ; et, quand je fus en dedans, je tirai avec un crochet le tabouret qui était resté en dehors. Par cette invention, j'entrai jusque dans la cour la plus intérieure, où, me couchant sur le côté, j'appliquai mon visage à toutes les fenêtres du premier étage, qu'on avait exprès laissées ouvertes, et je vis les appartements les plus magnifiques qu'on puisse imaginer. Je vis l'impératrice et les jeunes princesses dans leurs chambres, environnées de leur suite. Sa Majesté Impériale voulut bien m'honorer d'un sourire très gracieux, et me donna par la fenêtre sa main à baiser.

Je ne ferai point ici le détail des curiosités renfermées dans ce palais ; je les réserve pour un plus grand ouvrage, et qui est presque prêt à être mis sous presse, contenant une description générale de cet empire depuis sa première fondation, l'histoire de ses empereurs pendant une longue suite de siècles, des observations sur leurs guerres, leur politique, leurs lois, les lettres et la religion du pays, les plantes et animaux qui s'y trouvent, les mœurs et les coutumes des habitants, avec, plusieurs autres matières prodigieusement curieuses et excessivement utiles. Mon but n'est à présent que de raconter ce qui m'arriva pendant un séjour de neuf mois dans ce merveilleux empire.

Quinze jours après que j'eus obtenu ma liberté, *Reldresal*, secrétaire d'État pour le département des affaires particulières, se rendit chez moi, suivi d'un seul domestique. Il ordonna que son carrosse l'attendît à quelque distance, et me pria de lui donner un entretien d'une heure. Je lui offris de me coucher, afin qu'il pût être de niveau à mon oreille ; mais il aima mieux que je le tinsse dans ma main pendant la conversation. Il commença par me faire des compliments sur ma liberté et me dit qu'il pouvait se flatter d'y avoir un peu contribué. Puis il ajouta que, sans l'intérêt que la cour y avait, je ne l'eusse pas sitôt obtenue ; « car, dit-il, quelque florissant que notre État paraisse aux étrangers, nous avons deux grands fléaux à combattre : une faction puissante au-dedans, et au-dehors l'invasion dont nous sommes menacés par un ennemi formidable. À l'égard du premier, il faut que vous sachiez que, depuis plus de soixante et dix lunes, il y a eu deux partis opposés dans cet empire, sous les noms de *tramecksan* et *slamechsan*, termes empruntés des hauts et bas talons de leurs souliers, par lesquels ils se distinguent. On prétend, il est vrai, que les hauts talons sont les plus conformes à notre ancienne constitution ; mais, quoi qu'il en soit, Sa Majesté a résolu de ne se servir que des bas talons dans l'administration du gouvernement et dans toutes les charges qui sont à la disposition de la couronne. Vous pouvez même remarquer que les talons de Sa Majesté Impériale sont plus bas au moins d'un *drurr* que ceux d'aucun de sa cour. » (Le *drurr* est environ la quatorzième partie d'un pouce.) « La haine des deux partis, continua-t-il, est à un tel degré, qu'ils ne mangent ni ne boivent ensemble et qu'ils ne se parlent point. Nous comptons que les *tramecksans* ou hauts-talons nous surpassent en nombre ; mais l'autorité est entre nos mains. Hélas ! nous appréhendons que Son Altesse Impériale, l'héritier présomptif de la couronne, n'ait quelque penchant aux hauts-talons ; au moins nous pouvons facilement voir qu'un de ses talons est plus haut que l'autre, ce qui le fait un peu clocher dans sa démarche. Or, au milieu de ces dissensions intestines, nous sommes menacés d'une invasion de la part de l'île de Blefuscu, qui est l'autre grand empire de l'univers, presque aussi grand et aussi puissant que celui-ci ; car, pour ce qui est de ce que nous avons entendu dire, qu'il y a d'autres empires, royaumes et États dans le monde, habités par des créatures humaines aussi grosses et aussi grandes que vous, nos philosophes en doutent beaucoup et aiment mieux conjecturer que vous êtes tombé de la lune ou d'une des étoiles, parce qu'il est certain qu'une centaine de mortels de votre grosseur consommeraient dans peu de temps tous les fruits et tous les bestiaux des États de Sa Majesté. D'ailleurs nos historiens, depuis six mille lunes, ne font mention d'aucune autre région que des deux grands empires de Lilliput et de Blefuscu. Ces deux formidables puissances ont, comme j'allais vous dire, été engagées pendant trente-six lunes dans une guerre très opiniâtre, dont voici le sujet : tout le monde convient que la manière primitive de casser les œufs avant que nous les mangions est de les casser au gros bout ; mais l'aïeul de Sa Majesté régnante, pendant qu'il était enfant, sur le point de manger un œuf, eut le malheur de se couper un des doigts ; sur quoi l'empereur son père donna un arrêt pour ordonner à tous ses sujets, sous de graves peines, de casser leurs œufs par le petit bout. Le peuple fut si irrité de cette loi, que nos historiens racontent qu'il y eut, à cette occasion, six révoltes, dans lesquelles un empereur perdit la vie et un autre la couronne. Ces dissensions intestines furent toujours fomentées par les souverains de Blefuscu, et, quand les soulèvements furent réprimés, les coupables se réfugièrent dans cet empire. On suppute que onze mille hommes ont, à différentes époques, aimé mieux souffrir la mort que de se soumettre à la loi de casser leurs œufs par le petit bout. Plusieurs centaines de gros volumes ont été écrits et publiés sur cette matière ; mais les livres des *gros-boutiens* ont été défendus depuis longtemps, et tout leur parti a été déclaré, par les lois, incapable de posséder des charges. Pendant la suite continuelle de ces troubles, les empereurs de Blefuscu ont souvent fait des remontrances par leurs ambassadeurs, nous accusant de faire un crime en violant un précepte fondamental de notre grand prophète *Lustrogg*, dans le cinquante-quatrième chapitre du *Blundecral* (ce qui est leur Coran). Cependant cela a été jugé n'être qu'une interprétation du sens du texte, dont voici les mots : *Que tous les fidèles casseront leurs œufs au bout le plus commode*. On doit, à mon avis, laisser décider à la conscience de chacun quel est le bout le plus commode, ou, au moins, c'est à l'autorité du souverain magistrat d'en décider. Or, les *gros-boutiens* exilés ont trouvé tant de crédit dans la cour de l'empereur de Blefuscu, et tant de secours et d'appui dans notre pays même, qu'une guerre très sanglante a régné entre les deux empires pendant trente-six lunes à ce sujet, avec différents succès. Dans cette guerre, nous avons perdu quarante vaisseaux de ligne et un bien plus grand nombre de petits vaisseaux, avec trente mille de nos meilleurs matelots et soldats ; l'on compte que la perte de l'ennemi n'est pas moins considérable. Quoi qu'il en soit, on arme à présent une flotte très redoutable, et on se prépare à faire une descente sur nos côtes. Or, Sa Majesté Impériale, mettant sa confiance en votre valeur, et ayant une haute idée de vos forces, m'a commandé de vous faire ce détail au sujet de ses affaires, afin de savoir quelles sont vos dispositions à son égard. »

Je répondis au secrétaire que je le priais d'assurer l'empereur de mes très humbles respects, et de lui faire savoir que j'étais prêt à sacrifier ma vie pour défendre sa personne sacrée et son empire contre toutes les entreprises et invasions de ses ennemis. Il me quitta fort satisfait de ma réponse.

V

L'auteur, par un stratagème très extraordinaire, s'oppose à une descente des ennemis. L'empereur lui confère un grand titre d'honneur. Des ambassadeurs arrivent de la part de l'empereur de Blefuscu pour demander la paix. Le feu prend à l'appartement de l'impératrice. L'auteur contribue beaucoup à éteindre l'incendie.

L'empire de Blefuscu est une île située au nord-nord-est de Lilliput, dont elle n'est séparée que par un canal qui a quatre cents toises de large. Je ne l'avais pas encore vu ; et, sur l'avis d'une descente projetée, je me gardai bien de paraître de ce côté-là, de peur d'être découvert par quelques-uns des vaisseaux de l'ennemi.

Je fis part à l'empereur d'un projet que j'avais formé depuis peu pour me rendre maître de toute la flotte des ennemis, qui, selon le rapport de ceux que nous envoyions à la découverte, était dans le port, prête à mettre à la voile au premier vent favorable. Je consultai les plus expérimentés dans la marine pour apprendre d'eux quelle était la profondeur du canal, et ils me dirent qu'au milieu, dans la plus haute marée, il était profond de soixante et dix *glumgluffs* (c'est-à-dire environ six pieds selon la mesure de l'Europe), et le reste de cinquante *glumgluffs* au plus. Je m'en allai secrètement vers la côte nord-est, vis-à-vis de Blefuscu, et, me couchant derrière une colline, je tirai ma lunette et vis la flotte de l'ennemi composée de cinquante vaisseaux de guerre et d'un grand nombre de vaisseaux de transport. M'étant ensuite retiré, je donnai ordre de fabriquer une grande quantité de câbles, les plus forts qu'on pourrait, avec des barres de fer. Les câbles devaient être environ de la grosseur d'une aiguille à tricoter. Je triplai le câble pour le rendre encore plus fort ; et, pour la même raison, je tortillai ensemble trois des barres de fer, et attachai à chacune un crochet. Je retournai à la côte du nord-est, et, mettant bas mon justaucorps, mes souliers et mes bas, j'entrai dans la mer. Je marchai d'abord dans l'eau avec toute la vitesse que je pus, et ensuite je nageai au milieu, environ quinze toises, jusqu'à ce que j'eusse trouvé pied. J'arrivai à la flotte en moins d'une demi-heure. Les ennemis furent si frappés à mon aspect, qu'ils sautèrent tous hors de leurs vaisseaux comme des grenouilles et s'enfuirent à terre ; ils paraissaient être au nombre d'environ trente mille hommes. Je pris alors mes câbles, et, attachant un crochet au trou de la proue de chaque vaisseau, je passai mes câbles dans les crochets. Pendant que je travaillais, l'ennemi fit une décharge de plusieurs milliers de flèches, dont un grand nombre m'atteignirent au visage et aux mains, et qui, outre la douleur excessive qu'elles me causèrent, me troublèrent fort dans mon ouvrage. Ma plus grande appréhension était pour mes yeux, que j'aurais infailliblement perdus si je ne me fusse promptement avisé d'un expédient : j'avais dans un de mes goussets une paire de lunettes, que je tirai et attachai à mon nez aussi fortement que je pus. Armé, de cette façon, comme d'une espèce de casque, je poursuivis mon travail en dépit de la grêle continuelle de flèches qui tombaient sur moi. Ayant placé tous les crochets, je commençai à tirer ; mais ce fut inutilement : tous les vaisseaux étaient à l'ancre. Je coupai aussitôt avec mon couteau tous les câbles auxquels étaient attachées les ancres, ce qu'ayant achevé en peu de temps, je tirai aisément cinquante des plus gros vaisseaux et les entraînai avec moi.

Les Blefuscudiens, qui n'avaient point d'idée de ce que je projetais, furent également surpris et confus : ils m'avaient vu couper les câbles et avaient cru que mon dessein n'était que de les laisser flotter au gré du vent et de la marée, et de les faire heurter l'un contre l'autre ; mais quand ils me virent entraîner toute la flotte à la fois, ils jetèrent des cris de rage et de désespoir.

Ayant marché quelque temps, et me trouvant hors de la portée des traits, je m'arrêtai un peu pour tirer toutes les flèches qui s'étaient attachées à mon visage et à mes mains ; puis, conduisant ma prise, je tâchai de me rendre au port impérial de Lilliput.

L'empereur, avec toute sa cour, était sur le bord de la mer, attendant le succès de mon entreprise. Ils voyaient de loin avancer une flotte sous la forme d'un grand croissant ; mais, comme j'étais dans l'eau jusqu'au cou, ils ne s'apercevaient pas que c'était moi qui la conduisais vers eux.

L'empereur crut donc que j'avais péri et que la flotte ennemie s'approchait pour faire une descente ; mais ses craintes furent bientôt dissipées ; car, ayant pris pied, on me vit à la tête de tous les vaisseaux, et l'on m'entendit crier d'une voix forte : *Vive le très puissant empereur de Lilliput !* Ce prince, à mon arrivée, me donna des louanges infinies, et, sur-le-champ, me créa *nardac*, qui est le plus haut titre d'honneur parmi eux.

Sa Majesté me pria de prendre des mesures pour amener dans ses ports tous les autres vaisseaux de l'ennemi. L'ambition de ce prince ne lui faisait prétendre rien moins que de se rendre maître de tout l'empire de Blefuscu, de le réduire en province de son empire et de le faire gouverner par un vice-roi ; de faire périr tous les exilés gros-boutiens et de contraindre tous ses peuples à casser les œufs par le petit bout, ce qui l'aurait fait parvenir à la monarchie universelle ; mais je tâchai de le détourner de ce dessein par plusieurs raisonnements fondés sur la politique et sur la justice, et je protestai hautement que je ne serais jamais l'instrument dont il se servirait pour opprimer la liberté d'un peuple libre, noble et courageux. Quand on eut délibéré sur cette affaire dans le conseil, la plus saine partie fut de mon avis.

Cette déclaration ouverte et hardie était si opposée aux projets et à la politique de Sa Majesté Impériale, qu'il était difficile qu'elle pût me le pardonner ; elle en parla dans le conseil d'une manière très artificieuse, et mes ennemis secrets s'en prévalurent pour me perdre : tant il est vrai que les services les plus importants rendus aux souverains sont bien peu de chose lorsqu'ils sont suivis du refus de servir aveuglément leurs passions.

Environ trois semaines après mon expédition éclatante, il arriva une ambassade solennelle de Blefuscu avec des propositions de paix. Le traité fut bientôt conclu, à des conditions très avantageuses pour l'empereur. L'ambassade était composée de six seigneurs, avec une suite de cinq cents personnes, et l'on peut dire que leur entrée fut conforme à la grandeur de leur maître et à l'importance de leur négociation.

Après la conclusion du traité, Leurs Excellences, étant averties secrètement des bons offices que j'avais rendus à leur nation par la manière dont j'avais parlé à l'empereur, me rendirent une visite en cérémonie. Ils commencèrent par me faire beaucoup de compliments sur ma valeur et sur ma générosité, et m'invitèrent, au nom de leur maître, à passer dans son royaume. Je les remerciai et les priai de me faire l'honneur de présenter mes très humbles respects à Sa Majesté blefuscudienne, dont les vertus éclatantes étaient répandues par tout l'univers. Je promis de me rendre auprès de sa personne royale avant que de retourner dans mon pays.

Peu de jours après, je demandai à l'empereur la permission de faire mes compliments au grand roi de Blefuscu ; il me répondit froidement qu'il le voulait bien.

J'ai oublié de dire que les ambassadeurs m'avaient parlé avec le secours d'un interprète. Les langues des deux empires sont très différentes l'une de l'autre ; chacune des deux nations vante l'antiquité, la beauté et la force de sa langue et méprise l'autre. Cependant l'empereur, fier de l'avantage qu'il avait remporté sur les Blefuscudiens par la prise de leur flotte, obligea les ambassadeurs à présenter leurs lettres de créance et à faire leur harangue dans la langue lilliputienne, et il faut avouer qu'à raison du trafic et du commerce qui est entre les deux royaumes, de la réception réciproque des exilés et de l'usage où sont les Lilliputiens d'envoyer leur jeune noblesse dans le Blefuscu, afin de s'y polir et d'y apprendre les exercices, il y a très peu de personnes de distinction dans l'empire de Lilliput, et encore moins de négociants ou de matelots dans les places maritimes qui ne parlent les deux langues.

J'eus alors occasion de rendre à Sa Majesté Impériale un service très signalé. Je fus un jour réveillé, sur le minuit, par les cris d'une foule de peuple assemblé à la porte de mon hôtel ; j'entendis le mot *burgum* répété plusieurs fois. Quelques-uns de la cour de l'empereur, s'ouvrant un passage à travers la foule, me prièrent de venir incessamment au palais, où l'appartement de l'impératrice était en feu par la faute d'une de ses dames d'honneur, qui s'était endormie en lisant un poème blefuscudien. Je me levai à l'instant et me transportai au palais avec assez de peine, sans néanmoins fouler personne aux pieds. Je trouvai qu'on avait déjà appliqué des échelles aux murailles de l'appartement et qu'on était bien fourni de seaux ; mais l'eau était assez éloignée. Ces seaux étaient environ de la grosseur d'un dé à coudre, et le pauvre peuple en fournissait avec toute la diligence qu'il pouvait. L'incendie commençait à croître, et un palais si magnifique aurait été infailliblement réduit en cendres si, par une présence d'esprit peu ordinaire, je ne me fusse tout à coup avisé d'un expédient. Le soir précédent, j'avais bu en grande abondance d'un vin blanc appelé *glimigrim*, qui vient d'une province de Blefuscu et qui est très diurétique. Je me mis donc à uriner en si grande abondance, et j'appliquai l'eau si à propos et si adroitement aux endroits convenables, qu'en trois minutes le feu fut tout à fait éteint, et que le reste de ce superbe édifice, qui avait coûté des sommes immenses, fut préservé d'un fatal embrasement.

J'ignorais si l'empereur me saurait gré du service que je venais de lui rendre ; car, par les lois fondamentales de l'empire, c'était un crime capital et digne de mort de faire de l'eau dans l'étendue du palais impérial ; mais je fus rassuré lorsque j'appris que Sa Majesté avait donné ordre au grand juge de m'expédier des lettres de grâce ; mais on m'apprit que l'impératrice, concevant la plus grande horreur de ce que je venais de faire, s'était transportée au côté le plus éloigné de la cour, et qu'elle était déterminée à ne jamais loger dans des appartements que j'avais osé souiller par une action malhonnête et impudente.

VI

Les mœurs des habitants de Lilliput, leur littérature, leurs lois, leurs coutumes et leur manière d'élever les enfants.

Quoique j'aie le dessein de renvoyer la description de cet empire à un traité particulier, je crois cependant devoir en donner ici au lecteur quelque idée générale. Comme la taille ordinaire des gens du pays est un peu moins haute que de six pouces, il y a une proportion exacte dans tous les autres animaux, aussi bien que dans les plantes et dans les arbres. Par exemple, les chevaux et les bœufs les plus hauts sont de quatre à cinq pouces, les moutons d'un pouce et demi, plus ou moins, leurs oies environ de la grosseur d'un moineau ; en sorte que leurs insectes étaient presque invisibles pour moi ; mais la nature a su ajuster les yeux des habitants de Lilliput à tous les objets qui leur sont proportionnés. Pour faire connaître combien leur vue est perçante à l'égard des objets qui sont proches, je dirai que je vis une fois avec plaisir un cuisinier habile plumant une alouette qui n'était pas si grosse qu'une mouche ordinaire, et une jeune fille enfilant une aiguille invisible avec de la soie pareillement invisible.

Ils ont des caractères et des lettres ; mais leur façon d'écrire est remarquable, n'étant ni de la gauche à la droite, comme celle de l'Europe ; ni de la droite à la gauche, comme celle des Arabes ; ni de haut en bas, comme celle des Chinois ; ni de bas en haut, comme celle des Cascaries ; mais obliquement et d'un angle du papier à l'autre, comme celle des dames d'Angleterre.

Ils enterrent les morts la tête directement en bas, parce qu'ils s'imaginent que, dans onze mille lunes, tous les morts doivent ressusciter ; qu'alors la terre, qu'ils croient plate, se tournera sens dessus dessous, et que, par ce moyen, au moment de leur résurrection, ils se trouveront tous debout sur leurs pieds. Les savants d'entre eux reconnaissent l'absurdité de cette opinion ; mais l'usage subsiste, parce qu'il est ancien et fondé sur les idées du peuple.

Ils ont des lois et des coutumes très singulières, que j'entreprendrais peut-être de justifier si elles n'étaient trop contraires à celles de ma chère patrie. La première dont je ferai mention regarde les délateurs. Tous les crimes contre l'État sont punis en ce pays-là avec une rigueur extrême ; mais si l'accusé fait voir évidemment son innocence, l'accusateur est aussitôt condamné à une mort ignominieuse, et tous ses biens confisqués au profit de l'innocent. Si l'accusateur est un gueux, l'empereur, de ses propres deniers, dédommage l'accusé, supposé qu'il ait été mis en prison ou qu'il ait été maltraité le moins du monde.

On regarde la fraude comme un crime plus énorme que le vol ; c'est pourquoi elle est toujours punie de mort ; car on a pour principe que le soin et la vigilance, avec un esprit ordinaire, peuvent garantir les biens d'un homme contre les attentats des voleurs, mais que la probité n'a point de défense contre la fourberie et la mauvaise foi.

Quoique nous regardions les châtiments et les récompenses comme les grands pivots du gouvernement, je puis dire néanmoins que la maxime de punir et de récompenser n'est pas observée en Europe avec la même sagesse que dans l'empire de Lilliput. Quiconque peut apporter des preuves suffisantes qu'il a observé exactement les lois de son pays pendant soixante-treize lunes, a droit de prétendre à certains privilèges, selon sa naissance et son état, avec une certaine somme d'argent tirée d'un fonds destiné à cet usage ; il gagne même le titre de *snilpall*, ou de *légitime*, lequel est ajouté à son nom ; mais ce titre ne passe pas à sa postérité. Ces peuples regardent comme un défaut prodigieux de politique parmi nous que toutes nos lois soient menaçantes, et que l'infraction soit suivie de rigoureux châtiments, tandis que l'observation n'est suivie d'aucune récompense ; c'est pour cette raison qu'ils représentent la justice avec six yeux, deux devant, autant derrière, et un de chaque côté (pour représenter la circonspection), tenant un sac plein d'or à sa main droite et une épée dans le fourreau à sa main gauche, pour faire voir qu'elle est plus disposée à récompenser qu'à punir.

Dans le choix qu'on fait des sujets pour remplir les emplois, on a plus d'égard à la probité qu'au grand génie. Comme le gouvernement est nécessaire au genre humain, on croit que la Providence n'eut jamais dessein de faire de l'administration des affaires publiques une science difficile et mystérieuse, qui ne pût être possédée que par un petit nombre d'esprits rares et sublimes, tel qu'il en naît au plus deux ou trois dans un siècle ; mais on juge que la vérité, la justice, la tempérance et les autres vertus sont à la portée de tout le monde, et que la pratique de ces vertus, accompagnée d'un peu d'expérience et de bonne intention, rend quelque personne que ce soit propre au service de son pays, pour peu qu'elle ait de bon sens et de discernement.

On est persuadé que tant s'en faut que le défaut des vertus morales soit suppléé par les talents supérieurs de l'esprit, que les emplois ne pourraient être confiés à de plus dangereuses mains qu'à celles des grands esprits qui n'ont aucune vertu, et que les erreurs nées de l'ignorance, dans un ministre honnête homme, n'auraient jamais de si funestes suites, à l'égard du bien public, que les pratiques ténébreuses d'un ministre dont les inclinations seraient corrompues, dont les vues seraient criminelles, et qui trouverait dans les ressources de son esprit de quoi faire le mal impunément.

Qui ne croit pas à la Providence divine parmi les Lilliputiens est déclaré incapable de posséder aucun emploi public. Comme les rois se prétendent, à juste titre, les députés de la Providence, les Lilliputiens jugent qu'il n'y a rien de plus absurde et de plus inconséquent que la conduite d'un prince qui se sert de gens sans religion, qui nient cette autorité suprême dont il se dit le dépositaire, et dont, en effet, il emprunte la sienne.

En rapportant ces lois et les suivantes, je ne parle que des lois primitives des Lilliputiens.

Je sais que, par des lois modernes, ces peuples sont tombés dans un grand excès de corruption : témoin cet usage honteux d'obtenir les grandes charges en dansant sur la corde, et les marques de distinction en sautant par-dessus un bâton. Le lecteur doit observer que cet indigne usage fut introduit par le père de l'empereur régnant.

L'ingratitude est, parmi ces peuples, un crime énorme, comme nous apprenons dans l'histoire qu'il l'a été autrefois aux yeux de quelques nations vertueuses. Celui, disent les Lilliputiens, qui rend de mauvais offices à son bienfaiteur même doit être nécessairement l'ennemi de tous les autres hommes.

Les Lilliputiens jugent que le père et la mère ne doivent point être chargés de l'éducation de leurs propres enfants, et il y a, dans chaque ville, des séminaires publics, où tous les pères et les mères excepté les paysans et les ouvriers, sont obligés d'envoyer leurs enfants de l'un et l'autre sexe, pour être élevés et formés. Quand ils sont parvenus à l'âge de vingt lunes, on les suppose dociles et capables d'apprendre. Les écoles sont de différentes espèces, suivant la différence du rang et du sexe. Des maîtres habiles forment les enfants pour un état de vie conforme à leur naissance, à leurs propres talents et à leurs inclinations.

Les séminaires pour les jeunes gens d'une naissance illustre sont pourvus de maîtres sérieux et savants. L'habillement et la nourriture des enfants sont simples. On leur inspire des principes d'honneur, de justice, de courage, de modestie, de clémence, de religion et d'amour pour la patrie ; ils sont habillés par des hommes jusqu'à l'âge de quatre ans, et, après cet âge, ils sont obligés de s'habiller eux-mêmes, de quelque grande naissance qu'ils soient. Il ne leur est permis de prendre leurs divertissements qu'en présence d'un maître. On permet à leurs père et mère de les voir deux fois par an. La visite ne peut durer qu'une heure, avec la liberté d'embrasser leurs fils en entrant et en sortant ; mais un maître, qui est toujours présent en ces occasions, ne leur permet pas de parler secrètement à leur fils, de le flatter, de le caresser, ni de lui donner des bijoux ou des dragées et des confitures.

Dans les séminaires féminins, les jeunes filles de qualité sont élevées presque comme les garçons. Seulement, elles sont habillées par des domestiques en présence d'une maîtresse, jusqu'à ce qu'elles aient atteint l'âge de cinq ans, qu'elles s'habillent elles-mêmes. Lorsque l'on découvre que les nourrices ou les femmes de chambre entretiennent ces petites filles d'histoires extravagantes, de contes insipides ou capables de leur faire peur (ce qui est, en Angleterre, fort ordinaire aux gouvernantes), elles sont fouettées publiquement trois fois par toute la ville, emprisonnées pendant un an, et exilées le reste de leur vie dans l'endroit le plus désert du pays. Ainsi, les jeunes filles, parmi ces peuples, sont aussi honteuses que les hommes d'être lâches et sottes ; elles méprisent tous les ornements extérieurs, et n'ont égard qu'à la bienséance et à la propreté. Leurs exercices ne sont pas si violents que ceux des garçons, et on les fait un peu moins étudier ; car on leur apprend aussi les sciences et les belles-lettres. C'est une maxime parmi eux qu'une femme devant être pour son mari une compagnie toujours agréable, elle doit s'orner l'esprit, qui ne vieillit point.

Les Lilliputiens sont persuadés, autrement que nous ne le sommes en Europe, que rien ne demande plus de soin et d'application que l'éducation des enfants. Ils disent qu'il en est de cela comme de conserver certaines plantes, de les faire croître heureusement, de les défendre contre les rigueurs de l'hiver, contre les ardeurs et les orages de l'été, contre les attaques des insectes, de leur faire enfin porter des fruits en abondance, ce qui est l'effet de l'attention et des peines d'un jardinier habile.

Ils prennent garde que le maître ait plutôt un esprit bien fait qu'un esprit sublime, plutôt des mœurs que de la science ; ils ne peuvent souffrir ces maîtres qui étourdissent sans cesse les oreilles de leurs disciples de combinaisons grammaticales, de discussions frivoles, de remarques puériles, et qui, pour leur apprendre l'ancienne langue de leur pays, qui n'a que peu de rapport à celle qu'on y parle aujourd'hui, accablent leur esprit de règles et d'exceptions, et laissent là l'usage et l'exercice, pour farcir leur mémoire de principes superflus et de préceptes épineux : ils veulent que le maître se familiarise avec dignité, rien n'étant plus contraire à la bonne éducation que le pédantisme et le sérieux affecté ; il doit, selon eux, plutôt s'abaisser que s'élever devant son disciple, et ils jugent l'un plus difficile que l'autre, parce qu'il faut souvent plus d'effort et de vigueur, et toujours plus d'attention pour descendre sûrement que pour monter.

Ils prétendent que les maîtres doivent bien plus s'appliquer à former l'esprit des jeunes gens pour la conduite de la vie qu'à l'enrichir de connaissances curieuses, presque toujours inutiles. On leur apprend donc de bonne heure à être sages et philosophes, afin que, dans la saison même des plaisirs, ils sachent les goûter philosophiquement. N'est-il pas ridicule, disent-ils, de n'en connaître la nature et le vrai usage que lorsqu'on y est devenu inhabile, d'apprendre à vivre quand la vie est presque passée, et de commencer à être homme lorsqu'on va cesser de l'être ?

On leur propose des récompenses pour l'aveu ingénu et sincère de leurs fautes, et ceux qui savent mieux raisonner sur leurs propres défauts obtiennent des grâces et des honneurs. On veut qu'ils soient curieux et qu'ils fassent souvent des questions sur tout ce qu'ils voient et sur tout ce qu'ils entendent, et l'on punit très sévèrement ceux qui, à la vue d'une chose extraordinaire et remarquable, témoignent peu d'étonnement et de curiosité.

On leur recommande d'être très fidèles, très soumis, très attachés au prince, mais d'un attachement général et de devoir, et non d'aucun attachement particulier, qui blesse souvent la conscience et toujours la liberté, et qui expose à de grands malheurs.

Les maîtres d'histoire se mettent moins en peine d'apprendre à leurs élèves la date de tel ou tel événement, que de leur peindre le caractère, les bonnes et les mauvaises qualités des rois, des généraux d'armée et des ministres ; ils croient qu'il leur importe assez peu de savoir qu'en telle année et en tel mois telle bataille a été donnée ; mais qu'il leur importe de considérer combien les hommes, dans tous les siècles, sont barbares, brutaux, injustes, sanguinaires, toujours prêts à prodiguer leur propre vie sans nécessité et à attenter sur celle des autres sans raison ; combien les combats déshonorent l'humanité et combien les motifs doivent être puissants pour en venir à cette extrémité funeste ; ils regardent l'histoire de l'esprit humain comme la meilleure de toutes, et ils apprennent moins aux jeunes gens à retenir les faits qu'à en juger.

Ils veulent que l'amour des sciences soit borné et que chacun choisisse le genre d'étude qui convient le plus à son inclination et à son talent ; ils font aussi peu de cas d'un homme qui étudie trop que d'un homme qui mange trop, persuadés que l'esprit a ses indigestions comme le corps. Il n'y a que l'empereur seul qui ait une vaste et nombreuse bibliothèque. À l'égard de quelques particuliers qui en ont de trop grandes, on les regarde comme des ânes chargés de livres.

La philosophie chez ces peuples est très gaie, et ne consiste pas en *ergotisme* comme dans nos écoles ; ils ne savent ce que c'est que *baroco* et *baralipton*, que *catégories**, que termes de la première et de la seconde intention, et autres sottises épineuses de la dialectique, qui n'apprennent pas plus à raisonner qu'à danser. Leur philosophie consiste à établir des principes infaillibles, qui conduisent l'esprit à préférer l'état médiocre d'un honnête homme aux richesses et au faste d'un financier, et les victoires remportées sur ses passions à celles d'un conquérant. Elle leur apprend à vivre durement et à fuir tout ce qui accoutume les sens à la volupté, tout ce qui rend l'âme trop dépendante du corps et affaiblit sa liberté. Au reste, on leur représente toujours la vertu comme une chose aisée et agréable.

* *Anciens termes du jargon scolastique.*

On les exhorte à bien choisir leur état de vie, et on tâche de leur faire prendre celui qui leur convient le mieux, ayant moins d'égard aux facultés de leurs parents qu'aux facultés de leur âme ; en sorte que le fils d'un laboureur est quelquefois ministre d'État, et le fils d'un seigneur est marchand.

Ces peuples n'estiment la physique et les mathématiques qu'autant que ces sciences sont avantageuses à la vie et aux progrès des arts utiles. En général, ils se mettent peu en peine de connaître toutes les parties de l'univers, et aiment moins à raisonner sur l'ordre et le mouvement des corps physiques qu'à jouir de la nature sans l'examiner. À l'égard de la métaphysique, ils la regardent comme une source de visions et de chimères.

Ils haïssent l'affectation dans le langage et le style précieux, soit en prose, soit en vers, et ils jugent qu'il est aussi impertinent de se distinguer par sa manière de parler que par celle de s'habiller. Un auteur qui quitte le style pur, clair et sérieux, pour employer un jargon bizarre et guindé, et des métaphores recherchées et inouïes, est couru et hué dans les rues comme un masque de carnaval.

On cultive, parmi eux, le corps et l'âme tout à la fois, parce qu'il s'agit de dresser un homme, et que l'on ne doit pas former l'un sans l'autre. C'est, selon eux, un couple de chevaux attelés ensemble qu'il faut conduire à pas égaux. Tandis que vous ne formez, disent-ils, que l'esprit d'un enfant, son extérieur devient grossier et impoli ; tandis que vous ne lui formez que le corps, la stupidité et l'ignorance s'emparent de son esprit.

Il est défendu aux maîtres de châtier les enfants par la douleur ; ils le font par le retranchement de quelque douceur sensible, par la honte, et surtout par la privation de deux ou trois leçons, ce qui les mortifie extrêmement, parce qu'alors on les abandonne à eux-mêmes, et qu'on fait semblant de ne les pas juger dignes d'instruction. La douleur, selon eux, ne sert qu'à les rendre timides, défaut très préjudiciable et dont on ne guérit jamais.

VII

L'auteur, ayant reçu avis qu'on voulait lui faire son procès pour crime de lèse-majesté, s'enfuit dans le royaume de Blefuscu.

Avant que je parle de ma sortie de l'empire de Lilliput, il sera peut-être à propos d'instruire le lecteur d'une intrigue secrète qui se forma contre moi.

J'étais peu fait au manège de la cour, et la bassesse de mon état m'avait refusé les dispositions nécessaires pour devenir un habile courtisan, quoique plusieurs d'aussi basse extraction que moi aient souvent réussi à la cour et y soient parvenus aux plus grands emplois ; mais aussi n'avaient-ils pas peut-être la même délicatesse que moi sur la probité et sur l'honneur. Quoi qu'il en soit, pendant que je me disposais à partir pour me rendre auprès de l'empereur de Blefuscu, une personne de grande considération à la cour, et à qui j'avais rendu des services importants, me vint trouver secrètement pendant la nuit, et entra chez moi avec sa chaise sans se faire annoncer. Les porteurs furent congédiés. Je mis la chaise avec Son Excellence dans la poche de mon justaucorps, et, donnant ordre à un domestique de tenir la porte de ma maison fermée, je mis la chaise sur la table et je m'assis auprès. Après les premiers compliments, remarquant que l'air de ce seigneur était triste et inquiet, et lui en ayant demandé la raison, il me pria de le vouloir bien écouter sur un sujet qui intéressait mon honneur et ma vie.

« Je vous apprends, me dit-il, qu'on a convoqué depuis peu plusieurs comités secrets à votre sujet, et que depuis deux jours Sa Majesté a pris une fâcheuse résolution. Vous n'ignorez pas que *Skyresh Bolgolam* (*galbet* ou grand amiral) a presque toujours été votre ennemi mortel depuis votre arrivée ici. Je n'en sais pas l'origine ; mais sa haine s'est fort augmentée depuis votre expédition contre la flotte de Blefuscu : comme amiral, il est jaloux de ce grand succès. Ce seigneur, de concert avec *Flimnap*, grand trésorier ; *Limtoc*, le général ; *Lalcon*, le grand chambellan, et *Balmaff*, le grand juge, ont dressé des articles pour vous faire votre procès en qualité de criminel de lèse-majesté et comme coupable de plusieurs autres grands crimes. »

Cet exorde me frappa tellement, que j'allais l'interrompre, quand il me pria de ne rien dire et de l'écouter, et il continua ainsi :

« Pour reconnaître les services que vous m'avez rendus, je me suis fait instruire de tout le procès, et j'ai obtenu une copie des articles ; c'est une affaire dans laquelle je risque ma tête pour votre service.

ARTICLES DE L'ACCUSATION INTENTÉE CONTRE QUINBUS FLESTRIN (L'HOMME-MONTAGNE)

« Article premier. – D'autant que, par une loi portée sous le règne de Sa Majesté Impériale *Cabin Deffar Plune*, il est ordonné que quiconque fera de l'eau dans l'étendue du palais impérial sera sujet aux peines et châtiments du crime de lèse-majesté, et que, malgré cela ledit *Quinbus Flestrin*, par un violement ouvert de ladite loi, sous le prétexte d'éteindre le feu allumé dans l'appartement de la chère impériale épouse de Sa Majesté, aurait malicieusement, traîtreusement et diaboliquement, par la décharge de sa vessie, éteint ledit feu allumé dans ledit appartement, étant alors entré dans l'étendue dudit palais impérial ;

« Article II. – Que ledit *Quinbus Flestrin*, ayant amené la flotte royale de Blefuscu dans notre port impérial, et lui ayant été ensuite enjoint par Sa Majesté Impériale de se rendre maître de tous les autres vaisseaux dudit royaume de Blefuscu, et de le réduire à la forme d'une province qui pût être gouvernée par un vice-roi de notre pays, et de faire périr et mourir non seulement tous les gros-boutiens exilés, mais aussi tout le peuple de cet empire qui ne voudrait incessamment quitter l'hérésie gros-boutienne ; ledit *Flestrin*, comme un traître rebelle à sa très heureuse Impériale Majesté, aurait représenté une requête pour être dispensé dudit service, sous le prétexte frivole d'une répugnance de se mêler de contraindre les consciences et d'opprimer la liberté d'un peuple innocent ;

« Article III. – Que certains ambassadeurs étant venus depuis peu à la cour de Blefuscu pour demander la paix à Sa Majesté, ledit *Flestrin*, comme un sujet déloyal, aurait secouru, aidé, soulagé et régalé lesdits ambassadeurs, quoiqu'il les connût pour être ministres d'un prince qui venait d'être récemment l'ennemi déclaré de Sa Majesté impériale, et dans une guerre ouverte contre Sadite Majesté ;

« Article IV. – Que ledit *Quinbus Flestrin*, contre le devoir d'un fidèle sujet, se disposerait actuellement à faire un voyage à la cour de Blefuscu, pour lequel il n'a reçu qu'une permission verbale de Sa Majesté Impériale, et, sous prétexte de ladite permission, se proposerait témérairement et perfidement de faire ledit voyage, et de secourir, soulager et aider le roi de Blefuscu...

« Il y a encore d'autres articles, ajouta-t-il ; mais ce sont les plus importants dont je viens de vous lire un abrégé. Dans les différentes délibérations sur cette accusation, il faut avouer que Sa Majesté a fait voir sa modération, sa douceur et son équité, représentant plusieurs fois vos services et tâchant de diminuer vos crimes. Le trésorier et l'amiral ont opiné qu'on devait vous faire mourir d'une mort cruelle et ignominieuse, en mettant le feu à votre hôtel pendant la nuit, et le général devait vous attendre avec vingt mille hommes armés de flèches empoisonnées, pour vous frapper au visage et aux mains. Des ordres secrets devaient être donnés à quelques-uns de vos domestiques pour répandre un suc venimeux sur vos chemises, lequel vous aurait fait bientôt déchirer votre propre chair et mourir dans des tourments excessifs. Le général s'est rendu au même avis, en sorte que, pendant quelque temps, la pluralité des voix a été contre vous ; mais Sa Majesté, résolue de vous sauver la vie, a gagné le suffrage du chambellan. Sur ces entrefaites, *Reldresal*, premier secrétaire d'État pour les affaires secrètes, a reçu ordre de l'empereur de donner son avis, ce qu'il a fait conformément à celui de Sa Majesté, et certainement il a bien justifié l'estime que vous avez pour lui : il a reconnu que vos crimes étaient grands, mais qu'ils méritaient néanmoins quelque indulgence : il a dit que l'amitié qui était entre vous et lui était si connue, que peut-être on pourrait le croire prévenu en votre faveur ; que, cependant, pour obéir au commandement de Sa Majesté, il voulait dire son avis avec franchise et liberté ; que si Sa Majesté, en considération de vos services et suivant la douceur de son esprit, voulait bien vous sauver la vie et se contenter de vous faire crever les deux yeux, il jugeait avec soumission que, par cet expédient, la justice pourrait être en quelque sorte satisfaite, et que tout le monde applaudirait à la clémence de l'empereur, aussi bien qu'à la procédure équitable et généreuse de ceux qui avaient l'honneur d'être ses conseillers ; que la perte de vos yeux ne ferait point d'obstacle à votre force corporelle, par laquelle vous pourriez être encore utile à Sa Majesté ; que l'aveuglement sert à augmenter le courage, en nous cachant les périls ; que l'esprit en devient plus recueilli et plus disposé à la découverte de la vérité ; que la crainte que vous aviez pour vos yeux était la plus grande difficulté que vous aviez eue à surmonter en vous rendant maître de la flotte ennemie, et que ce serait assez que vous vissiez par les yeux des autres, puisque les plus puissants princes ne voient pas autrement. Cette proposition fut reçue avec un déplaisir extrême par toute l'assemblée. L'amiral *Bolgolam*, tout en feu, se leva, et, transporté de fureur, dit qu'il était étonné que le secrétaire osât opiner pour la conservation de la vie d'un traître ; que les services que vous aviez rendus étaient, selon les véritables maximes d'État, des crimes énormes ; que vous, qui étiez capable d'éteindre tout à coup un incendie en arrosant d'urine le palais de Sa Majesté (ce qu'il ne pouvait rappeler sans horreur), pourriez quelque autre fois, par le même moyen, inonder le palais et toute la ville, ayant une pompe énorme disposée à cet effet ; et que la même force qui vous avait mis en état d'entraîner toute la flotte de l'ennemi pourrait servir à la reconduire, sur le premier mécontentement, à l'endroit d'où vous l'aviez tirée ; qu'il avait des raisons très fortes de penser que vous étiez gros-boutien au fond de votre cœur, et parce que la trahison commence au cœur avant qu'elle paraisse dans les actions, comme gros-boutien, il vous déclara formellement traître et rebelle, et déclara qu'on devait vous faire mourir.

« Le trésorier fut du même avis. Il fit voir à quelles extrémités les finances de Sa Majesté étaient réduites par la dépense de votre entretien, ce qui deviendrait bientôt insoutenable ; que l'expédient proposé par le secrétaire de vous crever les yeux, loin d'être un remède contre ce mal, l'augmenterait selon toutes les apparences, comme il paraît par l'usage ordinaire d'aveugler certaines volailles, qui, après cela, mangent encore plus et s'engraissent plus promptement ; que Sa Majesté sacrée et le conseil, qui étaient vos juges, étaient dans leurs propres consciences persuadés de votre crime, ce qui était une preuve plus que suffisante pour vous condamner à mort, sans avoir recours à des preuves formelles requises par la lettre rigide de la loi.

« Mais Sa Majesté Impériale, étant absolument déterminée à ne vous point faire mourir, dit gracieusement que, puisque le conseil jugeait la perte de vos yeux un châtiment trop léger, on pourrait en ajouter un autre. Et votre ami le secrétaire, priant avec soumission d'être écouté encore pour répondre à ce que le trésorier avait objecté touchant la grande dépense que Sa Majesté faisait pour votre entretien, dit que Son Excellence, qui seule avait la disposition des finances de l'empereur, pourrait remédier facilement à ce mal en diminuant votre table peu à peu, et que, par ce moyen, faute d'une quantité suffisante de nourriture, vous deviendriez faible et languissant et perdriez l'appétit et bientôt après la vie. Ainsi, par la grande amitié du secrétaire, toute l'affaire a été déterminée à l'amiable ; des ordres précis ont été donnés pour tenir secret le dessein de vous faire peu à peu mourir de faim. L'arrêt pour vous crever les yeux a été enregistré dans le greffe du conseil, personne ne s'y opposant, si ce n'est l'amiral *Bolgolam*. Dans trois jours, le secrétaire aura ordre de se rendre chez vous et de lire les articles de votre accusation en votre présence, et puis de vous faire savoir la grande clémence et grâce de Sa Majesté et du conseil, en ne vous condamnant qu'à la perte de vos yeux, à laquelle Sa Majesté ne doute pas que vous vous soumettiez avec la reconnaissance et l'humilité qui conviennent. Vingt des chirurgiens de Sa Majesté se rendront à sa suite et exécuteront l'opération par la décharge adroite de plusieurs flèches très aiguës dans les prunelles de vos yeux lorsque vous serez couché à terre. C'est à vous à prendre les mesures convenables que votre prudence vous suggérera. Pour moi, afin de prévenir tout soupçon, il faut que je m'en retourne aussi secrètement que je suis venu. »

Son Excellence me quitta, et je restai seul livré aux inquiétudes. C'était un usage introduit par ce prince et par son ministère (très différent, à ce qu'on m'assure, de l'usage des premiers temps), qu'après que la cour avait ordonné un supplice pour satisfaire le ressentiment du souverain ou la malice d'un favori, l'empereur devait faire une harangue à tout son conseil, parlant de sa douceur et de sa clémence comme de qualités reconnues de tout le monde. La harangue de l'empereur à mon sujet fut bientôt publiée par tout l'empire, et rien n'inspira tant de terreur au peuple que ces éloges de la clémence de Sa Majesté, parce qu'on avait remarqué que plus ces éloges étaient amplifiés, plus le supplice était ordinairement cruel et injuste. Et, à mon égard, il faut avouer que, n'étant pas destiné par ma naissance ou par mon éducation à être homme de cour, j'entendais si peu les affaires, que je ne pouvais décider si l'arrêt porté contre moi était doux ou rigoureux, juste ou injuste. Je ne songeai point à demander la permission de me défendre ; j'aimais autant être condamné sans être entendu : car ayant autrefois vu plusieurs procès semblables, je les avais toujours vus terminés selon les instructions données aux juges et au gré des accusateurs et puissants.

J'eus quelque envie de faire de la résistance ; car, étant en liberté, toutes les forces de cet empire ne seraient pas venues à bout de moi, et j'aurais pu facilement, à coups de pierres, battre et renverser la capitale ; mais je rejetai aussitôt ce projet avec horreur, me ressouvenant du serment que j'avais prêté à Sa Majesté, des grâces que j'avais reçues d'elle et de la haute dignité de *nardac* qu'elle m'avait conférée. D'ailleurs, je n'avais pas assez pris l'esprit de la cour pour me persuader que les rigueurs de Sa Majesté m'acquittaient de toutes les obligations que je lui avais.

Enfin, je pris une résolution qui, selon les apparences, sera censurée de quelques personnes avec justice ; car je confesse que ce fut une grande témérité à moi et un très mauvais procédé de ma part d'avoir voulu conserver mes yeux, ma liberté et ma vie, malgré les ordres de la cour. Si j'avais mieux connu le caractère des princes et des ministres d'État, que j'ai depuis observé dans plusieurs autres cours, et leur méthode de traiter des accusés moins criminels que moi, je me serais soumis sans difficulté à une peine si douce ; mais, emporté par le feu de la jeunesse et ayant eu ci-devant la permission de Sa Majesté Impériale de me rendre auprès du roi de Blefuscu, je me hâtai, avant l'expiration des trois jours, d'envoyer une lettre à mon ami le secrétaire, par laquelle je lui faisais savoir la résolution que j'avais prise de partir ce jour-là même pour Blefuscu, suivant la permission que j'avais obtenue ; et, sans attendre la réponse, je m'avançai vers la côte de l'île où était la flotte. Je me saisis d'un gros vaisseau de guerre, j'attachai un câble à la proue, et, levant les ancres, je me déshabillai, mis mon habit (avec ma couverture que j'avais apportée sous mon bras) sur le vaisseau, et, le tirant après moi, tantôt guéant, tantôt nageant, j'arrivai au port royal de Blefuscu, où le peuple m'avait attendu longtemps. On m'y fournit deux guides pour me conduire à la capitale, qui porte le même nom. Je les tins dans mes mains jusqu'à ce que je fusse arrivé à cent toises de la porte de la ville, et je les priai de donner avis de mon arrivée à un des secrétaires d'État, et de lui faire savoir que j'attendais les ordres de Sa Majesté. Je reçus réponse, au bout d'une heure, que Sa Majesté, avec toute la maison royale, venait pour me recevoir. Je m'avançai de cinquante toises : le roi et sa suite descendirent de leurs chevaux, et la reine, avec les dames, sortirent de leurs carrosses, et je n'aperçus pas qu'ils eussent peur de moi. Je me couchai à terre pour baiser les mains du roi et de la reine. Je dis à Sa Majesté que j'étais venu, suivant ma promesse, et avec la permission de l'empereur mon maître, pour avoir l'honneur de voir un si puissant prince, et pour lui offrir tous les services qui dépendaient de moi et qui ne seraient pas contraires à ce que je devais à mon souverain, mais sans parler de ma disgrâce.

Je n'ennuierai point le lecteur du détail de ma réception à la cour, qui fut conforme à la générosité d'un si grand prince, ni des incommodités que j'essuyai faute d'une maison et d'un lit, étant obligé de me coucher à terre enveloppé de ma couverture.

VIII

L'auteur, par un accident heureux, trouve le moyen de quitter Blefuscu, et, après quelques difficultés, retourne dans sa patrie.

Trois jours après mon arrivée, me promenant par curiosité du côté de l'île qui regarde le nord-est, je découvris, à une demi-lieue de distance dans la mer, quelque chose qui me sembla être un bateau renversé. Je tirai mes souliers et mes bas, et, allant dans l'eau cent ou cent cinquante toises, je vis que l'objet s'approchait par la force de la marée, et je connus alors que c'était une chaloupe, qui, à ce que je crus, pouvait avoir été détachée d'un vaisseau par quelque tempête ; sur quoi, je revins incessamment à la ville, et priai Sa Majesté de me prêter vingt des plus grands vaisseaux qui lui restaient depuis la perte de sa flotte, et trois mille matelots, sous les ordres du vice-amiral. Cette flotte mit à la voile, faisant le tour, pendant que j'allai par le chemin le plus court à la côte où j'avais premièrement découvert la chaloupe. Je trouvai que la marée l'avait poussée encore plus près du rivage. Quand les vaisseaux m'eurent joint, je me dépouillai de mes habits, me mis dans l'eau, m'avançai jusqu'à cinquante toises de la chaloupe ; après quoi je fus obligé de nager jusqu'à ce que je l'eusse atteinte ; les matelots me jetèrent un câble, dont j'attachai un bout à un trou sur le devant du bateau, et l'autre bout à un vaisseau de guerre ; mais je ne pus continuer mon voyage, perdant pied dans l'eau. Je me mis donc à nager derrière la chaloupe et à la pousser en avant avec une de mes mains ; en sorte qu'à la faveur de la marée, je m'avançai tellement vers le rivage, que je pus avoir le menton hors de l'eau et trouver pied. Je me reposai deux ou trois minutes, et puis je poussai le bateau encore jusqu'à ce que la mer ne fût pas plus haute que mes aisselles, et alors la plus grande fatigue était passée ; je pris d'autres câbles apportés dans un des vaisseaux, et, les attachant premièrement au bateau et puis à neuf des vaisseaux qui m'attendaient, le vent étant assez favorable et les matelots m'aidant, je fis en sorte que nous arrivâmes à vingt toises du rivage, et, la mer s'étant retirée, je gagnai la chaloupe à pied sec, et, avec le secours de deux mille hommes et celui des cordes et des machines, je vins à bout de la relever, et trouvai qu'elle n'avait été que très peu endommagée.

Je fus dix jours à faire entrer ma chaloupe dans le port royal de Blefuscu, où il s'amassa un grand concours de peuple, plein d'étonnement à la vue d'un vaisseau si prodigieux.

Je dis au roi que ma bonne fortune m'avait fait rencontrer ce vaisseau pour me transporter à quelque autre endroit, d'où je pourrais retourner dans mon pays natal, et je priai Sa Majesté de vouloir bien donner ses ordres pour mettre ce vaisseau en état de me servir, et de me permettre de sortir de ses États, ce qu'après quelques plaintes obligeantes il lui plut de m'accorder.

J'étais fort surpris que l'empereur de Lilliput, depuis mon départ, n'eût fait aucune recherche à mon sujet ; mais j'appris que Sa Majesté Impériale, ignorant que j'avais eu avis de ses desseins, s'imaginait que je n'étais allé à Blefuscu que pour accomplir ma promesse, suivant la permission qu'elle m'en avait donnée, et que je reviendrais dans peu de jours ; mais, à la fin, ma longue absence la mit en peine, et, ayant tenu conseil avec le trésorier et le reste de la cabale, une personne de qualité fut dépêchée avec une copie des articles dressés contre moi. L'envoyé avait des instructions pour représenter au souverain de Blefuscu la grande douceur de son maître, qui s'était contenté de me punir par la perte de mes yeux ; que je m'étais soustrait à la justice, et que, si je ne retournais pas dans deux jours, je serais dépouillé de mon titre de *nardac* et déclaré criminel de haute trahison. L'envoyé ajouta que, pour conserver la paix et l'amitié entre les deux empires, son maître espérait que le roi de Blefuscu donnerait ordre de me faire reconduire à Lilliput pieds et mains liés, pour être puni comme un traître.

Le roi de Blefuscu, ayant pris trois jours pour délibérer sur cette affaire, rendit une réponse très honnête et très sage. Il représenta qu'à l'égard de me renvoyer lié, l'empereur n'ignorait pas que cela était impossible ; que, quoique je lui eusse enlevé la flotte, il m'était redevable de plusieurs bons offices que je lui avais rendus, par rapport au traité de paix ; d'ailleurs, qu'ils seraient bientôt l'un et l'autre délivrés de moi, parce que j'avais trouvé sur le rivage un vaisseau prodigieux, capable de me porter sur la mer, qu'il avait donné ordre d'accommoder avec mon secours et suivant mes instructions ; en sorte qu'il espérait que, dans peu de semaines, les deux empires seraient débarrassés d'un fardeau si insupportable.

Avec cette réponse, l'envoyé retourna à Lilliput, et le roi de Blefuscu me raconta tout ce qui s'était passé, m'offrant en même temps, mais secrètement et en confidence, sa gracieuse protection si je voulais rester à son service. Quoique je crusse sa proposition sincère, je pris la résolution de ne me livrer jamais à aucun prince ni à aucun ministre, lorsque je me pourrais passer d'eux ; c'est pourquoi, après avoir témoigné à Sa Majesté ma juste reconnaissance de ses intentions favorables, je la priai humblement de me donner mon congé, en lui disant que, puisque la fortune, bonne ou mauvaise, m'avait offert un vaisseau, j'étais résolu de me livrer à l'Océan plutôt que d'être l'occasion d'une rupture entre deux si puissants souverains. Le roi ne me parut pas offensé de ce discours, et j'appris même qu'il était bien aise de ma résolution, aussi bien que la plupart de ses ministres.

Ces considérations m'engagèrent à partir un peu plus tôt que je n'avais projeté, et la cour, qui souhaitait mon départ, y contribua avec empressement. Cinq cents ouvriers furent employés à faire deux voiles à mon bateau, suivant mes ordres, en doublant treize fois ensemble leur plus grosse toile et la matelassant. Je pris la peine de faire des cordes et des câbles, en joignant ensemble dix, vingt ou trente des plus forts des leurs. Une grosse pierre, que j'eus le bonheur de trouver, après une longue recherche, près du rivage de la mer, me servit d'ancre ; j'eus le suif de trois cents bœufs pour graisser ma chaloupe et pour d'autres usages. Je pris des peines infinies à couper les plus grands arbres pour en faire des rames et des mâts, en quoi cependant je fus aidé par des charpentiers des navires de Sa Majesté.

Au bout d'environ un mois, quand tout fut prêt, j'allai pour recevoir les ordres de Sa Majesté et pour prendre congé d'elle. Le roi, accompagné de la maison royale, sortit du palais. Je me couchai sur le visage pour avoir l'honneur de lui baiser la main, qu'il me donna très gracieusement, aussi bien que la reine et les jeunes princes du sang. Sa Majesté me fit présent de cinquante bourses de deux cents *spruggs* chacune, avec son portrait en grand, que je mis aussitôt dans un de mes gants pour le mieux conserver.

Je chargeai sur ma chaloupe cent bœufs et trois cents moutons, avec du pain et de la boisson à proportion, et une certaine quantité de viande cuite, aussi grande que quatre cents cuisinières m'avaient pu fournir. Je pris avec moi six vaches et six taureaux vivants, et un même nombre de brebis et de béliers, ayant dessein de les porter dans mon pays pour en multiplier l'espèce ; je me fournis aussi de foin et de blé. J'aurais été bien aise d'emmener six des gens du pays, mais le roi ne le voulut pas permettre ; et, outre une très exacte visite de mes poches, Sa Majesté me fit donner ma parole d'honneur que je n'emporterais aucun de ses sujets, quand même ce serait de leur propre consentement et à leur requête.

Ayant ainsi préparé toutes choses, je mis à la voile le vingt-quatrième jour de septembre 1701, sur les six heures du matin ; et, quand j'eus fait quatre lieues tirant vers le nord, le vent étant au sud-est, sur les six heures du soir je découvris une petite île longue d'environ une demi-lieue vers le nord-est. Je m'avançai et jetai l'ancre vers la côte de l'île qui était à l'abri du vent ; elle me parut inhabitée. Je pris des rafraîchissements et m'allai reposer. Je dormis environ six heures, car le jour commença à paraître deux heures après que je fus éveillé. Je déjeunai, et, le vent étant favorable, je levai l'ancre, et fis la même route que le jour précédent, guidé par mon compas de poche. C'était mon dessein de me rendre, s'il était possible, à une de ces îles que je croyais, avec raison, situées au nord-est de la terre de Van-Diémen.

Je ne découvris rien ce jour-là ; mais le lendemain, sur les trois heures après midi, quand j'eus fait, selon mon calcul, environ vingt-quatre lieues, je découvris un navire faisant route vers le sud-est. Je mis toutes mes voiles, et, au bout d'une demi-heure, le navire, m'ayant aperçu, arbora son pavillon et tira un coup de canon. Il n'est pas facile de représenter la joie que je ressentis de l'espérance que j'eus de revoir encore une fois mon aimable pays et les chers gages que j'y avais laissés. Le navire relâcha ses voiles, et je le joignis à cinq ou six heures du soir, le 26 septembre. J'étais transporté de joie de voir le pavillon d'Angleterre. Je mis mes vaches et mes moutons dans les poches de mon justaucorps et me rendis à bord avec toute ma petite cargaison de vivres. C'était un vaisseau marchand anglais, revenant du Japon par les mers du nord et du sud, commandé par le capitaine Jean Bidell, de Deptford, fort honnête homme et excellent marin.

Il y avait environ cinquante hommes sur le vaisseau, parmi lesquels je rencontrai un de mes anciens camarades nommé Pierre Williams, qui parla avantageusement de moi au capitaine. Ce galant homme me fit un très bon accueil et me pria de lui apprendre d'où je venais et où j'allais, ce que je fis en peu de mots ; mais il crut que la fatigue et les périls que j'avais courus m'avaient fait tourner la tête ; sur quoi je tirai mes vaches et mes moutons de ma poche, ce qui le jeta dans un grand étonnement, en lui faisant voir la vérité de ce que je venais de lui raconter. Je lui montrai les pièces d'or que m'avait données le roi de Blefuscu, aussi bien que le portrait de Sa Majesté en grand, avec plusieurs autres raretés de ce pays. Je lui donnai deux bourses de deux cents *spruggs* chacune, et promis, à notre arrivée en Angleterre, de lui faire présent d'une vache et d'une brebis pleines, pour qu'il en eût la race quand ces bêtes feraient leurs petits.

Je n'entretiendrai point le lecteur du détail de ma route ; nous arrivâmes à l'entrée de la Tamise le 13 d'avril 1702. Je n'eus qu'un seul malheur, c'est que les rats du vaisseau emportèrent une de mes brebis. Je débarquai le reste de mon bétail en santé, et le mis paître dans un parterre de jeu de boules à Greenwich.

Pendant le peu de temps que je restai en Angleterre, je fis un profit considérable en montrant mes animaux à plusieurs gens de qualité et même au peuple, et, avant que je commençasse mon second voyage, je les vendis six cents livres sterling. Depuis mon dernier retour, j'en ai inutilement cherché la race, que je croyais considérablement augmentée, surtout les moutons ; j'espérais que cela tournerait à l'avantage de nos manufactures de laine par la finesse des toisons.

Je ne restai que deux mois avec ma femme et ma famille : la passion insatiable de voir les pays étrangers ne me permit pas d'être plus longtemps sédentaire. Je laissai quinze cents livres sterling à ma femme et l'établis dans une bonne maison à Redriff ; je portai le reste de ma fortune avec moi, partie en argent et partie en marchandises, dans la vue d'augmenter mes fonds. Mon oncle Jean m'avait laissé des terres proches d'Epping, de trente livres sterling de rente, et j'avais un long bail des Taureaux noirs, en Fetterlane, qui me fournissait le même revenu : ainsi, je ne courais pas risque de laisser ma famille à la charité de la paroisse. Mon fils Jean, ainsi nommé du nom de son oncle, apprenait le latin et allait au collège, et ma fille Élisabeth, qui est à présent mariée et a des enfants, s'appliquait au travail de l'aiguille. Je dis adieu à ma femme, à mon fils et à ma fille, et, malgré beaucoup de larmes qu'on versa de part et d'autre, je montai courageusement sur l'*Aventure*, vaisseau marchand de trois cents tonneaux, commandé par le capitaine Jean Nicolas, de Liverpool.

Voyage à Brobdingnag

I

L'auteur, après avoir essuyé une grande tempête, se met dans une chaloupe pour descendre à terre et est saisi par un des habitants du pays. Comment il en est traité. Idée du pays et du peuple.

Ayant été condamné par la nature et par la fortune à une vie agitée, deux mois après mon retour, comme j'ai dit, j'abandonnai encore mon pays natal et je m'embarquai, le 20 juin 1702, sur un vaisseau nommé l'*Aventure*, dont le capitaine Jean Nicolas, de la province de Cornouailles, partait pour Surate. Nous eûmes le vent très favorable jusqu'à la hauteur du cap de Bonne-Espérance, où nous mouillâmes pour faire aiguade. Notre capitaine se trouvant alors incommodé d'une fièvre intermittente, nous ne pûmes quitter le cap qu'à la fin du mois de mars. Alors, nous remîmes à la voile, et notre voyage fut heureux jusqu'au détroit de Madagascar ; mais étant arrivés au nord de cette île, les vents qui dans ces mers soufflent toujours également entre le nord et l'ouest, depuis le commencement de décembre jusqu'au commencement de mai, commencèrent le 29 avril à souffler très violemment du côté de l'ouest, ce qui dura vingt jours de suite, pendant lesquels nous fûmes poussés un peu à l'orient des îles Moluques et environ à trois degrés au nord de la ligne équinoxiale, ce que notre capitaine découvrit par son estimation faite le second jour de mai, que le vent cessa ; mais, étant homme très expérimenté dans la navigation de ces mers, il nous ordonna de nous préparer pour le lendemain à une terrible tempête : ce qui ne manqua pas d'arriver. Un vent du sud, appelé *mousson*, commença à s'élever. Appréhendant que le vent ne devînt trop fort, nous serrâmes la voile du beaupré et mîmes à la cape pour serrer la misaine ; mais, l'orage augmentant toujours, nous fîmes attacher les canons et serrâmes la misaine. Le vaisseau était au large, et ainsi nous crûmes que le meilleur parti à prendre était d'aller vent derrière. Nous rivâmes la misaine et bordâmes les écoutes ; le timon était devers le vent, et le navire se gouvernait bien. Nous mîmes hors la grande voile ; mais elle fut déchirée par la violence du temps. Après, nous amenâmes la grande vergue pour la dégréer, et coupâmes tous les cordages et le robinet qui la tenaient. La mer était très haute, les vagues se brisant les unes contre les autres. Nous tirâmes les bras du timon et aidâmes au timonier, qui ne pouvait gouverner seul. Nous ne voulions pas amener le mât du grand hunier, parce que le vaisseau se gouvernait mieux allant avec la mer, et nous étions persuadés qu'il ferait mieux son chemin le mat gréé.

Voyant que nous étions assez au large après la tempête, nous mîmes hors la misaine et la grande voile, et gouvernâmes près du vent ; après nous mîmes hors l'artimon, le grand et le petit hunier. Notre route était est-nord-est ; le vent était au sud-ouest. Nous amarrâmes à tribord et démarrâmes le bras de devers le vent, brassâmes les boulines, et mîmes le navire au plus près du vent, toutes les voiles portant. Pendant cet orage, qui fut suivi d'un vent impétueux d'est-sud-ouest, nous fûmes poussés, selon mon calcul, environ cinq cents lieues vers l'orient, en sorte que le plus vieux et le plus expérimenté des mariniers ne sut nous dire en quelle partie du monde nous étions. Cependant les vivres ne nous manquaient pas, notre vaisseau ne faisait point d'eau, et notre équipage était en bonne santé ; mais nous étions réduits à une très grande disette d'eau. Nous jugeâmes plus à propos de continuer la même route que de tourner au nord, ce qui nous aurait peut-être portés aux parties de la Grande-Tartarie qui sont le plus au nord-ouest et dans la mer Glaciale.

Le seizième de juin 1703, un garçon découvrit la terre du haut du perroquet ; le dix-septième, nous vîmes clairement une grande île ou un continent (car nous ne sûmes pas lequel des deux), sur le côté droit duquel il y avait une petite langue de terre qui s'avançait dans la mer, et une petite baie trop basse pour qu'un vaisseau de plus de cent tonneaux pût y entrer. Nous jetâmes l'ancre à une lieue de cette petite baie ; notre capitaine envoya douze hommes de son équipage bien armés dans la chaloupe, avec des vases pour l'eau si l'on pouvait en trouver. Je lui demandai la permission d'aller avec eux pour voir le pays et faire toutes les découvertes que je pourrais. Quand nous fûmes à terre, nous ne vîmes ni rivière, ni fontaines, ni aucun vestige d'habitants, ce qui obligea nos gens à côtoyer le rivage pour chercher de l'eau fraîche proche de la mer. Pour moi, je me promenai seul, et avançai environ un mille dans les terres, où je ne remarquai qu'un pays stérile et plein de rochers. Je commençais à me lasser, et, ne voyant rien qui pût satisfaire ma curiosité, je m'en retournais doucement vers la petite baie, lorsque je vis nos hommes sur la chaloupe qui semblaient tâcher, à force de rames, de sauver leur vie, et je remarquai en même temps qu'ils étaient poursuivis par un homme d'une grandeur prodigieuse. Quoiqu'il fût entré dans la mer, il n'avait de l'eau que jusqu'aux genoux et faisait des enjambées étonnantes ; mais nos gens avaient pris le devant d'une demi-lieue, et, la mer étant en cet endroit pleine de rochers, le grand homme ne put atteindre la chaloupe. Pour moi, je me mis à fuir aussi vite que je pus, et je grimpai jusqu'au sommet d'une montagne escarpée, qui me donna le moyen de voir une partie du pays. Je le trouvai parfaitement bien cultivé ; mais ce qui me surprit d'abord fut la grandeur de l'herbe, qui me parut avoir plus de vingt pieds de hauteur.

Je pris un grand chemin, qui me parut tel, quoiqu'il ne fût pour les habitants qu'un petit sentier qui traversait un champ d'orge. Là, je marchai pendant quelque temps ; mais je ne pouvais presque rien voir, le temps de la moisson étant proche et les blés étant de quarante pieds au moins. Je marchai pendant une heure avant que je pusse arriver à l'extrémité de ce champ, qui était enclos d'une haie haute au moins de cent vingt pieds ; pour les arbres, ils étaient si grands, qu'il me fut impossible d'en supputer la hauteur.

Je tâchais de trouver quelque ouverture dans la haie, quand je découvris un des habitants dans le champ prochain, de la même taille que celui que j'avais vu dans la mer poursuivant notre chaloupe. Il me parut aussi haut qu'un clocher ordinaire, et il faisait environ cinq toises à chaque enjambée, autant que je pus conjecturer. Je fus frappé d'une frayeur extrême, et je courus me cacher dans le blé, d'où je le vis s'arrêter à une ouverture de la haie, jetant les yeux çà et là et appelant d'une voix plus grosse et plus retentissante que si elle fût sortie d'un porte-voix ; le son était si fort et si élevé dans l'air que d'abord je crus entendre le tonnerre. Aussitôt sept hommes de sa taille s'avancèrent vers lui, chacun une faucille à la main, chaque faucille étant de la grandeur de six faux. Ces gens n'étaient pas si bien habillés que le premier, dont ils semblaient être les domestiques. Selon les ordres qu'il leur donna, ils allèrent pour couper le blé dans le champ où j'étais couché. Je m'éloignai d'eux autant que je pus ; mais je ne me remuais qu'avec une difficulté extrême, car les tuyaux de blé n'étaient pas quelquefois distants de plus d'un pied l'un de l'autre, en sorte que je ne pouvais guère marcher dans cette espèce de forêt. Je m'avançai cependant vers un endroit du champ où la pluie et le vent avaient couché le blé : il me fut alors tout à fait impossible d'aller plus loin, car les tuyaux étaient si entrelacés qu'il n'y avait pas moyen de ramper à travers, et les barbes des épis tombés étaient si fortes et si pointues qu'elles me perçaient au travers de mon habit et m'entraient dans la chair. Cependant, j'entendais les moissonneurs qui n'étaient qu'à cinquante toises de moi. Étant tout à fait épuisé et réduit au désespoir, je me couchai entre deux sillons, et je souhaitais d'y finir mes jours, me représentant ma veuve désolée, avec mes enfants orphelins, et déplorant ma folie, qui m'avait fait entreprendre ce second voyage contre l'avis de tous mes amis et de tous mes parents.

Dans cette terrible agitation, je ne pouvais m'empêcher de songer au pays de Lilliput, dont les habitants m'avaient regardé comme le plus grand prodige qui ait jamais paru dans le monde, où j'étais capable d'entraîner une flotte entière d'une seule main, et de faire d'autres actions merveilleuses dont la mémoire sera éternellement conservée dans les chroniques de cet empire, pendant que la postérité les croira avec peine, quoique attestées par une nation entière. Je fis réflexion quelle mortification ce serait pour moi de paraître aussi misérable aux yeux de la nation parmi laquelle je me trouvais alors, qu'un Lilliputien le serait parmi nous ; mais je regardais cela comme le moindre de mes malheurs : car on remarque que les créatures humaines sont ordinairement plus sauvages et plus cruelles à raison de leur taille, et, en faisant cette réflexion, que pouvais-je attendre, sinon d'être bientôt un morceau dans la bouche du premier de ces barbares énormes qui me saisirait ? En vérité, les philosophes ont raison quand ils nous disent qu'il n'y a rien de grand ou de petit que par comparaison. Peut-être que les Lilliputiens trouveront quelque nation plus petite, à leur égard, qu'ils me le parurent, et qui sait si cette race prodigieuse de mortels ne serait pas une nation lilliputienne par rapport à celle de quelque pays que nous n'avons pas encore découvert ? Mais, effrayé et confus comme j'étais, je ne fis pas alors toutes ces réflexions philosophiques.

Un des moissonneurs, s'approchant à cinq toises du sillon où j'étais couché, me fit craindre qu'en faisant encore un pas, je ne fusse écrasé sous son pied ou coupé en deux par sa faucille ; c'est pourquoi, le voyant près de lever le pied et d'avancer, je me mis à jeter des cris pitoyables et aussi forts que la frayeur dont j'étais saisi me le put permettre. Aussitôt le géant s'arrêta, et, regardant autour et au-dessous de lui avec attention, enfin il m'aperçut. Il me considéra quelque temps avec la circonspection d'un homme qui tâche d'attraper un petit animal dangereux d'une manière qu'il n'en soit ni égratigné ni mordu, comme j'avais fait moi-même quelquefois à l'égard d'une belette, en Angleterre. Enfin, il eut la hardiesse de me prendre par les deux cuisses et de me lever à une toise et demie de ses yeux, afin d'observer ma figure plus exactement. Je devinai son intention, et je résolus de ne faire aucune résistance, tandis qu'il me tenait en l'air à plus de soixante pieds de terre, quoiqu'il me serrât très cruellement, par la crainte qu'il avait que je ne glissasse d'entre ses doigts. Tout ce que j'osai faire fut de lever mes yeux vers le soleil, de mettre mes mains dans la posture d'un suppliant, et de dire quelques mots d'un accent très humble et très triste, conformément à l'état où je me trouvais alors, car je craignais à chaque instant qu'il ne voulût m'écraser, comme nous écrasons d'ordinaire certains petits animaux odieux que nous voulons faire périr ; mais il parut content de ma voix et de mes gestes, et il commença à me regarder comme quelque chose de curieux, étant bien surpris de m'entendre articuler des mots, quoiqu'il ne les comprit pas.

Cependant je ne pouvais m'empêcher de gémir et de verser des larmes, et, en tournant la tête, je lui faisais entendre, autant que je pouvais, combien il me faisait de mal par son pouce et par son doigt. Il me parut qu'il comprenait la douleur que je ressentais, car, levant un pan de son justaucorps, il me mit doucement dedans, et aussitôt il courut vers son maître, qui était un riche laboureur, et le même que j'avais vu d'abord dans le champ.

Le laboureur prit un petit brin de paille environ de la grosseur d'une canne dont nous nous appuyons en marchant, et avec ce brin leva les pans de mon justaucorps, qu'il me parut prendre pour une espèce de couverture que la nature m'avait donnée ; il souffla mes cheveux pour mieux voir mon visage ; il appela ses valets, et leur demanda, autant que j'en pus juger, s'ils avaient jamais vu dans les champs aucun animal qui me ressemblât. Ensuite il me plaça doucement à terre sur les quatre pattes ; mais je me levai aussitôt et marchai gravement, allant et venant, pour faire voir que je n'avais pas envie de m'enfuir. Ils s'assirent tous en rond autour de moi, pour mieux observer mes mouvements. J'ôtai mon chapeau, et je fis une révérence très soumise au paysan ; je me jetai à ses genoux, je levai les mains et la tête, et je prononçai plusieurs mots aussi fortement que je pus. Je tirai une bourse pleine d'or de ma poche et la lui présentai très humblement. Il la reçut dans la paume de sa main, et la porta bien près de son œil pour voir ce que c'était, et ensuite la tourna plusieurs fois avec la pointe d'une épingle qu'il tira de sa manche ; mais il n'y comprit rien. Sur cela, je lui fis signe qu'il mît sa main à terre, et, prenant la bourse, je l'ouvris et répandis toutes les pièces d'or dans sa main. Il y avait six pièces espagnoles de quatre pistoles chacune, sans compter vingt ou trente pièces plus petites. Je le vis mouiller son petit doigt sur sa langue, et lever une de mes pièces les plus grosses, et ensuite une autre ; mais il me sembla tout à fait ignorer ce que c'était ; il me fit signe de les remettre dans ma bourse, et la bourse dans ma poche.

Le laboureur fut alors persuadé qu'il fallait que je fusse une petite créature raisonnable ; il me parla très souvent, mais le son de sa voix m'étourdissait les oreilles comme celui d'un moulin à eau ; cependant ses mots étaient bien articulés. Je répondis aussi fortement que je pus en plusieurs langues, et souvent il appliqua son oreille à une toise de moi, mais inutilement. Ensuite il renvoya ses gens à leur travail, et, tirant son mouchoir de sa poche, il le plia en deux et l'étendit sur sa main gauche, qu'il avait mise à terre, me faisant signe d'entrer dedans, ce que je pus faire aisément, car elle n'avait pas plus d'un pied d'épaisseur. Je crus devoir obéir, et, de peur de tomber, je me couchai tout de mon long sur le mouchoir, dont il m'enveloppa, et, de cette façon, il m'emporta chez lui. Là, il appela sa femme et me montra à elle ; mais elle jeta des cris effroyables, et recula comme font les femmes en Angleterre à la vue d'un crapaud ou d'une araignée. Cependant, lorsque, au bout de quelque temps, elle eut vu toutes mes manières et comment j'observais les signes que faisait son mari, elle commença à m'aimer très tendrement.

Il était environ l'heure de midi, et alors un domestique servit le dîner. Ce n'était, suivant l'état simple d'un laboureur, que de la viande grossière dans un plat d'environ vingt-quatre pieds de diamètre. Le laboureur, sa femme, trois enfants et une vieille grand-mère composaient la compagnie. Lorsqu'ils furent assis, le fermier me plaça à quelque distance de lui sur la table, qui était à peu près haute de trente pieds ; je me tins aussi loin que je pus du bord, de crainte de tomber. La femme coupa un morceau de viande, ensuite elle émietta du pain dans une assiette de bois, qu'elle plaça devant moi. Je lui fis une révérence très humble, et, tirant mon couteau et ma fourchette, je me mis à manger, ce qui leur donna un très grand plaisir. La maîtresse envoya sa servante chercher une petite tasse qui servait à boire des liqueurs et qui contenait environ douze pintes, et la remplit de boisson. Je levai le vase avec une grande difficulté, et, d'une manière très respectueuse, je bus à la santé de madame, exprimant les mots aussi fortement que je pouvais en anglais, ce qui fit faire à la compagnie de si grands éclats de rire, que peu s'en fallut que je n'en devinsse sourd. Cette boisson avait à peu près le goût du petit cidre, et n'était pas désagréable. Le maître me fit signe de venir à côté de son assiette de bois ; mais, en marchant trop vite sur la table, une petite croûte de pain me fit broncher et tomber sur le visage, sans pourtant me blesser. Je me levai aussitôt, et, remarquant que ces bonnes gens en étaient fort touchés, je pris mon chapeau, et, le faisant tourner sur ma tête, je fis trois acclamations pour marquer que je n'avais point reçu de mal ; mais en avançant vers mon maître (c'est le nom que je lui donnerai désormais), le dernier de ses fils, qui était assis le plus proche de lui, et qui était très malin et âgé d'environ dix ans, me prit par les jambes, et me tint si haut dans l'air que je me trémoussai de tout mon corps. Son père m'arracha d'entre ses mains, et en même temps lui donna sur l'oreille gauche un si grand soufflet, qu'il en aurait presque renversé une troupe de cavalerie européenne, et lui ordonna de se lever de table ; mais, ayant à craindre que le garçon ne gardât quelque ressentiment contre moi, et me souvenant que tous les enfants chez nous sont naturellement méchants à l'égard des oiseaux, des lapins, des petits chats et des petits chiens, je me mis à genoux, et, montrant le garçon au doigt, je me fis entendre à mon maître autant que je pus, et le priai de pardonner à son fils. Le père y consentit, et le garçon reprit sa chaise ; alors je m'avançai jusqu'à lui et lui baisai la main.

Au milieu du dîner, le chat favori de ma maîtresse sauta sur elle. J'entendis derrière moi un bruit ressemblant à celui de douze faiseurs de bas au métier, et, tournant ma tête, je trouvai que c'était un chat qui miaulait. Il me parut trois fois plus grand qu'un bœuf, comme je le jugeai en voyant sa tête et une de ses pattes, pendant que sa maîtresse lui donnait à manger et lui faisait des caresses. La férocité du visage de cet animal me déconcerta tout à fait, quoique je me tinsse au bout le plus éloigné de la table, à la distance de cinquante pieds, et quoique ma maîtresse tînt le chat de peur qu'il ne s'élançât sur moi ; mais il n'y eut point d'accident, et le chat m'épargna.

Mon maître me plaça à une toise et demie du chat, et comme j'ai toujours éprouvé que lorsqu'on fuit devant un animal féroce ou que l'on paraît avoir peur, c'est alors qu'on en est infailliblement poursuivi, je résolus de faire bonne contenance devant le chat, et je m'avançai jusqu'à dix-huit pouces, ce qui le fit reculer comme s'il eût eu lui-même peur de moi. J'eus moins d'appréhension des chiens. Trois ou quatre entrèrent dans la salle, entre lesquels il y avait un mâtin d'une grosseur égale à celle de quatre éléphants, et un lévrier un peu plus haut que le mâtin, mais moins gros.

Sur la fin du dîner, la nourrice entra, portant entre ses bras un enfant de l'âge d'un an, qui, aussitôt qu'il m'aperçut, poussa des cris formidables. L'enfant, me regardant comme une poupée ou une babiole, criait afin de m'avoir pour lui servir de jouet. La mère m'éleva et me donna à l'enfant, qui se saisit bientôt de moi et mit ma tête dans sa bouche, où je commençai à hurler si horriblement que l'enfant, effrayé, me laissa tomber. Je me serais infailliblement cassé la tête si la mère n'avait pas tenu son tablier sous moi. La nourrice, pour apaiser son poupon, se servit d'un hochet qui était un gros pilier creux, rempli de grosses pierres et attaché par un câble au milieu du corps de l'enfant ; mais cela ne put l'apaiser, et elle se trouva réduite à se servir du dernier remède, qui fut de lui donner à téter. Il faut avouer que jamais objet ne me parut plus effroyable que les seins de cette nourrice, et je ne sais à quoi je puis les comparer.

Après le dîner, mon maître alla retrouver ses ouvriers, et, à ce que je pus comprendre par sa voix et par ses gestes, il chargea sa femme de prendre un grand soin de moi. J'étais bien las, et j'avais une grande envie de dormir ; ce que ma maîtresse apercevant, elle me mit dans son lit, et me couvrit avec un mouchoir blanc, mais plus large que la grande voile d'un vaisseau de guerre.

Je dormis pendant deux heures, et songeai que j'étais chez moi avec ma femme et mes enfants, ce qui augmenta mon affliction quand je m'éveillai et me trouvai tout seul dans une chambre vaste de deux ou trois cents pieds de largeur et deux cents de hauteur, et couché dans un lit large de dix toises. Ma maîtresse était sortie pour les affaires de la maison, et m'avait enfermé au verrou. Le lit était élevé de quatre toises ; je voulais descendre, et je n'osais appeler ; quand je l'eusse essayé, c'eût été inutilement, avec une voix comme la mienne, et y ayant une si grande distance de la chambre où j'étais à la cuisine, où la famille se tenait. Sur ces entrefaites, deux rats grimpèrent le long des rideaux et se mirent à courir sur le lit ; l'un approcha de mon visage, sur quoi je me levai tout effrayé, et mis le sabre à la main pour me défendre. Ces animaux horribles eurent l'insolence de m'attaquer des deux côtés ; mais je fendis le ventre à l'un, et l'autre s'enfuit. Après cet exploit, je me couchai pour me reposer et reprendre mes esprits. Ces animaux étaient de la grosseur d'un mâtin, mais infiniment plus agiles et plus féroces, en sorte que si j'eusse ôté mon ceinturon et mis bas mon sabre avant de me coucher, j'aurais été infailliblement dévoré par deux rats.

Bientôt après, ma maîtresse entra dans la chambre, et me voyant tout couvert de sang, elle accourut et me prit dans sa main. Je lui montrai avec mon doigt le rat mort, en souriant et en faisant d'autres signes, pour lui faire entendre que je n'étais pas blessé, ce qui lui donna de la joie. Je tâchai de lui faire entendre que je souhaitais fort qu'elle me mît à terre, ce qu'elle fit, et je me sauvai dans le jardin.

II

Portrait de la fille du laboureur. L'auteur est conduit à une ville où il y avait un marché, et ensuite à la capitale. Détail de son voyage.

Ma maîtresse avait une fille de l'âge de neuf ans, enfant qui avait beaucoup d'esprit pour son âge. Sa mère, de concert avec elle, s'avisa d'accommoder pour moi le berceau de sa poupée avant qu'il fût nuit. Le berceau fut mis dans un petit tiroir de cabinet, et le tiroir posé sur une tablette suspendue, de peur des rats ; ce fut là mon lit pendant tout le temps que je demeurai avec ces bonnes gens. Cette jeune fille était si adroite, qu'après que je me fus déshabillé une ou deux fois en sa présence, elle sut m'habiller et me déshabiller quand il lui plaisait, quoique je ne lui donnasse cette peine que pour lui obéir ; elle me fit six chemises et d'autres sortes de linge, de la toile la plus fine qu'on put trouver (qui, à la vérité, était plus grossière que des toiles de navire), et les blanchit toujours elle-même. Ma blanchisseuse était encore la maîtresse d'école qui m'apprenait sa langue. Quand je montrais quelque chose du doigt, elle m'en disait le nom aussitôt ; en sorte qu'en peu de temps je fus en état de demander ce que je souhaitais : elle avait, en vérité, un très bon naturel ; elle me donna le nom de *Grildrig*, mot qui signifie ce que les Latins appellent *homunculus*, les Italiens *Uomoncellino*, et les Anglais *manikin*. C'est à elle que je fus redevable de ma conservation. Nous étions toujours ensemble ; je l'appelais *Glumdalclitch*, ou la petite nourrice, et je serais coupable d'une très noire ingratitude si j'oubliais jamais ses soins et son affection pour moi. Je souhaite de tout mon cœur être un jour en état de les reconnaître, au lieu d'être peut-être l'innocente mais malheureuse cause de sa disgrâce, comme j'ai trop lieu de l'appréhender.

Il se répandit alors dans tout le pays que mon maître avait trouvé dans les champs un petit animal environ de la grosseur d'un *splacknock* (animal de ce pays long d'environ six pieds), et de la même figure qu'une créature humaine ; qu'il imitait l'homme dans toutes ses actions, et semblait parler une petite espèce de langue qui lui était propre ; qu'il avait déjà appris plusieurs de leurs mots ; qu'il marchait droit sur les deux pieds, était doux et traitable, venait quand il était appelé, faisait tout ce qu'on lui ordonnait de faire, avait les membres délicats et un teint plus blanc et plus fin que celui de la fille d'un seigneur à l'âge de trois ans. Un laboureur voisin, intime ami de mon maître, lui rendit visite exprès pour examiner la vérité du bruit qui s'était répandu. On me fit venir aussitôt : on me mit sur une table, où je marchai comme on me l'ordonna. Je tirai mon sabre et le remis dans mon fourreau ; je fis la révérence à l'ami de mon maître ; je lui demandai, dans sa propre langue, comment il se portait, et lui dis qu'il était le bienvenu, le tout suivant les instructions de ma petite maîtresse. Cet homme, de qui le grand âge avait fort affaibli la vue, mit ses lunettes pour me regarder mieux ; sur quoi je ne pus m'empêcher d'éclater de rire. Les gens de la famille, qui découvrirent la cause de ma gaieté, se prirent à rire, de quoi le vieux penard fut assez bête pour se fâcher. Il avait l'air d'un avare, et il le fit bien paraître par le conseil détestable qu'il donna à mon maître de me faire voir pour de l'argent à quelque jour de marché, dans la ville prochaine, qui était éloignée de notre maison d'environ vingt-deux milles. Je devinai qu'il y avait quelque dessein sur le tapis, lorsque je remarquai mon maître et son ami parlant ensemble tout bas à l'oreille pendant un assez long temps, et quelquefois me regardant et me montrant au doigt.

Le lendemain au matin, *Glumdalclitch*, ma petite maîtresse, me confirma dans ma pensée, en me racontant toute l'affaire, qu'elle avait apprise de sa mère. La pauvre fille me cacha dans son sein et versa beaucoup de larmes : elle appréhendait qu'il ne m'arrivât du mal, que je ne fusse froissé, estropié, et peut-être écrasé par des hommes grossiers et brutaux qui me manieraient rudement. Comme elle avait remarqué que j'étais modeste de mon naturel, et très délicat dans tout ce qui regardait mon honneur, elle gémissait de me voir exposé pour de l'argent à la curiosité du plus bas peuple ; elle disait que son papa et sa maman lui avaient promis que *Grildrig* serait tout à elle ; mais qu'elle voyait bien qu'on la voulait tromper, comme on avait fait, l'année dernière, quand on feignit de lui donner un agneau, qui, quand il fut gras, fut vendu à un boucher. Quant à moi, je puis dire, en vérité, que j'eus moins de chagrin que ma petite maîtresse. J'avais conçu de grandes espérances, qui ne m'abandonnèrent jamais, que je recouvrerais un jour ma liberté, et, à l'égard de l'ignominie d'être porté çà et là comme un monstre, je songeai qu'une telle disgrâce ne me pourrait jamais être reprochée, et ne flétrirait point mon honneur lorsque je serais de retour en Angleterre, parce que le roi même de la Grande-Bretagne, s'il se trouvait en pareille situation, aurait un pareil sort.

Mon maître, suivant l'avis de son ami, me mit dans une caisse, et, le jour du marché suivant, me mena à la ville prochaine avec sa petite fille. La caisse était fermée de tous côtés, et était seulement percée de quelques trous pour laisser entrer l'air. La fille avait pris le soin de mettre sous moi le matelas du lit de sa poupée ; cependant je fus horriblement agité et rudement secoué dans ce voyage, quoiqu'il ne durât pas plus d'une demi-heure. Le cheval faisait à chaque pas environ quarante pieds, et trottait si haut, que l'agitation était égale à celle d'un vaisseau dans une tempête furieuse ; le chemin était un peu plus long que de Londres à Saint-Albans. Mon maître descendit de cheval à une auberge où il avait coutume d'aller, et, après avoir pris conseil avec l'hôte et avoir fait quelques préparatifs nécessaires, il loua le *glultrud* ou crieur public, pour donner avis à toute la ville d'un petit animal étranger qu'on ferait voir à l'enseigne de l'Aigle vert, qui était moins gros qu'un *splacknock*, et ressemblant dans toutes les parties de son corps à une créature humaine, qui pouvait prononcer plusieurs mots et faire une infinité de tours d'adresse.

Je fus posé sur une table dans la salle la plus grande de l'auberge, qui était presque large de trois cents pieds en carré. Ma petite maîtresse se tenait debout sur un tabouret bien près de la table, pour prendre soin de moi et m'instruire de ce qu'il fallait faire. Mon maître, pour éviter la foule et le désordre, ne voulut pas permettre que plus de trente personnes entrassent à la fois pour me voir. Je marchai çà et là sur la table, suivant les ordres de la fille : elle me fit plusieurs questions qu'elle sut être à ma portée et proportionnées à la connaissance que j'avais de la langue, et je répondis le mieux et le plus haut que je pus. Je me retournai plusieurs fois vers toute la compagnie, et fis mille révérences. Je pris un dé plein de vin, que *Glumdalclitch* m'avait donné pour gobelet, et je bus à leur santé. Je tirai mon sabre et fis le moulinet à la façon des maîtres d'armes d'Angleterre. La fille me donna un bout de paille, dont je fis l'exercice comme d'une pique, ayant appris cela dans ma jeunesse. Je fus obligé de répéter toujours les mêmes choses, jusqu'à ce que je fusse presque mort de lassitude, d'ennui et de chagrin.

Ceux qui m'avaient vu firent de tous côtés des rapports si merveilleux, que le peuple voulait ensuite enfoncer les portes pour entrer.

Mon maître, ayant en vue ses propres intérêts, ne voulut permettre à personne de me toucher, excepté à ma petite maîtresse, et, pour me mettre plus à couvert de tout accident, on avait rangé des bancs autour de la table, à une telle distance que je ne fusse à portée d'aucun spectateur. Cependant un petit écolier malin me jeta une noisette à la tête, et il s'en fallut peu qu'il ne m'attrapât ; elle fut jetée avec tant de force que, s'il n'eût pas manqué son coup, elle m'aurait infailliblement fait sauter la cervelle, car elle était presque aussi grosse qu'un melon ; mais j'eus la satisfaction de voir le petit écolier chassé de la salle.

Mon maître fit afficher qu'il me ferait voir encore le jour du marché suivant ; cependant il me fit faire une voiture plus commode, vu que j'avais été si fatigué de mon premier voyage et du spectacle que j'avais donné pendant huit heures de suite, que je ne pouvais plus me tenir debout et que j'avais presque perdu la voix. Pour m'achever, lorsque je fus de retour, tous les gentilshommes du voisinage, ayant entendu parler de moi, se rendirent à la maison de mon maître. Il y en eut un jour plus de trente, avec leurs femmes et leurs enfants, car ce pays, aussi bien que l'Angleterre, est peuplé de gentilshommes fainéants et désœuvrés.

Mon maître, considérant le profit que je pouvais lui rapporter, résolut de me faire voir dans les villes du royaume les plus considérables. S'étant donc fourni de toutes les choses nécessaires à un long voyage, après avoir réglé ses affaires domestiques et dit adieu à sa femme, le 17 août 1703, environ deux mois après mon arrivée, nous partîmes pour nous rendre à la capitale, située vers le milieu de cet empire, et environ à quinze cents lieues de notre demeure. Mon maître fit monter sa fille en trousse derrière lui ! Elle me porta dans une boîte attachée autour de son corps, doublée du drap le plus fin qu'elle avait pu trouver.

Le dessein de mon maître fut de me faire voir sur la route, dans toutes les villes, bourgs et villages un peu fameux, et de parcourir même les châteaux de la noblesse qui l'éloigneraient peu de son chemin. Nous faisions de petites journées, seulement de quatre-vingts ou cent lieues, car *Glumdalclitch*, exprès pour m'épargner de la fatigue, se plaignit qu'elle était bien incommodée du trot du cheval. Souvent elle me tirait de la caisse pour me donner de l'air et me faire voir le pays. Nous passâmes cinq ou six rivières plus larges et plus profondes que le Nil et le Gange, et il n'y avait guère de ruisseau qui ne fût plus grand que la Tamise au pont de Londres. Nous fûmes trois semaines dans notre voyage, et je fus montré dans dix-huit grandes villes, sans compter plusieurs villages et plusieurs châteaux de la campagne.

Le vingt-sixième jour d'octobre, nous arrivâmes à la capitale, appelée dans leur langue *Lorbrulgrud* ou l'*Orgueil de l'univers*. Mon maître loua un appartement dans la rue principale de la ville, peu éloignée du palais royal, et distribua, selon la coutume, des affiches contenant une description merveilleuse de ma personne et de mes talents. Il loua une très grande salle de trois ou quatre cents pieds de large, où il plaça une table de soixante pieds de diamètre, sur laquelle je devais jouer mon rôle ; il la fit entourer de palissades pour m'empêcher de tomber en bas. C'est sur cette table qu'on me montra dix fois par jour, au grand étonnement et à la satisfaction de tout le peuple. Je savais alors passablement parler la langue, et j'entendais parfaitement tout ce qu'on disait de moi ; d'ailleurs, j'avais appris leur alphabet, et je pouvais, quoique avec peine, lire et expliquer les livres, car *Glumdalclitch* m'avait donné des leçons chez son père et aux heures de loisir pendant notre voyage ; elle portait un petit livre dans sa poche, un peu plus gros qu'un volume d'atlas, livre à l'usage des jeunes filles, et qui était une espèce de catéchisme en abrégé ; elle s'en servait pour m'enseigner les lettres de l'alphabet, et elle m'en interprétait les mots.

III

L'auteur mandé pour se rendre à la cour : la reine l'achète et le présente au roi. Il dispute avec les savants de Sa Majesté. On lui prépare un appartement. Il devient favori de la reine. Il soutient l'honneur de son pays. Ses querelles avec le nain de la reine.

Les peines et les fatigues qu'il me fallait essuyer chaque jour apportèrent un changement considérable à ma santé ; car, plus mon maître gagnait, plus il devenait insatiable. J'avais perdu entièrement l'appétit, et j'étais presque devenu un squelette. Mon maître s'en aperçut, et jugeant que je mourrais bientôt, résolut de me faire valoir autant qu'il pourrait. Pendant qu'il raisonnait de cette façon, un *slardral*, ou écuyer du roi, vint ordonner à mon maître de m'amener incessamment à la cour pour le divertissement de la reine et de toutes ses dames. Quelques-unes de ces dames m'avaient déjà vu, et avaient rapporté des choses merveilleuses de ma figure mignonne, de mon maintien gracieux et de mon esprit délicat. Sa Majesté et sa suite furent extrêmement diverties de mes manières. Je me mis à genoux et demandai d'avoir l'honneur de baiser son pied royal ; mais cette princesse gracieuse me présenta son petit doigt, que j'embrassai entre mes deux bras, et dont j'appliquai le bout avec respect à mes lèvres. Elle me fit des questions générales touchant mon pays et mes voyages, auxquelles je répondis aussi distinctement et en aussi peu de mots que je pus ; elle me demanda si je serais bien aise de vivre à la cour ; je fis la révérence jusqu'au bas de la table sur laquelle j'étais monté, et je répondis humblement que j'étais l'esclave de mon maître ; mais que, s'il ne dépendait que de moi, je serais charmé de consacrer ma vie au service de Sa Majesté ; elle demanda ensuite à mon maître s'il voulait me vendre. Lui, qui s'imaginait que je n'avais pas un mois à vivre, fut ravi de la proposition, et fixa le prix de ma vente à mille pièces d'or, qu'on lui compta sur-le-champ. Je dis alors à la reine que, puisque j'étais devenu un homme esclave de Sa Majesté, je lui demandais la grâce que *Glumdalclitch*, qui avait toujours eu pour moi tant d'attention, d'amitié et de soins, fût admise à l'honneur de son service, et continuât d'être ma gouvernante. Sa Majesté y consentit, et y fit consentir aussi le laboureur, qui était bien aise de voir sa fille à la cour. Pour la pauvre fille, elle ne pouvait cacher sa joie. Mon maître se retira, et me dit en partant qu'il me laissait dans un bon endroit ; à quoi je ne répliquai que par une révérence cavalière.

La reine remarqua la froideur avec laquelle j'avais reçu le compliment et l'adieu du laboureur, et m'en demanda la cause. Je pris la liberté de répondre à Sa Majesté que je n'avais point d'autre obligation à mon dernier maître que celle de n'avoir pas écrasé un pauvre animal innocent, trouvé par hasard dans son champ ; que ce bienfait avait été assez bien payé par le profit qu'il avait fait en me montrant pour de l'argent, et par le prix qu'il venait de recevoir en me vendant ; que ma santé était très altérée par mon esclavage et par l'obligation continuelle d'entretenir et d'amuser le menu peuple à toutes les heures du jour, et que, si mon maître n'avait pas cru ma vie en danger, Sa Majesté ne m'aurait pas eu à si bon marché ; mais que, comme je n'avais pas lieu de craindre d'être désormais si malheureux sous la protection d'une princesse si grande et si bonne, l'ornement de la nature, l'admiration du monde, les délices de ses sujets et le phénix de la création, j'espérais que l'appréhension qu'avait eue mon dernier maître serait vaine, puisque je trouvais déjà mes esprits ranimés par l'influence de sa présence très auguste.

Tel fut le sommaire de mon discours, prononcé avec plusieurs barbarismes et en hésitant souvent.

La reine, qui excusa avec bonté les défauts de ma harangue, fut surprise de trouver tant d'esprit et de bon sens dans un petit animal ; elle me prit dans ses mains, et sur-le-champ me porta au roi, qui était alors retiré dans son cabinet. Sa Majesté, prince très sérieux et d'un visage austère, ne remarquant pas bien ma figure à la première vue, demanda froidement à la reine depuis quand elle était devenue si amoureuse d'un *splacknock* (car il m'avait pris pour cet insecte) ; mais la reine, qui avait infiniment d'esprit, me mit doucement debout sur l'écritoire du roi et m'ordonna de dire moi-même à Sa Majesté ce que j'étais. Je le fis en très peu de mots, et *Glumdalclitch*, qui était restée à la porte du cabinet, ne pouvant pas souffrir que je fusse longtemps hors de sa présence, entra et dit à Sa Majesté comment j'avais été trouvé dans un champ.

Le roi, aussi savant qu'aucune personne de ses États, avait été élevé dans l'étude de la philosophie et surtout des mathématiques. Cependant, quand il vit de près ma figure et ma démarche, avant que j'eusse commencé à parler, il s'imagina que je pourrais être une machine artificielle comme celle d'un tournebroche ou tout au plus d'une horloge inventée et exécutée par un habile artiste ; mais quand il eut trouvé du raisonnement dans les petits sons que je rendais, il ne put cacher son étonnement et son admiration.

Il envoya chercher trois fameux savants, qui alors étaient de quartier à la cour et dans leur semaine de service (selon la coutume admirable de ce pays). Ces messieurs, après avoir examiné de près ma figure avec beaucoup d'exactitude, raisonnèrent différemment sur mon sujet. Ils convenaient tous que je ne pouvais pas être produit suivant les lois ordinaires de la nature, parce que j'étais dépourvu de la faculté naturelle de conserver ma vie, soit par l'agilité, soit par la facilité de grimper sur un arbre, soit par le pouvoir de creuser la terre et d'y faire des trous pour m'y cacher comme les lapins. Mes dents, qu'ils considérèrent longtemps, les firent conjecturer que j'étais un animal carnassier.

Un de ces philosophes avança que j'étais un embryon, un pur avorton ; mais cet avis fut rejeté par les deux autres, qui observèrent que mes membres étaient parfaits et achevés dans leur espèce, et que j'avais vécu plusieurs années, ce qui parut évident par ma barbe, dont les poils se découvraient avec un microscope. On ne voulut pas avouer que j'étais un nain, parce que ma petitesse était hors de comparaison ; car le nain favori de la reine, le plus petit qu'on eût jamais vu dans ce royaume, avait près de trente pieds de haut. Après un grand débat, on conclut unanimement que je n'étais qu'un *relplum scalcath*, qui, étant interprété littéralement, veut dire *lusus naturae*, décision très conforme à la philosophie moderne de l'Europe, dont les professeurs, dédaignant le vieux subterfuge des causes occultes, à la faveur duquel les sectateurs d'Aristote tâchent de masquer leur ignorance, ont inventé cette solution merveilleuse de toutes les difficultés de la physique. Admirable progrès de la science humaine !

Après cette conclusion décisive, je pris la liberté de dire quelques mots : je m'adressai au roi, et protestai à Sa Majesté que je venais d'un pays où mon espèce était répandue en plusieurs millions d'individus des deux sexes, où les animaux, les arbres et les maisons étaient proportionnés à ma petitesse, et où, par conséquent, je pouvais être aussi bien en état de me défendre et de trouver ma nourriture, mes besoins et mes commodités qu'aucun des sujets de Sa Majesté. Cette réponse fit sourire dédaigneusement les philosophes, qui répliquèrent que le laboureur m'avait bien instruit et que je savais ma leçon. Le roi, qui avait un esprit bien plus éclairé, congédiant ses savants, envoya chercher le laboureur, qui, par bonheur, n'était pas encore sorti de la ville. L'ayant donc d'abord examiné en particulier, et puis l'ayant confronté avec moi et avec la jeune fille, Sa Majesté commença à croire que ce que je lui avais dit pouvait être vrai. Il pria la reine de donner ordre qu'on prit un soin particulier de moi, et fut d'avis qu'il me fallait laisser sous la conduite de *Glumdalclitch*, ayant remarqué que nous avions une grande affection l'un pour l'autre.

La reine donna ordre à son ébéniste de faire une boîte qui me pût servir de chambre à coucher, suivant le modèle que *Glumdalclitch* et moi lui donnerions. Cet homme, qui était un ouvrier très adroit, me fit en trois semaines une chambre de bois de seize pieds en carré et de douze de haut, avec des fenêtres, une porte et deux cabinets.

Un ouvrier excellent, qui était célèbre pour les petits bijoux curieux, entreprit de me faire deux chaises d'une matière semblable à l'ivoire, et deux tables avec une armoire pour mettre mes hardes ; ensuite, la reine fit chercher chez les marchands les étoffes de soie les plus fines pour me faire des habits.

Cette princesse goûtait si fort mon entretien, qu'elle ne pouvait dîner sans moi. J'avais une table placée sur celle où Sa Majesté mangeait, avec une chaise sur laquelle je me pouvais asseoir. *Glumdalclitch* était debout sur un tabouret, près de la table, pour pouvoir prendre soin de moi.

Un jour, le prince, en dînant, prit plaisir à s'entretenir avec moi, me faisant des questions touchant les mœurs, la religion, les lois, le gouvernement et la littérature de l'Europe, et je lui en rendis compte le mieux que je pus. Son esprit était si pénétrant, et son jugement si solide, qu'il fit des réflexions et des observations très sages sur tout ce que je lui dis. Lui ayant parlé de deux partis qui divisent l'Angleterre, il me demanda si j'étais un *whig* ou un *tory* ; puis, se tournant vers son ministre, qui se tenait derrière lui, ayant à la main un bâton blanc presque aussi haut que le grand mât du *Souverain royal* : « Hélas ! dit-il, que la grandeur humaine est peu de chose, puisque de vils insectes ont aussi de l'ambition, avec des rangs et des distinctions parmi eux ! Ils ont de petits lambeaux dont ils se parent, des trous, des cages, des boîtes, qu'ils appellent des palais et des hôtels, des équipages, des livrées, des titres, des charges, des occupations, des passions comme nous. Chez eux, on aime, on hait, on trompe, on trahit comme ici. » C'est ainsi que Sa Majesté philosophait à l'occasion de ce que je lui avais dit de l'Angleterre, et moi j'étais confus et indigné de voir ma patrie, la maîtresse des arts, la souveraine des mers, l'arbitre de l'Europe, la gloire de l'univers, traitée avec tant de mépris.

Il n'y avait rien qui m'offensât et me chagrinât plus que le nain de la reine, qui, étant de la taille la plus petite qu'on eût jamais vue dans ce pays, devint d'une insolence extrême à la vue d'un homme beaucoup plus petit que lui. Il me regardait d'un air fier et dédaigneux, et raillait sans cesse de ma petite figure. Je ne m'en vengeai qu'en l'appelant *frère*. Un jour, pendant le dîner, le malicieux nain, prenant le temps que je ne pensais à rien, me prit par le milieu du corps, m'enleva et me laissa tomber dans un plat de lait, et aussitôt s'enfuit. J'en eus par-dessus les oreilles, et, si je n'avais été un nageur excellent, j'aurais été infailliblement noyé. *Glumdalclitch*, dans ce moment, était par hasard à l'autre extrémité de la chambre. La reine fut si consternée de cet accident, qu'elle manqua de présence d'esprit pour m'assister ; mais ma petite gouvernante courut à mon secours et me tira adroitement hors du plat, après que j'eus avalé plus d'une pinte de lait. On me mit au lit ; cependant, je ne reçus d'autre mal que la perte d'un habit qui fut tout à fait gâté. Le nain fut bien fouetté, et je pris quelque plaisir à voir cette exécution.

Je vais maintenant donner au lecteur une légère description de ce pays, autant que je l'ai pu connaître par ce que j'en ai parcouru. Toute l'étendue du royaume est environ de trois mille lieues de long et de deux mille cinq cents lieues de large : d'où je conclus que nos géographes de l'Europe se trompent lorsqu'ils croient qu'il n'y a que la mer entre le Japon et la Californie. Je me suis toujours imaginé qu'il devait y avoir de ce côté-là un grand continent, pour servir de contrepoids au grand continent de Tartarie. On doit donc corriger les cartes et joindre cette vaste étendue de pays aux parties nord-ouest de l'Amérique ; sur quoi je suis prêt d'aider les géographes de mes lumières. Ce royaume est une presqu'île, terminée vers le nord par une chaîne de montagnes qui ont environ trente milles de hauteur, et dont on ne peut approcher, à cause des volcans qui y sont en grand nombre sur la cime.

Les plus savants ne savent quelle espèce de mortels habitent au-delà de ces montagnes, ni même s'il y a des habitants. Il n'y a aucun port dans tout le royaume ; et les endroits de la côte où les rivières vont se perdre dans la mer sont si pleins de rochers hauts et escarpés, et la mer y est ordinairement si agitée, qu'il n'y a presque personne qui ose y aborder, en sorte que ces peuples sont exclus de tout commerce avec le reste du monde. Les grandes rivières sont pleines de poissons excellents ; aussi, c'est très rarement qu'on pêche dans l'Océan, parce que les poissons de mer sont de la même grosseur que ceux de l'Europe, et par rapport à eux ne méritent pas la peine d'être péchés ; d'où il est évident que la nature, dans la production des plantes et des animaux d'une grosseur si énorme, se borne tout à fait à ce continent ; et, sur ce point, je m'en rapporte aux philosophes. On prend néanmoins quelquefois, sur la côte, des baleines, dont le petit peuple se nourrit et même se régale. J'ai vu une de ces baleines qui était si grosse qu'un homme du pays avait de la peine à la porter sur ses épaules. Quelquefois, par curiosité, on en apporte dans des paniers à *Lorbrulgrud* ; j'en ai vu une dans un plat sur la table du roi.

Le pays est très peuplé, car il contient cinquante et une villes, près de cent bourgs entourés de murailles, et un bien plus grand nombre de villages et de hameaux. Pour satisfaire le lecteur curieux, il suffira peut-être de donner la description de *Lorbrulgrud.* Cette ville est située sur une rivière qui la traverse et la divise en deux parties presque égales. Elle contient plus de quatre-vingt mille maisons, et environ six cent mille habitants ; elle a en longueur trois *glonglungs* (qui font environ cinquante-quatre milles d'Angleterre), et deux et demi en largeur, selon la mesure que j'en pris sur la carte royale, dressée par les ordres du roi, qui fut étendue sur la terre exprès pour moi, et était longue de cent pieds.

Le palais du roi est un bâtiment assez peu régulier ; c'est plutôt un amas d'édifices qui a environ sept milles de circuit ; les chambres principales sont hautes de deux cent quarante pieds, et larges à proportion.

On donna un carrosse à *Glumdalclitch* et à moi pour voir la ville, ses places et ses hôtels. Je supputai que notre carrosse était environ en carré comme la salle de Westminster, mais pas tout à fait si haut. Un jour, nous fîmes arrêter le carrosse à plusieurs boutiques, où les mendiants, profitant de l'occasion, se rendirent en foule aux portières, et me fournirent les spectacles les plus affreux qu'un œil anglais ait jamais vus. Comme ils étaient difformes, estropiés, sales, malpropres, couverts de plaies, de tumeurs et de vermine, et que tout cela me paraissait d'une grosseur énorme, je prie le lecteur de juger de l'impression que ces objets firent sur moi, et de m'en épargner la description.

Les filles de la reine priaient souvent *Glumdalclitch* de venir dans leurs appartements et de m'y porter avec elle, pour avoir le plaisir de me voir de près. Elles me traitaient sans cérémonie, comme une créature sans conséquence, de sorte que j'assistai souvent à leur toilette, et c'était bien malgré moi, je l'affirme, que je les regardais quand elles découvraient leurs bras ou leur cou. Je dis malgré moi, car en vérité ce n'était pas un beau spectacle : leur peau me semblait dure et de différentes couleurs avec des taches çà et là aussi larges qu'une assiette. Leurs longs cheveux pendants semblaient des paquets de cordes : d'où il faut conclure que la beauté des femmes, dont on fait ordinairement tant de cas, n'est qu'une chose imaginaire, puisque les femmes d'Europe ressembleraient à celles d'où je viens de parler si nos yeux étaient des microscopes. Je supplie le beau sexe de mon pays de ne me point savoir mauvais gré de cette observation. Il importe peu aux belles d'être laides pour des yeux perçants qui ne les verront jamais. Les philosophes savent bien ce qui en est ; mais lorsqu'ils voient une beauté, ils voient comme tout le monde, et ne sont plus philosophes.

La reine, qui m'entretenait souvent de mes voyages sur mer, cherchait toutes les occasions possibles de me divertir quand j'étais mélancolique. Elle me demanda un jour si j'avais l'adresse de manier une voile et une rame, et si un peu d'exercice en ce genre ne serait pas convenable à ma santé. Je répondis que j'entendais tous les deux assez bien ; car, quoique mon emploi particulier eût été celui de chirurgien, c'est-à-dire médecin de vaisseau, je m'étais trouvé souvent obligé de travailler comme matelot ; mais j'ignorais comment cela se pratiquait dans ce pays, où la plus petite barque était égale à un vaisseau de guerre de premier rang parmi nous ; d'ailleurs, un navire proportionné à ma grandeur et à mes forces n'aurait pu flotter longtemps sur leurs rivières, et je n'aurais pu le gouverner. Sa Majesté me dit que, si je voulais, son menuisier me ferait une petite barque, et qu'elle me trouverait un endroit où je pourrais naviguer. Le menuisier, suivant mes instructions, dans l'espace de dix jours, me construisit un petit navire avec tous ses cordages, capable de tenir commodément huit Européens. Quand il fut achevé, la reine donna ordre au menuisier de faire une auge de bois, longue de trois cents pieds, large de cinquante et profonde de huit : laquelle, étant bien goudronnée, pour empêcher l'eau de s'échapper, fut posée sur le plancher, le long de la muraille, dans une salle extérieure du palais : elle avait un robinet bien près du fond, pour laisser sortir l'eau de temps en temps, et deux domestiques pouvaient la remplir dans une demi-heure de temps. C'est là que l'on me fit ramer pour mon divertissement, aussi bien que pour celui de la reine et de ses dames, qui prirent beaucoup de plaisir à voir mon adresse et mon agilité. Quelquefois je haussais ma voile, et puis c'était mon affaire de gouverner pendant que les dames me donnaient un coup de vent avec leurs éventails ; et quand elles se trouvaient fatiguées, quelques-uns des pages poussaient et faisaient avancer le navire avec leur souffle, tandis que je signalais mon adresse à tribord et à bâbord, selon qu'il me plaisait. Quand j'avais fini, *Glumdalclitch* reportait mon navire dans son cabinet, et le suspendait à un clou pour sécher.

Dans cet exercice, il m'arriva une fois un accident qui pensa me coûter la vie ; car, un des pages ayant mis mon navire dans l'auge, une femme de la suite de *Glumdalclitch* me leva très officieusement pour me mettre dans le navire ; mais il arriva que je glissai d'entre ses doigts, et je serais infailliblement tombé de la hauteur de quarante pieds sur le plancher, si, par le plus heureux accident du monde, je n'eusse pas été arrêté par une grosse épingle qui était fichée dans le tablier de cette femme. La tête de l'épingle passa entre ma chemise et la ceinture de ma culotte, et ainsi je fus suspendu en l'air par le dos, jusqu'à ce que *Glumdalclitch* accourût à mon secours.

Une autre fois, un des domestiques, dont la fonction était de remplir mon auge d'eau fraîche de trois jours en trois jours, fut si négligent, qu'il laissa échapper de son eau une grenouille très grosse sans l'apercevoir.

La grenouille se tint cachée jusqu'à ce que je fusse dans mon navire ; alors, voyant un endroit pour se reposer, elle grimpa, et fit tellement pencher mon bateau que je me trouvai obligé de faire le contrepoids de l'autre côté pour l'empêcher de s'enfoncer ; mais je l'obligeai à coups de rames de sauter dehors.

Voici le plus grand péril que je courus dans ce royaume. *Glumdalclitch* m'avait enfermé au verrou dans son cabinet, étant sortie pour des affaires ou pour faire une visite. Le temps était très chaud, et la fenêtre du cabinet était ouverte, aussi bien que les fenêtres et la porte de ma boîte ; pendant que j'étais assis tranquillement et mélancoliquement près de ma table, j'entendis quelque chose entrer dans le cabinet par la fenêtre et sauter çà et là. Quoique j'en fusse un peu alarmé, j'eus le courage de regarder dehors, mais sans abandonner ma chaise ; et alors je vis un animal capricieux, bondissant et sautant de tous côtés, qui enfin s'approcha de ma boîte et la regarda avec une apparence de plaisir et de curiosité, mettant sa tête à la porte et à chaque fenêtre. Je me retirai au coin le plus éloigné de ma boîte ; mais cet animal, qui était un singe, regardant dedans de tous côtés, me donna une telle frayeur, que je n'eus pas la présence d'esprit de me cacher sous mon lit, comme je pouvais faire très facilement. Après bien des grimaces et des gambades, il me découvrit ; et fourrant une de ses pattes par l'ouverture de la porte, comme fait un chat qui joue avec une souris, quoique je changeasse souvent de lieu pour me mettre à couvert de lui, il m'attrapa par les pans de mon justaucorps (qui, étant fait du drap de ce pays, était épais et très fort), et me tira dehors. Il me prit dans sa patte droite, et me tint comme une nourrice tient un enfant qu'elle va allaiter, et de la même façon que j'ai vu la même espèce d'animal faire avec un jeune chat en Europe. Quand je me débattais, il me pressait si fort, que je crus que le parti le plus sage était de me soumettre et d'en passer par tout ce qui lui plairait. J'ai quelque raison de croire qu'il me prit pour un jeune singe, parce qu'avec son autre patte il flattait doucement mon visage.

Il fut tout à coup interrompu par un bruit à la porte du cabinet, comme si quelqu'un eût tâché de l'ouvrir ; soudain il sauta à la fenêtre par laquelle il était entré, et, de là, sur les gouttières, marchant sur trois pattes et me tenant de la quatrième, jusqu'à ce qu'il eût grimpé à un toit attenant au nôtre. J'entendis dans l'instant jeter des cris pitoyables à *Glumdalclitch*. La pauvre fille était au désespoir, et ce quartier du palais se trouva tout en tumulte : les domestiques coururent chercher des échelles ; le singe fut vu par plusieurs personnes assis sur le faîte d'un bâtiment, me tenant comme une poupée dans une de ses pattes de devant, et me donnant à manger avec l'autre, fourrant dans ma bouche quelques viandes qu'il avait attrapées, et me tapant quand je ne voulais pas manger, ce qui faisait beaucoup rire la canaille qui me regardait d'en bas ; en quoi ils n'avaient pas tort, car, excepté pour moi, la chose était assez plaisante. Quelques-uns jetèrent des pierres, dans l'espérance de faire descendre le singe ; mais on défendit de continuer, de peur de me casser la tête.

Les échelles furent appliquées, et plusieurs hommes montèrent. Aussitôt le singe, effrayé, décampa, et me laissa tomber sur une gouttière. Alors un des laquais de ma petite maîtresse, honnête garçon, grimpa, et, me mettant dans la poche de sa veste, me fit descendre en sûreté.

J'étais presque suffoqué des ordures que le singe avait fourrées dans mon gosier ; mais ma chère petite maîtresse me fit vomir, ce qui me soulagea. J'étais si faible et si froissé des embrassades de cet animal, que je fus obligé de me tenir au lit pendant quinze jours. Le roi et toute la cour envoyèrent chaque jour pour demander des nouvelles de ma santé, et la reine me fit plusieurs visites pendant ma maladie. Le singe fut mis à mort, et un ordre fut porté, faisant défense d'entretenir désormais aucun animal de cette espèce auprès du palais. La première fois que je me rendis auprès du roi, après le rétablissement de ma santé, pour le remercier de ses bontés, il me fit l'honneur de railler beaucoup sur cette aventure ; il me demanda quels étaient mes sentiments et mes réflexions pendant que j'étais entre les pattes du singe ; de quel goût étaient les viandes qu'il me donnait, et si l'air frais que j'avais respiré sur le toit n'avait pas aiguisé mon appétit. Il souhaita fort de savoir ce que j'aurais fait en une telle occasion dans mon pays. Je dis à Sa Majesté qu'en Europe nous n'avions point des singes, excepté ceux qu'on apportait des pays étrangers, et qui étaient si petits qu'ils n'étaient point à craindre, et qu'à l'égard de cet animal énorme à qui je venais d'avoir affaire (il était, en vérité, aussi gros qu'un éléphant), si la peur m'avait permis de penser aux moyens d'user de mon sabre (à ces mots, je pris un air fier et mis la main sur la poignée de mon sabre), quand il a fourré sa patte dans ma chambre, peut-être je lui aurais fait une telle blessure qu'il aurait été bien aise de la retirer plus promptement qu'il ne l'avait avancée. Je prononçai ces mots avec un accent ferme, comme une personne jalouse de son honneur et qui se sent. Cependant mon discours, ne produisit rien qu'un éclat de rire, et tout le respect dû à Sa Majesté de la part de ceux qui l'environnaient ne put les retenir ; ce qui me fit réfléchir sur la sottise d'un homme qui tâche de se faire honneur à lui-même en présence de ceux qui sont hors de tous les degrés d'égalité ou de comparaison avec lui ; et cependant ce qui m'arriva alors je l'ai vu souvent arriver en Angleterre, où un petit homme de néant se vante, s'en fait accroître, tranche du petit seigneur et ose prendre un air important avec les plus grands du royaume, parce qu'il a quelque talent.

Je fournissais tous les jours à la cour le sujet de quelque conte ridicule, et *Glumdalclitch*, quoiqu'elle m'aimât extrêmement, était assez méchante pour instruire la reine quand je faisais quelque sottise qu'elle croyait pouvoir réjouir Sa Majesté. Par exemple, étant un jour descendu de carrosse à la promenade, où j'étais avec *Glumdalclitch*, porté par elle dans ma boîte de voyage, je me mis à marcher : il y avait de la bouse de vache dans un sentier ; je voulus, pour faire parade de mon agilité, faire l'essai de sauter par-dessus ; mais, par malheur, je sautai mal, et tombai au beau milieu, en sorte que j'eus de l'ordure jusqu'aux genoux. Je m'en tirai avec peine, et un des laquais me nettoya comme il put avec son mouchoir. La reine fût bientôt instruite de cette aventure impertinente, et les laquais la divulguèrent partout.

IV

Différentes inventions de l'auteur pour plaire au roi et à la reine. Le roi s'informe de l'état de l'Europe, dont l'auteur lui donne la relation. Les observations du roi sur cet article.

J'avais coutume de me rendre au lever du roi une ou deux fois par semaine, et je m'y étais trouvé souvent lorsqu'on le rasait, ce qui, au commencement, me faisait trembler, le rasoir du barbier étant près de deux fois plus long qu'une faux. Sa Majesté, selon l'usage du pays, n'était rasée que deux fois par semaine. Je demandai une fois au barbier quelques poils de la barbe de Sa Majesté. M'en ayant fait présent, je pris un petit morceau de bois, et y ayant fait plusieurs trous à une distance égale avec une aiguille, j'y attachai les poils si adroitement, que je m'en fis un peigne, ce qui me fut d'un grand secours, le mien étant rompu et devenu presque inutile, et n'ayant trouvé dans le pays aucun ouvrier capable de m'en faire un autre.

Je me souviens d'un amusement que je me procurai vers le même temps. Je priai une des femmes de chambre de la reine de recueillir les cheveux fins qui tombaient, de la tête de Sa Majesté quand on la peignait, et de me les donner. J'en amassai une quantité considérable, et alors, prenant conseil de l'ébéniste, qui avait reçu ordre de faire tous les petits ouvrages que je lui demanderais, je lui donnai des instructions pour me faire deux fauteuils de la grandeur de ceux qui se trouvaient dans ma boîte, et de les percer de plusieurs petits trous avec une alène fine. Quand les pieds, les bras, les barres et les dossiers des fauteuils furent prêts, je composai le fond avec les cheveux de la reine, que je passai dans les trous, et j'en fis des fauteuils semblables aux fauteuils de canne dont nous nous servons en Angleterre. J'eus l'honneur d'en faire présent à la reine, qui les mit dans une armoire comme une curiosité.

Elle voulut un jour me faire asseoir dans un de ces fauteuils ; mais je m'en excusai, protestant que je n'étais pas assez téméraire et assez insolent pour m'asseoir sur de respectables cheveux qui avaient autrefois orné la tête de Sa Majesté. Comme j'avais du génie pour la mécanique, je fis ensuite de ces cheveux une petite bourse très bien taillée, longue environ de deux aunes, avec le nom de Sa Majesté tissé en lettres d'or, que je donnai à *Glumdalclitch*, du consentement de la reine.

Le roi, qui aimait fort la musique, avait très souvent des concerts, auxquels j'assistais placé dans ma boîte ; mais le bruit était si grand que je ne pouvais guère distinguer les accords ; je m'assure que tous les tambours et trompettes d'une armée royale, battant et sonnant à la fois tout près des oreilles, n'auraient pu égaler ce bruit. Ma coutume était de faire placer ma boîte loin de l'endroit où étaient les acteurs du concert, de fermer les portes et les fenêtres ; avec ces précautions, je ne trouvais pas leur musique désagréable.

J'avais appris, pendant ma jeunesse, à jouer du clavecin. *Glumdalclitch* en avait un dans sa chambre, où un maître se rendait deux fois la semaine pour lui montrer. La fantaisie me prit un jour de régaler le roi et la reine d'un air anglais sur cet instrument ; mais cela me parut extrêmement difficile, car le clavecin était long de près de soixante pieds, et les touches larges environ d'un pied ; de telle sorte qu'avec mes deux bras bien étendus je ne pouvais atteindre plus de cinq touches, et de plus, pour tirer un son, il me fallait toucher à grands coups de poing. Voici le moyen dont je m'avisai : j'accommodai deux bâtons environ de la grosseur d'un tricot ordinaire, et je couvris le bout de ces bâtons de peau de souris, pour ménager les touches et le son de l'instrument ; je plaçai un banc vis-à-vis, sur lequel je montai, et alors je me mis à courir avec toute la vitesse et toute l'agilité imaginable sur cette espèce d'échafaud, frappant çà et là le clavier avec mes deux bâtons de toute ma force, en sorte que je vins à bout de jouer une gigue anglaise, à la grande satisfaction de Leurs Majestés ; mais il faut avouer que je ne fis jamais d'exercice plus violent et plus pénible.

Le roi, qui, comme je l'ai dit, était un prince plein d'esprit, ordonnait souvent de m'apporter dans ma boîte et de me mettre sur la table de son cabinet. Alors il me commandait de tirer une de mes chaises hors de la boîte, et de m'asseoir de sorte que je fusse au niveau de son visage. De cette manière, j'eus plusieurs conférences avec lui. Un jour, je pris la liberté de dire à Sa Majesté que le mépris qu'elle avait conçu pour l'Europe et pour le reste du monde ne me semblait pas répondre aux excellentes qualités d'esprit dont elle était ornée ; que la raison était indépendante de la grandeur du corps ; qu'au contraire, nous avions observé, dans notre pays, que les personnes de haute taille n'étaient pas ordinairement les plus ingénieuses ; que, parmi les animaux, les abeilles et les fourmis avaient la réputation d'avoir le plus d'industrie, d'artifice et de sagacité ; et enfin que, quelque peu de cas qu'il fît de ma figure, j'espérais néanmoins pouvoir rendre de grands services à Sa Majesté. Le roi m'écouta avec attention, et commença à me regarder d'un autre œil et à ne plus mesurer mon esprit par ma taille.

Il m'ordonna alors de lui faire une relation exacte du gouvernement d'Angleterre, parce que, quelque prévenu que les princes soient ordinairement en faveur de leurs maximes et de leurs usages, il serait bien aise de savoir s'il y avait en mon pays de quoi imiter. Imaginez-vous, mon cher lecteur, combien je désirai alors d'avoir le génie et la langue de Démosthène et de Cicéron, pour être capable de peindre dignement l'Angleterre, ma patrie, et d'en tracer une idée sublime.

Je commençai par dire à Sa Majesté que nos États étaient composés de deux îles qui formaient trois puissants royaumes sous un seul souverain, sans compter nos colonies en Amérique. Je m'étendis fort sur la fertilité de notre terrain et sur la température de notre climat. Je décrivis ensuite la constitution du Parlement anglais, composé en partie d'un corps illustre appelé la *Chambre des pairs*, personnages du sang le plus noble, anciens possesseurs et seigneurs des plus belles terres du royaume. Je représentai l'extrême soin qu'on prenait de leur éducation par rapport aux sciences et aux armes, pour les rendre capables d'être conseillers-nés du royaume, d'avoir part dans l'administration du gouvernement, d'être membres de la plus haute cour de justice dont il n'y avait point d'appel, et d'être les défenseurs zélés de leur prince et de leur patrie, par leur valeur, leur conduite et leur fidélité ; que ces seigneurs étaient l'ornement et la sûreté du Royaume, dignes successeurs de leurs ancêtres, dont les honneurs avaient été la récompense d'une vertu insigne, et qu'on n'avait jamais vu leur postérité dégénérer ; qu'à ces seigneurs étaient joints plusieurs saints hommes, qui avaient une place parmi eux sous le titre d'*évêques*, dont la charge particulière était de veiller sur la religion et sur ceux qui la prêchent au peuple ; qu'on cherchait et qu'on choisissait dans le clergé les plus saints et les plus savants hommes pour les revêtir de cette dignité éminente.

J'ajoutai que l'autre partie du Parlement était une assemblée respectable, nommée la *Chambre des communes*, composée de nobles choisis librement, et députés par le peuple même, seulement à cause de leurs lumières, de leurs talents et de leur amour pour la patrie, afin de représenter la sagesse de toute la nation. Je dis que ces deux corps formaient la plus auguste assemblée de l'univers, qui, de concert avec le prince, disposait de tout et réglait en quelque sorte la destinée de tous les peuples de l'Europe.

Ensuite je descendis aux cours de justice, où étaient assis de vénérables interprètes de la loi, qui décidaient sur les différentes contestations des particuliers, qui punissaient le crime et protégeaient l'innocence. Je ne manquai pas de parler de la sage et économique administration de nos finances, et de m'étendre sur la valeur et les exploits de nos guerriers de mer et de terre. Je supputai le nombre du peuple, en comptant combien il y avait de millions d'hommes de différentes religions et de différents partis politiques parmi nous. Je n'omis ni nos jeux, ni nos spectacles, ni aucune autre particularité que je crusse pouvoir faire honneur à mon pays, et je finis par un petit récit historique des dernières révolutions d'Angleterre depuis environ cent ans.

Cette conversation dura cinq audiences dont chacune fut de plusieurs heures, et le roi écouta le tout avec une grande attention, écrivant l'extrait de presque tout ce que je disais, et marquant en même temps les questions qu'il avait dessein de me faire.

Quand j'eus achevé mes longs discours, Sa Majesté, dans une sixième audience, examinant ses extraits, me proposa plusieurs doutes et de fortes objections sur chaque article. Elle me demanda d'abord quels étaient les moyens ordinaires de cultiver l'esprit de notre jeune noblesse ; quelles mesures l'on prenait quand une maison noble venait à s'éteindre, ce qui devait arriver de temps en temps ; quelles qualités étaient nécessaires à ceux qui devaient être créés nouveaux pairs ; si le caprice du prince, une somme d'argent donnée à propos à une dame de la cour et à un favori, ou le dessein de fortifier un parti opposé au bien public, n'étaient jamais les motifs de ces promotions ; quel degré de science les pairs avaient dans les lois de leur pays, et comment ils devenaient capables de décider en dernier ressort des droits de leurs compatriotes ; s'ils étaient toujours exempts d'avarice et de préjugés ; si ces saints évêques dont j'avais parlé parvenaient toujours à ce haut rang par leur science dans les matières théologiques et par la sainteté de leur vie ; s'ils n'avaient jamais intrigué lorsqu'ils n'étaient que de simples prêtres ; s'ils n'avaient pas été quelquefois les aumôniers d'un pair par le moyen duquel ils étaient parvenus à l'évêché, et si, dans ce cas, ils ne suivaient pas toujours aveuglément l'avis du pair et ne servaient pas sa passion ou son préjugé dans l'assemblée du Parlement.

Il voulut savoir comment on s'y prenait pour l'élection de ceux que j'avais appelés députés des *communes* ; si un inconnu, avec une bourse bien remplie d'or, ne pouvait pas quelquefois gagner le suffrage des électeurs à force d'argent, se faire préférer à leur propre seigneur ou aux plus considérables et aux plus distingués de la noblesse dans le voisinage ; pourquoi on avait une si violente passion d'être élu pour l'assemblée du Parlement, puisque cette élection était l'occasion d'une très grande dépense et ne rendait rien ; qu'il fallait donc que ces élus fussent des hommes d'un désintéressement parfait et d'une vertu éminente et héroïque, ou bien qu'ils comptassent d'être indemnisés et remboursés avec usure par le prince et par ses ministres, en leur sacrifiant le bien public. Sa Majesté me proposa sur cet article des difficultés insurmontables, que la prudence ne me permet pas de répéter.

Sur ce que je lui avais dit de nos *cours de justice*, Sa Majesté voulut être éclairée touchant plusieurs articles. J'étais assez en état de la satisfaire, ayant été autrefois presque ruiné par un long procès de la chancellerie, qui fut néanmoins jugé en ma faveur, et que je gagnai même avec les dépens. Il me demanda combien de temps on employait ordinairement à mettre une affaire en état d'être jugée ; s'il en coûtait beaucoup pour plaider ; si les avocats avaient la liberté de défendre des causes évidemment injustes ; si l'on n'avait jamais remarqué que l'esprit de parti et de religion eût fait pencher la balance ; si ces avocats avaient quelque connaissance des premiers principes et des lois générales de l'équité, s'ils ne se contentaient pas de savoir les lois arbitraires et les coutumes locales du pays ; si eux et les juges avaient le droit d'interpréter à leur gré et de commenter les lois ; si les plaidoyers et les arrêts n'étaient pas quelquefois contraires les uns aux autres dans la même espèce.

Ensuite, il s'attacha à me questionner sur l'administration des finances, et me dit qu'il croyait que je m'étais mépris sur cet article, parce que je n'avais fait monter les impôts qu'à cinq ou six millions par an ; que cependant la dépense de l'État allait beaucoup plus loin et excédait beaucoup la recette.

Il ne pouvait, disait-il, concevoir comment un royaume osait dépenser au-delà de son revenu et manger son bien comme un particulier. Il me demanda quels étaient nos créanciers, et où nous trouverions de quoi les payer, si nous gardions à leur égard les lois de la nature, de la raison et de l'équité. Il était étonné du détail que je lui avais fait de nos guerres et des frais excessifs qu'elles exigeaient. Il fallait certainement, disait-il, que nous fussions un peuple bien inquiet et bien querelleur, ou que nous eussions de bien mauvais voisins. « Qu'avez-vous à démêler, ajoutait-il, hors de vos îles ? Devez-vous y avoir d'autres affaires que celles de votre commerce ? Devez-vous songer à faire des conquêtes, et ne vous suffit-il pas de bien garder vos ports et vos côtes ? » Ce qui l'étonna fort, ce fut d'apprendre que nous entretenions une armée dans le sein de la paix et au milieu d'un peuple libre. Il dit que si nous étions gouvernés de notre propre consentement, il ne pouvait s'imaginer de qui nous avions peur, et contre qui nous avions à combattre. Il demanda si la maison d'un particulier ne serait pas mieux défendue par lui-même, par ses enfants et par ses domestiques, que par une troupe de fripons et de coquins tirés par hasard de la lie du peuple avec un salaire bien petit, et qui pourraient gagner cent fois plus en nous coupant la gorge.

Il rit beaucoup de ma bizarre arithmétique (comme il lui plut de l'appeler), lorsque j'avais supputé le nombre de notre peuple en calculant les différentes sectes qui sont parmi nous à l'égard de la religion et de la politique.

Il remarqua qu'entre les amusements de notre noblesse, j'avais fait mention du jeu. Il voulut savoir à quel âge ce divertissement était ordinairement pratiqué et quand on le quittait, combien de temps on y consacrait, et s'il n'altérait pas quelquefois la fortune des particuliers et ne leur faisait pas commettre des actions basses et indignes ; si des hommes vils et corrompus ne pouvaient pas quelquefois, par leur adresse dans ce métier, acquérir de grandes richesses, tenir nos pairs même dans une espèce de dépendance, les accoutumer à voir mauvaise compagnie, les détourner entièrement de la culture de leur esprit et du soin de leurs affaires domestiques, et les forcer, par les pertes qu'ils pouvaient faire, d'apprendre peut-être à se servir de cette même adresse infâme qui les avait ruinés.

Il était extrêmement étonné du récit que je lui avais fait de notre histoire du dernier siècle ; ce n'était, selon lui, qu'un enchaînement horrible de conjurations, de rébellions, de meurtres, de massacres, de révolutions, d'exils et des plus énormes effets que l'avarice, l'esprit de faction, l'hypocrisie, la perfidie, la cruauté, la rage, la folie, la haine, l'envie, la malice et l'ambition pouvaient produire.

Sa Majesté, dans une autre audience, prit la peine de récapituler la substance de tout ce que j'avais dit, compara les questions qu'elle m'avait faites avec les réponses que j'avais données ; puis, me prenant dans ses mains et me flattant doucement, s'exprima dans ces mots que je n'oublierai jamais, non plus que la manière dont il les prononça : « Mon petit ami *Grildrig*, vous avez fait un panégyrique très extraordinaire de votre pays ; vous avez fort bien prouvé que l'ignorance, la paresse et le vice peuvent être quelquefois les seules qualités d'un homme d'État ; que les lois sont éclaircies, interprétées et appliquées le mieux du monde par des gens dont les intérêts et la capacité les portent à les corrompre, à les brouiller et à les éluder. Je remarque parmi vous une constitution de gouvernement qui, dans son origine, a peut-être été supportable, mais que le vice a tout à fait défigurée. Il ne me paraît pas même, par tout ce que vous m'avez dit, qu'une seule vertu soit requise pour parvenir à aucun rang ou à aucune charge parmi vous. Je vois que les hommes n'y sont point anoblis par leur vertu ; que les prêtres n'y sont point avancés par leur piété ou leur science, les soldats par leur conduite ou leur valeur, les juges par leur intégrité, les sénateurs par l'amour de leur patrie, ni les hommes d'État par leur sagesse. Mais pour vous (continua le roi), qui avez passé la plupart de votre vie dans les voyages, je veux croire que vous n'êtes pas infecté des vices de votre pays ; mais, par tout ce que vous m'avez raconté d'abord et par les réponses que je vous ai obligé de faire à mes objections, je juge que la plupart de vos compatriotes sont la plus pernicieuse race d'insectes que la nature ait jamais souffert de voir ramper sur la surface de la terre. »

V

Zèle de l'auteur pour l'honneur de sa patrie. Il fait une proposition avantageuse au roi, qui est rejetée. La littérature de ce peuple imparfaite et bornée. Leurs lois, leurs affaires militaires et leurs partis dans l'État.

L'amour de la vérité m'a empêché de déguiser l'entretien que j'eus alors avec Sa Majesté ; mais ce même amour ne me permit pas de me taire lorsque je vis mon cher pays si indignement traité. J'éludais adroitement la plupart de ses questions, et je donnais à chaque chose le tour le plus favorable que je pouvais ; car, quand il s'agit de défendre ma patrie et de soutenir sa gloire, je me pique de ne point entendre raison ; alors je n'omets rien pour cacher ses infirmités et ses difformités et pour mettre sa vertu et sa beauté dans le jour le plus avantageux. C'est ce que je m'efforçai de faire dans les différents entretiens que j'eus avec ce judicieux monarque : par malheur, je perdis ma peine.

Mais il faut excuser un roi qui vit entièrement séparé du reste du monde et qui, par conséquent, ignore les mœurs et les coutumes des autres nations. Ce défaut de connaissance sera toujours la cause de plusieurs préjugés et d'une certaine manière bornée de penser, dont le pays de l'Europe est exempt. Il serait ridicule que les idées de vertu et de vice d'un prince étranger et isolé fussent proposées pour des règles et pour des maximes à suivre.

Pour confirmer ce que je viens de dire et pour faire voir les effets malheureux d'une éducation bornée, je rapporterai ici une chose qu'on aura peut-être de la peine à croire. Dans la vue de gagner les bonnes grâces de Sa Majesté, je lui donnai avis d'une découverte faite depuis trois ou quatre cents ans, qui était une certaine petite poudre noire qu'une seule petite étincelle pouvait allumer en un instant, de telle manière qu'elle était capable de faire sauter en l'air des montagnes avec un bruit et un fracas plus grand que celui du tonnerre ; qu'une quantité de cette poudre étant mise dans un tube de bronze ou de fer, selon sa grosseur, poussait une balle de plomb ou un boulet de fer avec une si grande violence et tant de vitesse, que rien n'était capable de soutenir sa force ; que les boulets, ainsi poussés et chassés d'un tube de fonte par l'inflammation de cette petite poudre, rompaient, renversaient, culbutaient les bataillons et les escadrons, abattaient les plus fortes murailles, faisaient sauter les plus grosses tours, coulaient à fond les plus gros vaisseaux ; que cette poudre, mise dans un globe de fer lancé avec une machine, brûlait et écrasait les maisons, et jetait de tous côtés des éclats qui foudroyaient tout ce qui se rencontrait ; que je savais la composition de cette poudre merveilleuse, où il n'entrait que des choses communes et à bon marché, et que je pourrais apprendre le même secret à ses sujets si Sa Majesté le voulait ; que, par le moyen de cette poudre, Sa Majesté briserait les murailles de la plus forte ville de son royaume, si elle se soulevait jamais et osait lui résister ; que je lui offrais ce petit présent comme un léger tribut de ma reconnaissance.

Le roi, frappé de la description que je lui avais faite des effets terribles de ma poudre, paraissait ne pouvoir comprendre comment un insecte impuissant, faible, vil et rampant avait imaginé une chose effroyable, dont il osait parler d'une manière si familière, qu'il semblait regarder comme des bagatelles le carnage et la désolation que produisait une invention si pernicieuse. « Il fallait, disait-il, que ce fût un mauvais génie, ennemi de Dieu et de ses ouvrages, qui en eût été l'auteur. » Il protesta que, quoique rien ne lui fit plus de plaisir que les nouvelles découvertes, soit dans la nature, soit dans les arts, il aimerait mieux perdre sa couronne que faire usage d'un si funeste secret, dont il me défendit, sous peine de la vie, de faire part à aucun de ses sujets : effet pitoyable de l'ignorance et des bornes de l'esprit d'un prince sans éducation. Ce monarque, orné de toutes les qualités qui gagnent la vénération, l'amour et l'estime des peuples, d'un esprit fort et pénétrant, d'une grande sagesse, d'une profonde science, doué de talents admirables pour le gouvernement, presque adoré de son peuple, se trouve sottement gêné par un scrupule excessif et bizarre dont nous n'avons jamais eu d'idée en Europe, et laisse échapper une occasion qu'on lui met entre les mains de se rendre le maître absolu de la vie, de la liberté et des biens de tous ses sujets ! Je ne dis pas ceci dans l'intention de rabaisser les vertus et les lumières de ce prince, auquel je n'ignore pas néanmoins que ce récit fera tort dans l'esprit d'un lecteur anglais ; mais je m'assure que ce défaut ne venait que d'ignorance, ces peuples n'ayant pas encore réduit la politique en art, comme nos esprits sublimes de l'Europe.

Car il me souvient que, dans un entretien que j'eus un jour avec le roi sur ce que je lui avais dit par hasard qu'il y avait parmi nous un grand nombre de volumes écrits sur l'art du gouvernement, Sa Majesté en conçut une opinion très basse de notre esprit, et ajouta qu'il méprisait et détestait tout mystère, tout raffinement et toute intrigue dans les procédés d'un prince ou d'un ministre d'État. Il ne pouvait comprendre ce que je voulais dire par les secrets du cabinet. Pour lui, il renfermait la science de gouverner dans des bornes très étroites, la réduisant au sens commun, à la raison, à la justice, à la douceur, à la prompte décision des affaires civiles et criminelles, et à d'autres semblables pratiques à la portée de tout le monde et qui ne méritent pas qu'on en parle. Enfin, il avança ce paradoxe étrange que, si quelqu'un pouvait faire croître deux épis ou deux brins d'herbe sur un morceau de terre où auparavant il n'y en avait qu'un, il mériterait beaucoup du genre humain et rendrait un service plus essentiel à son pays que toute la race de nos sublimes politiques.

La littérature de ce peuple est fort peu de chose et ne consiste que dans la connaissance de la morale, de l'histoire, de la poésie et des mathématiques ; mais il faut avouer qu'ils excellent dans ces quatre genres.

La dernière de ces connaissances n'est appliquée par eux qu'à tout ce qui est utile ; en sorte que la meilleure partie de notre mathématique serait parmi eux fort peu estimée. À l'égard des entités métaphysiques, des abstractions et des catégories, il me fut impossible de les leur faire concevoir.

Dans ce pays, il n'est pas permis de dresser une loi en plus de mots qu'il n'y a de lettres dans leur alphabet, qui n'est composé que de vingt-deux lettres ; il y a même très peu de lois qui s'étendent jusqu'à cette longueur. Elles sont toutes exprimées dans les termes les plus clairs et les plus simples, et ces peuples ne sont ni assez vifs ni assez ingénieux pour y trouver plusieurs sens ; c'est d'ailleurs un crime capital d'écrire un commentaire sur aucune loi.

Ils possèdent de temps immémorial l'art d'imprimer, aussi bien que les Chinois ; mais leurs bibliothèques ne sont pas grandes ; celle du roi, qui est la plus nombreuse, n'est composée que de mille volumes rangés dans une galerie de douze cents pieds de longueur, où j'eus la liberté de lire tous les livres qu'il me plut. Le livre que j'eus d'abord envie de lire fut mis sur une table sur laquelle on me plaça : alors, tournant mon visage vers le livre, je commençai par le haut de la page ; je me promenai dessus le livre même, à droite et à gauche, environ huit ou dix pas, selon la longueur des lignes, et je reculai à mesure que j'avançais dans la lecture des pages. Je commençai à lire l'autre page de la même façon, après quoi je tournai le feuillet, ce que je pus difficilement faire avec mes deux mains, car il était aussi épais et aussi raide qu'un gros carton.

Leur style est clair, mâle et doux, mais nullement fleuri, parce qu'on ne sait parmi eux ce que c'est de multiplier les mots inutiles et de varier les expressions. Je parcourus plusieurs de leurs livres, surtout ceux qui concernaient l'histoire et la morale ; entre autres, je lus avec plaisir un vieux petit traité qui était dans la chambre de *Glumdalclitch*. Ce livre était intitulé : *Traité de la faiblesse du genre humain*, et n'était estimé que des femmes et du petit peuple. Cependant je fus curieux de voir ce qu'un auteur de ce pays pouvait dire sur un pareil sujet. Cet écrivain faisait voir très au long combien l'homme est peu en état de se mettre à couvert des injures de l'air ou de la fureur des bêtes sauvages ; combien il était surpassé par d'autres animaux, soit dans la force, soit dans la vitesse, soit dans la prévoyance, soit dans l'industrie. Il montrait que la nature avait dégénéré dans ces derniers siècles, et qu'elle était sur son déclin.

Il enseignait que les lois mêmes de la nature exigeaient absolument que nous eussions été au commencement d'une taille plus grande et d'une complexion plus vigoureuse, pour n'être point sujets à une soudaine destruction par l'accident d'une tuile tombant de dessus une maison, ou d'une pierre jetée de la main d'un enfant, ni à être noyés dans un ruisseau. De ces raisonnements l'auteur tirait plusieurs applications utiles à la conduite de la vie. Pour moi, je ne pouvais m'empêcher de faire des réflexions morales sur cette morale même, et sur le penchant universel qu'ont tous les hommes à se plaindre de la nature et à exagérer ses défauts. Ces géants se trouvaient petits et faibles. Que sommes-nous donc, nous autres Européens ? Ce même auteur disait que l'homme n'était qu'un ver de terre et qu'un atome, et que sa petitesse devait sans cesse l'humilier. Hélas ! que suis-je, me disais-je, moi qui suis au-dessous de rien en comparaison de ces hommes qu'on dit être si petits et si peu de choses ?

Dans ce même livre, on faisait voir la vanité du titre d'altesse et de grandeur, et combien il était ridicule qu'un homme qui avait au plus cent cinquante pieds de hauteur osât se dire haut et grand. Que penseraient les princes et les grands seigneurs d'Europe, disais-je alors, s'ils lisaient ce livre, eux qui, avec cinq pieds et quelques pouces, prétendent sans façon qu'on leur donne de l'*altesse et de la grandeur ?* Mais pourquoi n'ont-ils pas aussi exigé les titres de *grosseur*, de *largeur*, d'*épaisseur ?* Au moins auraient-ils pu inventer un terme général pour comprendre toutes ces dimensions, et se faire appeler *votre étendue*. On me répondra peut-être que ces mots *altesse* et *grandeur* se rapportent à l'âme et non au corps ; mais si cela est, pourquoi ne pas prendre des titres plus marqués et plus déterminés à un sens spirituel ? pourquoi ne pas se faire appeler *votre sagesse*, *votre pénétration*, *votre prévoyance*, *votre libéralité*, *votre bonté*, *votre bon sens*, *votre bel esprit ?* Il faut avouer que, comme ces titres auraient été très beaux et très honorables, ils auraient aussi semé beaucoup d'aménité dans les compliments des inférieurs, rien n'étant plus divertissant qu'un discours plein de contre-vérités.

La médecine, la chirurgie, la pharmacie, sont très cultivées en ce pays-là. J'entrai un jour dans un vaste édifice, que je pensai prendre pour un arsenal plein de boulets et de canons : c'était la boutique d'un apothicaire ; ces boulets étaient des pilules, et ces canons des seringues. En comparaison, nos plus gros canons sont en vérité de petites couleuvrines.

À l'égard de leur milice, on dit que l'armée du roi est composée de cent soixante-seize mille hommes de pied et de trente-deux mille de cavalerie, si néanmoins on peut donner ce nom à une armée qui n'est composée que de marchands et de laboureurs dont les commandants ne sont que les pairs et la noblesse, sans aucune paye ou récompense. Ils sont, à la vérité, assez parfaits dans leurs exercices et ont une discipline très bonne, ce qui n'est pas étonnant, puisque chaque laboureur est commandé par son propre seigneur, et chaque bourgeois par les principaux de sa propre ville, élus à la façon de Venise.

Je fus curieux de savoir pourquoi ce prince, dont les États sont inaccessibles, s'avisait de faire apprendre à son peuple la pratique de la discipline militaire ; mais j'en fus bientôt instruit, soit par les entretiens que j'eus sur ce sujet, soit par la lecture de leurs histoires ; car, pendant plusieurs siècles, ils ont été affligés de la maladie à laquelle tant d'autres gouvernements sont sujets, la pairie et la noblesse disputant souvent pour le pouvoir, le peuple pour la liberté, et le roi pour la domination arbitraire. Ces choses, quoique sagement tempérées par les lois du royaume, ont quelquefois occasionné des partis, allumé des passions et causé des guerres civiles, dont la dernière fut heureusement terminée par l'aïeul du prince régnant, et la milice, alors établie dans le royaume, a toujours subsisté depuis pour prévenir de nouveaux désordres.

VI

Le roi et la reine font un voyage vers la frontière, où l'auteur les suit. Détail de la manière dont il sort de ce pays pour retourner en Angleterre.

J'avais toujours dans l'esprit que je recouvrerais un jour ma liberté, quoique je ne pusse deviner par quel moyen, ni former aucun projet avec la moindre apparence de réussir. Le vaisseau qui m'avait porté, et qui avait échoué sur ces côtes, était le premier vaisseau européen qu'on eût su en avoir approché, et le roi avait donné des ordres très précis pour que, si jamais il arrivait qu'un autre parût, il fût tiré à terre et mis avec tout l'équipage et les passagers sur un tombereau et apporté à *Lorbrulgrud*.

Il était fort porté à trouver une femme de ma taille avec laquelle on me marierait, et qui me rendrait père ; mais j'aurais mieux aimé mourir que d'avoir de malheureux enfants destinés à être mis en cage, ainsi que des serins de Canarie, et à être ensuite comme vendus par tout le royaume aux gens de qualité de petits animaux curieux. J'étais à la vérité traité avec beaucoup de bonté ; j'étais le favori du roi et de la reine et les délices de toute la cour ; mais c'était dans une condition qui ne convenait pas à la dignité de ma nature humaine. Je ne pouvais d'abord oublier les précieux gages que j'avais laissés chez moi. Je souhaitais fort de me retrouver parmi des peuples avec lesquels je me pusse entretenir d'égal à égal, et d'avoir la liberté de me promener par les rues et par les champs sans crainte d'être foulé aux pieds, d'être écrasé comme une grenouille, ou d'être le jouet d'un jeune chien ; mais ma délivrance arriva plus tôt que je ne m'y attendais, et d'une manière très extraordinaire, ainsi que je vais le raconter fidèlement, avec toutes les circonstances de cet admirable événement.

Il y avait deux ans que j'étais dans ce pays. Au commencement de la troisième année, *Glumdalclitch* et moi étions à la suite du roi et de la reine, dans un voyage qu'ils faisaient vers la côte méridionale du royaume. J'étais porté, à mon ordinaire, dans ma boîte de voyage, qui était un cabinet très commode, large de douze pieds. On avait, par mon ordre, attaché un brancard avec des cordons de soie aux quatre coins du haut de la boîte, afin que je sentisse moins les secousses du cheval, sur lequel un domestique me portait devant lui. J'avais ordonné au menuisier de faire au toit de ma boîte une ouverture d'un pied en carré pour laisser entrer l'air, en sorte que quand je voudrais on pût l'ouvrir et la fermer avec une planche.

Quand nous fûmes arrivés au terme de notre voyage, le roi jugea à propos de passer quelques jours à une maison de plaisance qu'il avait proche de Flanflasnic, ville située à dix-huit milles anglais du bord de la mer. *Glumdalclitch* et moi étions bien fatigués ; j'étais, moi, un peu enrhumé ; mais la pauvre fille se portait si mal, qu'elle était obligée de se tenir toujours dans sa chambre. J'eus envie de voir l'Océan. Je fis semblant d'être plus malade que je ne l'étais, et je demandai la liberté de prendre l'air de la mer avec un page qui me plaisait beaucoup, et à qui j'avais été confié quelquefois. Je n'oublierai jamais avec quelle répugnance *Glumdalclitch* y consentit, ni l'ordre sévère qu'elle donna au page d'avoir soin de moi, ni les larmes qu'elle répandit, comme si elle eût eu quelque présage, de ce qui me devait arriver. Le page me porta donc dans ma boîte, et me mena environ à une demi-lieue du palais, vers les rochers, sur le rivage de la mer. Je lui dis alors de me mettre à terre, et, levant le châssis d'une de mes fenêtres, je me mis à regarder la mer d'un œil triste. Je dis ensuite au page que j'avais envie de dormir un peu dans mon brancard, et que cela me soulagerait. Le page ferma bien la fenêtre, de peur que je n'eusse froid ; je m'endormis bientôt. Tout ce que je puis conjecturer est que, pendant que je dormais, ce page, croyant qu'il n'y avait rien à appréhender, grimpa sur les rochers pour chercher des œufs d'oiseaux, l'ayant vu auparavant de ma fenêtre en chercher et en ramasser. Quoi qu'il en soit, je me trouvai soudainement éveillé par une secousse violente donnée à ma boîte, que je sentis tirée en haut, et ensuite portée en avant avec une vitesse prodigieuse. La première secousse m'avait presque jeté hors de mon brancard, mais ensuite le mouvement fut assez doux. Je criais de toute ma force, mais inutilement. Je regardai à travers ma fenêtre, et je ne vis que des nuages. J'entendais un bruit horrible au-dessus de ma tête, ressemblant à celui d'un battement d'ailes. Alors je commençai à connaître le dangereux état où je me trouvais, et à soupçonner qu'un aigle avait pris le cordon de ma boîte dans son bec dans le dessein de le laisser tomber sur quelque rocher, comme une tortue dans son écaille, et puis d'en tirer mon corps pour le dévorer ; car la sagacité et l'odorat de cet oiseau le mettent en état de découvrir sa proie à une grande distance, quoique caché encore mieux que je ne pouvais être sous des planches qui n'étaient épaisses que de deux pouces.

Au bout de quelque temps, je remarquai que le bruit et le battement d'ailes s'augmentaient beaucoup, et que ma boîte était agitée çà et là comme une enseigne de boutique par un grand vent ; j'entendis plusieurs coups violents qu'on donnait à l'aigle, et puis, tout à coup, je me sentis tomber perpendiculairement pendant plus d'une minute, mais avec une vitesse incroyable. Ma chute fut terminée par une secousse terrible, qui retentit plus haut à mes oreilles que notre cataracte du Niagara ; après quoi je fus dans les ténèbres pendant une autre minute, et alors ma boîte commença à s'élever de manière que je pus voir le jour par le haut de ma fenêtre.

Je connus alors que j'étais tombé dans la mer, et que ma boîte flottait. Je crus, et je le crois encore que l'aigle qui emportait ma boîte avait été poursuivi de deux ou trois aigles et contraint de me laisser tomber pendant qu'il se défendait contre les autres qui lui disputaient sa proie. Les plaques de fer attachées au bas de la boîte conservèrent l'équilibre, et l'empêchèrent d'être brisée, et fracassée en tombant.

Oh ! que je souhaitai alors d'être secouru par ma chère *Glumdalclitch*, dont cet accident subit m'avait tant éloigné ! Je puis dire en vérité qu'au milieu de mes malheurs je plaignais et regrettais ma chère petite maîtresse ; que je pensais au chagrin qu'elle aurait de ma perte et au déplaisir de la reine. Je suis sûr qu'il y a très peu de voyageurs qui se soient trouvés dans une situation aussi triste que celle où je me trouvai alors, attendant à tout moment de voir ma boîte brisée, ou au moins renversée par le premier coup de vent, et submergée par les vagues ; un carreau de vitre cassé, c'était fait de moi. Il n'y avait rien qui eût pu jusqu'alors conserver ma fenêtre, que des fils de fer assez forts dont elle était munie par dehors contre les accidents qui peuvent arriver en voyageant. Je vis l'eau entrer dans ma boîte par quelques petites fentes, que je tâchai de boucher le mieux que je pus. Hélas ! je n'avais pas la force de lever le toit de ma boîte, ce que j'aurais fait si j'avais pu, et me serais tenu assis dessus, plutôt que de rester enfermé dans une espèce de fond de cale.

Dans cette déplorable situation, j'entendis ou je crus entendre quelque sorte de bruit à côté de ma boîte, et bientôt après je commençai à m'imaginer qu'elle était tirée et en quelque façon remorquée, car de temps en temps je sentais une sorte d'effort qui faisait monter les ondes jusqu'au haut de mes fenêtres, me laissant presque dans l'obscurité. Je conçus alors quelque faible espérance de secours, quoique je ne pusse me figurer d'où il me pourrait venir. Je montai sur mes chaises, et approchai ma tête d'une petite fente qui était au toit de ma boîte, et alors je me mis à crier de toutes mes forces et à demander du secours dans toutes les langues que je savais. Ensuite, j'attachai mon mouchoir à un bâton que j'avais, et, le haussant par l'ouverture, je le branlai plusieurs fois dans l'air, afin que, si quelque barque ou vaisseau était proche, les matelots pussent conjecturer qu'il y avait un malheureux mortel renfermé dans cette boîte.

Je ne m'aperçus point que tout cela eût rien produit ; mais je connus évidemment que ma boîte était tirée en avant. Au bout d'une heure, je sentis qu'elle heurtait quelque chose de très dur. Je craignis d'abord que ce ne fût un rocher, et j'en fus très alarmé. J'entendis alors distinctement du bruit sur le toit de ma boîte, comme celui d'un câble, ensuite je me trouvai haussé peu à peu au moins de trois pieds plus haut que je n'étais auparavant ; sur quoi je levai encore mon bâton et mon mouchoir, criant au secours jusqu'à m'enrouer. Pour réponse j'entendis de grandes acclamations répétées trois fois, qui me donnèrent des transports de joie qui ne peuvent être conçus que par ceux qui les sentent ; en même temps j'entendis marcher sur le toit et quelqu'un appelant par l'ouverture et criant en anglais : « Y a-t-il là quelqu'un ! » Je répondis : « Hélas ! oui ; je suis un pauvre Anglais réduit par la fortune à la plus grande calamité qu'aucune créature ait jamais soufferte ; au nom de Dieu, délivrez-moi de ce cachot. » La voix me répondit : « Rassurez-vous, vous n'avez rien à craindre, votre boîte est attachée au vaisseau, et le charpentier va venir pour faire un trou dans le toit et vous tirer dehors. » Je répondis que cela n'était pas nécessaire et demandait trop de temps, qu'il suffisait que quelqu'un de l'équipage mît son doigt dans le cordon, afin d'emporter la boîte hors de la mer dans le vaisseau. Quelques-uns d'entre eux, m'entendant parler ainsi, pensèrent que j'étais un pauvre insensé ; d'autres en rirent ; je ne pensais pas que j'étais alors parmi des hommes de ma taille et de ma force. Le charpentier vint, et dans peu de minutes fit un trou au haut de ma boîte, large de trois pieds, et me présenta une petite échelle sur laquelle je montai. J'entrai dans le vaisseau en un état très faible.

Les matelots furent tout étonnés et me firent mille questions auxquelles je n'eus pas le courage de répondre. Je m'imaginais voir autant de pygmées, mes yeux étant accoutumés aux objets monstrueux que je venais de quitter ; mais le capitaine, M. *Thomas Viletcks*, homme de probité et de mérite, voyant que j'étais près de tomber en faiblesse, me fit entrer dans sa chambre, me donna un cordial pour me soulager, et me fit coucher sur son lit, me conseillant de prendre un peu de repos, dont j'avais assez de besoin. Avant que je m'endormisse, je lui fis entendre que j'avais des meubles précieux dans ma boîte, un brancard superbe, un lit de campagne, deux chaises, une table et une armoire ; que ma chambre était tapissée ou pour mieux dire matelassée d'étoffes de soie et de coton, que, s'il voulait ordonner à quelqu'un de son équipage d'apporter ma chambre dans sa chambre, je l'y ouvrirais en sa présence et lui montrerais mes meubles. Le capitaine, m'entendant dire ces absurdités, jugea que j'étais fou ; cependant, pour me complaire, il promit d'ordonner ce que je souhaitais, et, montant sur le tillac, il envoya quelques-uns de ses gens visiter la caisse.

Je dormis pendant quelques heures, mais continuellement troublé par l'idée du pays que j'avais quitté et du péril que j'avais couru. Cependant, quand je m'éveillai, je me trouvai assez bien remis. Il était huit heures du soir, et le capitaine donna ordre de me servir à souper incessamment, croyant que j'avais jeûné trop longtemps. Il me régala avec beaucoup d'honnêteté, remarquant néanmoins que j'avais les yeux égarés. Quand on nous eût laissés seuls, il me pria de lui faire le récit de mes voyages, et de lui apprendre par quel accident j'avais été abandonné au gré des flots dans cette grande caisse. Il me dit que, sur le midi, comme il regardait avec sa lunette, il l'avait découverte de fort loin, l'avait prise pour une petite barque, et qu'il l'avait voulu joindre, dans la vue d'acheter du biscuit, le sien commençant à manquer ; qu'en approchant il avait connu son erreur et avait envoyé sa chaloupe pour découvrir ce que c'était ; que ses gens étaient revenus tout effrayés, jurant qu'ils avaient vu une maison flottante ; qu'il avait ri de leur sottise, et s'était lui-même mis dans la chaloupe, ordonnant à ses matelots de prendre avec eux un câble très fort ; que, le temps étant calme, après avoir ramé autour de la grande caisse et en avoir plusieurs fois fait le tour, il avait commandé à ses gens de ramer et d'approcher de ce côté-là, et qu'attachant un câble à une des gâches de la fenêtre, il l'avait fait remorquer ;

qu'on avait vu mon bâton et mon mouchoir hors de l'ouverture et qu'on avait jugé qu'il fallait que quelques malheureux fussent enfermés dedans. Je lui demandai si lui ou son équipage n'avait point vu des oiseaux prodigieux dans l'air dans le temps qu'il m'avait découvert ; à quoi il répondit que, parlant sur ce sujet avec les matelots pendant que je dormais, un d'entre eux lui avait dit qu'il avait observé trois aigles volant vers le nord, mais il n'avait point remarqué qu'ils fussent plus gros qu'à l'ordinaire, ce qu'il faut imputer, je crois, à la grande hauteur où ils se trouvaient, et aussi ne put-il pas deviner pourquoi je faisais cette question. Ensuite je demandai au capitaine combien il croyait que nous fussions éloignés de terre ; il me répondit que, par le meilleur calcul qu'il eût pu faire, nous en étions éloignés de cent lieues. Je l'assurai qu'il s'était certainement trompé presque de la moitié, parce que je n'avais pas quitté le pays d'où je venais plus de deux heures avant que je tombasse dans la mer ; sur quoi il recommença à croire que mon cerveau était troublé, et me conseilla de me remettre au lit dans une chambre qu'il avait fait préparer pour moi. Je l'assurai que j'étais bien rafraîchi de son bon repas et de sa gracieuse compagnie, et que j'avais l'usage de mes sens et de ma raison aussi parfaitement que je l'avais jamais eu. Il prit alors son sérieux, et me pria de lui dire franchement si je n'avais pas la conscience bourrelée de quelque crime pour lequel j'avais été puni par l'ordre de quelque prince, et exposé dans cette caisse, comme quelquefois les criminels en certains pays sont abandonnés à la merci des flots dans un vaisseau sans voiles et sans vivres ; que, quoiqu'il fût bien fâché d'avoir reçu un tel scélérat dans son vaisseau, cependant il me promettait, sur sa parole d'honneur, de me mettre à terre en sûreté au premier port où nous arriverions ; il ajouta que ses soupçons s'étaient beaucoup augmentés par quelques discours très absurdes que j'avais tenus d'abord aux matelots, et ensuite à lui-même, à l'égard de ma boîte et de ma chambre, aussi bien que par mes yeux égarés et ma bizarre contenance.

Je le priai d'avoir la patience de m'entendre faire le récit de mon histoire ; je le fis très fidèlement, depuis la dernière fois que j'avais quitté l'Angleterre jusqu'au moment qu'il m'avait découvert ; et, comme la vérité s'ouvre toujours un passage dans les esprits raisonnables, cet honnête et digne gentilhomme, qui avait un très bon sens et n'était pas tout à fait dépourvu de lettres, fut satisfait de ma candeur et de ma sincérité ; mais d'ailleurs, pour confirmer tout ce que j'avais dit, je le priai de donner ordre de m'apporter mon armoire, dont j'avais la clef ; je l'ouvris en sa présence et lui fis voir toutes les choses curieuses travaillées dans le pays d'où j'avais été tiré d'une manière si étrange. Il y avait, entre autres choses, le peigne que j'avais formé des poils de la barbe du roi, et un autre de la même matière, dont le dos était d'une rognure de l'ongle du pouce de Sa Majesté ; il y avait un paquet d'aiguilles et d'épingles longues d'un pied et demi ; une bague d'or dont un jour la reine me fit présent d'une manière très obligeante, l'ôtant de son petit doigt et me la mettant au cou comme un collier. Je priai le capitaine de vouloir bien accepter cette bague en reconnaissance de ses honnêtetés, ce qu'il refusa absolument. Enfin, je le priai de considérer la culotte que je portais alors, et qui était faite de peau de souris.

Le capitaine fut très satisfait de tout ce que je lui racontai, et me dit qu'il espérait qu'après notre retour en Angleterre je voudrais bien en écrire la relation et la donner au public. Je répondis que je croyais que nous avions déjà trop de livres de voyages, que mes aventures passeraient pour un vrai roman et pour une action ridicule ; que ma relation ne contiendrait que des descriptions de plantes et d'animaux extraordinaires, de lois, de mœurs et d'usages bizarres ; que ces descriptions étaient trop communes, et qu'on en était las ; et, n'ayant rien autre chose à dire touchant mes voyages, ce n'était pas la peine de les écrire. Je le remerciai de l'opinion avantageuse qu'il avait de moi.

Il me parut étonné d'une chose, qui fut de m'entendre parler si haut, me demandant si le roi et la reine de ce pays étaient sourds. Je lui dis que c'était une chose à laquelle j'étais accoutumé depuis plus de deux ans, et que j'admirais de mon côté sa voix et celle de ses gens, qui me semblaient toujours me parler bas et à l'oreille ; mais que, malgré cela, je les pouvais entendre assez bien ; que, quand je parlais dans ce pays, j'étais comme un homme qui parle dans la rue à un autre qui est monté au haut d'un clocher, excepté quand j'étais mis sur une table ou tenu dans la main de quelque personne. Je lui dis que j'avais même remarqué une autre chose, c'est que, d'abord que j'étais entré dans le vaisseau, lorsque les matelots se tenaient debout autour de moi, ils me paraissaient infiniment petits ; que pendant mon séjour dans ce pays, je ne pouvais plus me regarder dans un miroir, depuis que mes yeux s'étaient accoutumés à de grands objets, parce que la comparaison que je faisais me rendait méprisable à moi-même. Le capitaine me dit que, pendant que nous soupions, il avait aussi remarqué que je regardais toutes choses avec une espèce d'étonnement, et que je lui semblais quelquefois avoir de la peine à m'empêcher d'éclater de rire ; qu'il ne savait pas fort bien alors comment il le devait prendre, mais qu'il l'attribua à quelque dérangement dans ma cervelle. Je répondis que j'étais étonné comment j'avais été capable de me contenir en voyant ses plats de la grosseur d'une pièce d'argent de trois sous, une éclanche de mouton qui était à peine une bouchée, un gobelet moins grand qu'une écaille de noix, et je continuai ainsi, faisant la description du reste de ses meubles et de ses viandes par comparaison ; car, quoique la reine m'eût donné pour mon usage tout ce qui m'était nécessaire dans une grandeur proportionnée à ma taille, cependant mes idées étaient occupées entièrement de ce que je voyais autour de moi, et je faisais comme tous les hommes qui considèrent sans cesse les autres sans se considérer eux-mêmes et sans jeter les yeux sur leur petitesse. Le capitaine, faisant allusion au vieux proverbe anglais, me dit que mes yeux étaient donc plus grands que mon ventre, puisqu'il n'avait pas remarqué que j'eusse un grand appétit, quoique j'eusse jeûné toute la journée ; et, continuant de badiner, il ajouta qu'il aurait donné beaucoup pour avoir le plaisir de voir ma caisse dans le bec de l'aigle, et ensuite tomber d'une si grande hauteur dans la mer, ce qui certainement aurait été un objet très étonnant et digne d'être transmis aux siècles futurs.

Le capitaine, revenant du Tonkin, faisait sa route vers l'Angleterre, et avait été poussé vers le nord-est, à quarante degrés de latitude, à cent quarante-trois de longitude ; mais un vent de saison s'élevant deux jours après que je fus à son bord, nous fûmes poussés au nord pendant un long temps ; et, côtoyant la Nouvelle-Hollande, nous fîmes route vers l'ouest-nord-ouest, et depuis au sud-sud-ouest, jusqu'à ce que nous eussions doublé le cap de Bonne-Espérance. Notre voyage fut très heureux, mais j'en épargnerai le journal ennuyeux au lecteur. Le capitaine mouilla à un ou deux ports, et y fit entrer sa chaloupe, pour chercher des vivres et faire de l'eau ; pour moi, je ne sortis point du vaisseau que nous ne fussions arrivés aux Dunes. Ce fut, je crois, le 4 juin 1706, environ neuf mois après ma délivrance. J'offris de laisser mes meubles pour la sûreté du payement de mon passage ; mais le capitaine protesta qu'il ne voulait rien recevoir. Nous nous dîmes adieu très affectueusement, et je lui fis promettre de me venir voir à Redriff. Je louai un cheval et un guide pour un écu, que me prêta le capitaine.

Pendant le cours de ce voyage, remarquant la petitesse des maisons, des arbres, du bétail et du peuple, je pensais me croire encore à Lilliput ; j'eus peur de fouler aux pieds les voyageurs que je rencontrais, et je criai souvent pour les faire reculer du chemin ; en sorte que je courus risque une ou deux fois d'avoir la tête cassée pour mon impertinence.

Quand je me rendis à ma maison, que j'eus de la peine à reconnaître, un de mes domestiques ouvrant la porte, je me baissai pour entrer, de crainte de me blesser la tête ; cette porte me semblait un guichet. Ma femme accourut pour m'embrasser ; mais je me courbai plus bas que ses genoux, songeant qu'elle ne pourrait autrement atteindre ma bouche. Ma fille se mit à mes genoux pour me demander ma bénédiction ; mais je ne pus la distinguer que lorsqu'elle fut levée, ayant été depuis si longtemps accoutumé à me tenir debout, avec ma tête et mes yeux levés en haut. Je regardai tous mes domestiques et un ou deux amis qui se trouvaient alors dans la maison comme s'ils avaient été des pygmées et moi un géant. Je dis à ma femme qu'elle avait été trop frugale, car je trouvais qu'elle s'était réduite elle-même et sa fille presque à rien. En un mot, je me conduisis d'une manière si étrange qu'ils furent tous de l'avis du capitaine quand il me vit d'abord, et conclurent que j'avais perdu l'esprit. Je fais mention de ces minuties pour faire connaître le grand pouvoir de l'habitude et du préjugé.

En peu de temps, je m'accoutumai à ma femme, à ma famille et à mes amis ; mais ma femme protesta que je n'irais jamais sur mer ; toutefois, mon mauvais destin en ordonna autrement, comme le lecteur le pourra savoir dans la suite. Cependant, c'est ici que je finis la seconde partie de mes malheureux voyages.

Voyage à Laputa, aux Balnibarbes, à Luggnagg, à Gloubbdoubdrie et au Japon

I

L'auteur entreprend un troisième voyage. Il est pris par des pirates. Méchanceté d'un Hollandais. Il arrive à Laputa.

Il n'y avait que deux ans environ que j'étais chez moi, lorsque le capitaine *Guill Robinson*, de la province de Cornouailles, commandant la *Bonne-Espérance*, vaisseau de trois cents tonneaux, vint me trouver. J'avais été autrefois chirurgien d'un autre vaisseau dont il était capitaine, dans un voyage au Levant, et j'en avais toujours été bien traité. Le capitaine, ayant appris mon arrivée, me rendit une visite où il marqua la joie qu'il avait de me trouver en bonne santé, me demanda si je m'étais fixé pour toujours, et m'apprit qu'il méditait un voyage aux Indes orientales et comptait partir dans deux mois. Il m'insinua en même temps que je lui ferais grand plaisir de vouloir bien être le chirurgien de son vaisseau ; qu'il aurait un autre chirurgien avec moi et deux garçons ; que j'aurais une double paye ; et qu'ayant éprouvé que la connaissance que j'avais de la mer était au moins égale à la sienne, il s'engageait à se comporter à mon égard comme avec un capitaine en second.

Il me dit enfin tant de choses obligeantes, et me parut un si honnête homme, que je me laissai gagner, ayant d'ailleurs, malgré mes malheurs passés, une plus forte passion que jamais de voyager. La seule difficulté que je prévoyais, c'était d'obtenir le consentement de ma femme, qu'elle me donna pourtant assez volontiers, en vue sans doute des avantages que ses enfants en pourraient retirer.

Nous mîmes à la voile le 5 d'août 1708, et arrivâmes au fort Saint-Georges le 1er avril 1709, où nous restâmes trois semaines pour rafraîchir notre équipage, dont la plus grande partie était malade. De là nous allâmes vers le Tonkin, où notre capitaine résolut de s'arrêter quelque temps, parce que la plus grande partie des marchandises qu'il avait envie d'acheter ne pouvait lui être livrée que dans plusieurs mois. Pour se dédommager un peu des frais de ce retardement, il acheta une barque chargée de différentes sortes de marchandises, dont les Tonkinois font un commerce ordinaire avec les îles voisines ; et mettant sur ce petit navire quarante hommes, dont trois du pays, il m'en fit capitaine et me donna en pouvoir pour deux mois, tandis qu'il ferait ses affaires au Tonkin.

Il n'y avait pas trois jours que nous étions en mer qu'une grande tempête s'étant élevée, nous fûmes poussés pendant cinq jours vers le nord-est, et ensuite à l'est. Le temps devint un peu plus calme, mais le vent d'ouest soufflait toujours assez fort.

Le dixième jour, deux pirates nous donnèrent la chasse et bientôt nous prirent, car mon navire était si chargé qu'il allait très lentement et qu'il nous fut impossible de faire la manœuvre nécessaire pour nous défendre.

Les deux pirates vinrent à l'abordage et entrèrent dans notre navire à la tête de leurs gens ; mais, nous trouvant tous couchés sur le ventre, comme je l'avais ordonné, ils se contentèrent de nous lier, et, nous ayant donné des gardes, ils se mirent à visiter la barque.

Je remarquai parmi eux un Hollandais qui paraissait avoir quelque autorité, quoiqu'il n'eût pas de commandement. Il connut à nos manières que nous étions Anglais, et, nous parlant en sa langue, il nous dit qu'on allait nous lier tous dos à dos et nous jeter dans la mer. Comme je parlais assez bien hollandais, je lui déclarai qui nous étions et le conjurai, en considération du nom commun de chrétiens et de chrétiens réformés, de voisins, d'alliés, d'intercéder pour nous auprès du capitaine. Mes paroles ne firent que l'irriter : il redoubla ses menaces, et, s'étant tourné vers ses compagnons, il leur parla en langue japonaise, répétant souvent le nom de *christianos*.

Le plus gros vaisseau de ces pirates était commandé par un capitaine japonais qui parlait un peu hollandais : il vint à moi, et, après m'avoir fait diverses questions, auxquelles je répondis très humblement, il m'assura qu'on ne nous ôterait point la vie. Je lui fis une très profonde révérence, et me tournant alors vers le Hollandais, je lui dis que j'étais bien fâché de trouver plus d'humanité dans un idolâtre que dans un chrétien ; mais j'eus bientôt lieu de me repentir de ces paroles inconsidérées, car ce misérable réprouvé, ayant tâché en vain de persuader aux deux capitaines de me jeter dans la mer (ce qu'on ne voulut pas lui accorder à cause de la parole qui m'avait été donnée), obtint que je serais encore plus rigoureusement traité que si on m'eût fait mourir. On avait partagé mes gens dans les deux vaisseaux et dans la barque ; pour moi, on résolut de m'abandonner à mon sort dans un petit canot, avec des avirons, une voile et des provisions pour quatre jours. Le capitaine japonais les augmenta du double, et tira de ses propres vivres cette charitable augmentation ; il ne voulut pas même qu'on me fouillât. Je descendis donc dans le canot pendant que mon Hollandais brutal m'accablait, de dessus le pont, de toutes les injures et imprécations que son langage lui pouvait fournir.

Environ une heure avant que nous eussions vu les deux pirates, j'avais pris hauteur et avais trouvé que nous étions à quarante-six degrés de latitude et à cent quatre-vingt-trois de longitude. Lorsque je fus un peu éloigné, je découvris avec une lunette différentes îles au sud-ouest. Alors je haussai ma voile, le vent étant bon, dans le dessein d'aborder à la plus prochaine de ces îles, ce que j'eus bien de la peine à faire en trois heures. Cette île n'était qu'un rocher, où je trouvai beaucoup d'œufs d'oiseaux ; alors, battant le briquet, je mis le feu à quelques bruyères et à quelques joncs marins pour pouvoir cuire ces œufs, qui furent ce soir-là toute ma nourriture, ayant résolu d'épargner mes provisions autant que je le pourrais. Je passai la nuit sur cette roche, où ayant étendu des bruyères sous moi, je dormis assez bien.

Le jour suivant, je fis voile vers une autre île, et de là à une troisième et à une quatrième, me servant quelquefois de mes rames ; mais, pour ne point ennuyer le lecteur, je lui dirai seulement qu'au bout de cinq jours j'atteignis la dernière île que j'avais vue, qui était au sud-ouest de la première.

Cette île était plus éloignée que je ne croyais, et je ne pus y arriver qu'en cinq heures. J'en fis presque tout le tour avant que de trouver un endroit pour pouvoir y aborder. Ayant pris terre à une petite baie qui était trois fois large comme mon canot, je trouvai que toute l'île n'était qu'un rocher, avec quelques espaces où il croissait du gazon et des herbes très odoriférantes. Je pris mes petites provisions, et, après m'être un peu rafraîchi, je mis le reste dans une des grottes dont il y avait un grand nombre. Je ramassai plusieurs œufs sur le rocher et arrachai une quantité de joncs marins et d'herbes sèches, afin de les allumer le lendemain pour cuire mes œufs, car j'avais sur moi mon fusil, ma mèche, avec un verre ardent. Je passai toute la nuit dans la cave où j'avais mis mes provisions ; mon lit était ces mêmes herbes sèches destinées au feu. Je dormis peu, car j'étais encore plus inquiet que las.

Je considérais qu'il était impossible de ne pas mourir dans un lieu si misérable. Je me trouvai si abattu de ces réflexions, que je n'eus pas le courage de me lever, et, avant que j'eusse assez de force pour sortir de ma cave, le jour était déjà fort grand : le temps était beau et le soleil si ardent que j'étais obligé de détourner mon visage.

Mais voici tout à coup que le temps s'obscurcit, d'une manière pourtant très différente de ce qui arrive par l'interposition d'un nuage. Je me tournai vers le soleil et je vis un grand corps opaque et mobile entre lui et moi, qui semblait aller çà et là. Ce corps suspendu, qui me paraissait à deux milles de hauteur, me cacha le soleil environ six ou sept minutes ; mais je ne pus pas bien l'observer à cause de l'obscurité. Quand ce corps fut venu plus près de l'endroit où j'étais, il me parut être d'une substance solide, dont la base était plate, unie et luisante par la réverbération de la mer. Je m'arrêtai sur une hauteur, à deux cents pas environ du rivage, et je vis ce même corps descendre et approcher de moi environ à un mille de distance. Je pris alors mon télescope, et je découvris un grand nombre de personnes en mouvement, qui me regardèrent et se regardèrent les unes les autres.

L'amour naturel de la vie me fit naître quelques sentiments de joie et d'espérance que cette aventure pourrait m'aider à me délivrer de l'état fâcheux où j'étais ; mais, en même temps, le lecteur ne peut s'imaginer mon étonnement de voir une espèce d'île en l'air, habitée par des hommes qui avaient l'art et le pouvoir de la hausser, de l'abaisser et de la faire marcher à leur gré ; mais, n'étant pas alors en humeur de philosopher sur un si étrange phénomène, je me contentai d'observer de quel côté l'île tournerait, car elle me parut alors arrêtée un peu de temps. Cependant elle s'approcha de mon côté, et j'y pus découvrir plusieurs grandes terrasses et des escaliers d'intervalle en intervalle pour communiquer des unes aux autres.

Sur la terrasse la plus basse, je vis plusieurs hommes qui péchaient des oiseaux à la ligne, et d'autres qui regardaient. Je leur fis signe avec mon chapeau et avec mon mouchoir ; et lorsque je me fus approché de plus près, je criai de toutes mes forces ; et, ayant alors regardé fort attentivement, je vis une foule de monde amassée sur le bord qui était vis-à-vis de moi. Je découvris par leurs postures qu'ils me voyaient, quoiqu'ils ne m'eussent pas répondu. J'aperçus alors cinq ou six hommes montant avec empressement au sommet de l'île, et je m'imaginai qu'ils avaient été envoyés à quelques personnes d'autorité pour en recevoir des ordres sur ce qu'on devait faire en cette occasion.

La foule des insulaires augmenta, et en moins d'une demi-heure l'île s'approcha tellement, qu'il n'y avait plus que cent pas de distance entre elle et moi. Ce fut alors que je me mis en diverses postures humbles et touchantes, et que je fis les supplications les plus vives ; mais je ne reçus point de réponse ; ceux qui me semblaient le plus proche étaient, à en juger par leurs habits, des personnes de distinction.

À la fin, un d'eux me fit entendre sa voix dans un langage clair, poli et très doux, dont le son approchait de l'italien ; ce fut aussi en italien que je répondis, m'imaginant que le son et l'accent de cette langue seraient plus agréables à leurs oreilles que tout autre langage. Ce peuple comprit ma pensée ; on me fit signe de descendre du rocher et d'aller vers le rivage, ce que je fis ; et alors, l'île volante s'étant abaissée à un degré convenable, on me jeta de la terrasse d'en bas une chaîne avec un petit siège qui y était attaché, sur lequel m'étant assis, je fus dans un moment enlevé par le moyen d'une moufle.

II

Caractère des Laputiens, idée de leurs savants, de leur roi et de sa cour. Réception qu'on fait à l'auteur. Les craintes et les inquiétudes des habitants. Caractère des femmes laputiennes.

À mon arrivée, je me vis entouré d'une foule de peuple qui me regardait avec admiration, et je regardai de même, n'ayant encore jamais vu une race de mortels si singulière dans sa figure, dans ses habits et dans ses manières ; ils penchaient la tête, tantôt à droite, tantôt à gauche ; ils avaient un œil tourné en dedans, et l'autre vers le ciel. Leurs habits étaient bigarrés de figures du soleil, de la lune et des étoiles, et parsemés de violons, de flûtes, de harpes, de trompettes, de guitares, de luths et de plusieurs autres instruments inconnus en Europe. Je vis autour d'eux plusieurs domestiques armés de vessies, attachées comme un fléau au bout d'un petit bâton, dans lesquelles il y avait une certaine quantité de petits cailloux ; ils frappaient de temps en temps avec ces vessies tantôt la bouche, tantôt les oreilles de ceux dont ils étaient proches, et je n'en pus d'abord deviner la raison. Les esprits de ce peuple paraissaient si distraits et si plongés dans la méditation, qu'ils ne pouvaient ni parler ni être attentifs à ce qu'on leur disait sans le secours de ces vessies bruyantes dont on les frappait, soit à la bouche, soit aux oreilles, pour les réveiller. C'est pourquoi les personnes qui en avaient le moyen entretenaient toujours un domestique qui leur servait de moniteur, et sans lequel ils ne sortaient jamais.

L'occupation de cet officier, lorsque deux ou trois personnes se trouvaient ensemble, était de donner adroitement de la vessie sur la bouche de celui à qui c'était à parler, ensuite sur l'oreille droite de celui ou de ceux à qui le discours s'adressait. Le moniteur accompagnait toujours son maître lorsqu'il sortait, et était obligé de lui donner de temps en temps de la vessie sur les yeux, parce que, sans cela, ses profondes rêveries l'eussent bientôt mis en danger de tomber dans quelque précipice, de se heurter la tête contre quelque poteau, de pousser les autres dans les rues ou d'en être jeté dans le ruisseau.

On me fit monter au sommet de l'île et entrer dans le palais du roi, où je vis Sa Majesté sur un trône environné de personnes de la première distinction. Devant le trône était une grande table couverte de globes, de sphères et d'instruments de mathématiques de toutes espèces. Le roi ne prit point garde à moi lorsque j'entrai, quoique la foule qui m'accompagnait fît un très grand bruit ; il était alors appliqué à résoudre un problème, et nous fûmes devant lui au moins une heure entière à attendre que Sa Majesté eût fini son opération. Il avait auprès de lui deux pages qui avaient des vessies à la main, dont l'un, lorsque Sa Majesté eut cessé de travailler, le frappa doucement et respectueusement à la bouche, et l'autre à l'oreille droite. Le roi parut alors comme se réveiller en sursaut, et, jetant les yeux sur moi et sur le monde qui m'entourait, il se rappela ce qu'on lui avait dit de mon arrivée peu de temps auparavant ; il me dit quelques mots, et aussitôt un jeune homme armé d'une vessie s'approcha de moi et m'en donna sur l'oreille droite ; mais je fis signe qu'il était inutile de prendre cette peine, ce qui donna au roi et à toute la cour une haute idée de mon intelligence. Le roi me fit diverses questions, auxquelles je répondis sans que nous nous entendissions ni l'un ni l'autre. On me conduisit bientôt après dans un appartement où l'on me servit à dîner. Quatre personnes de distinction me firent l'honneur de se mettre à table avec moi ; nous eûmes deux services, chacun de trois plats. Le premier service était composé d'une épaule de mouton coupée en triangle équilatéral, d'une pièce de bœuf sous la forme d'un rhomboïde, et d'un boudin sous celle d'une cycloïde. Le second service fut deux canards ressemblant à deux violons, des saucisses et des andouilles qui paraissaient comme des flûtes et des hautbois, et un foie de veau qui avait l'air d'une harpe. Les pains qu'on nous servit avaient la figure de cônes, de cylindres, de parallélogrammes.

Après le dîner, un homme vint à moi de la part du roi, avec une plume, de l'encre et du papier, et me fit entendre par des signes qu'il avait ordre de m'apprendre la langue du pays. Je fus avec lui environ quatre heures, pendant lesquelles j'écrivis sur deux colonnes un grand nombre de mots avec la traduction vis-à-vis. Il m'apprit aussi plusieurs phrases courtes, dont il me fit connaître le sens en faisant devant moi ce qu'elles signifiaient. Mon maître me montra ensuite, dans un de ses livres, la figure du soleil et de la lune, des étoiles, du zodiaque, des tropiques et des cercles polaires, en me disant le nom de tout cela, ainsi que de toutes sortes d'instruments de musique, avec les termes de cet art convenables à chaque instrument. Quand il eut fini sa leçon, je composai en mon particulier un très joli petit dictionnaire de tous les mots que j'avais appris, et, en peu de jours, grâce à mon heureuse mémoire, je sus passablement la langue laputienne.

Un tailleur vint, le lendemain matin, prendre ma mesure. Les tailleurs de ce pays exercent leur métier autrement qu'en Europe. Il prit d'abord la hauteur de mon corps avec un quart de cercle, et puis, avec la règle et le compas, ayant mesuré ma grosseur et toute la proportion de mes membres, il fit son calcul sur le papier, et au bout de six jours il m'apporta un habit très mal fait ; il m'en fit excuse, en me disant qu'il avait eu le malheur de se tromper dans ses supputations.

Sa Majesté ordonna ce jour-là qu'on fit avancer son île vers Lagado, qui est la capitale de son royaume de terre ferme, et ensuite vers certaines villes et villages, pour recevoir les requêtes de ses sujets. On jeta pour cela plusieurs ficelles avec des petits plombs au bout, afin que le peuple attachât ses placets à ces ficelles, qu'on tirait ensuite, et qui semblaient en l'air autant de cerfs-volants.

La connaissance que j'avais des mathématiques m'aida beaucoup à comprendre leur façon de parler et leurs métaphores, tirées la plupart des mathématiques et de la musique, car je suis un peu musicien. Toutes leurs idées n'étaient qu'en lignes et en figures, et leur galanterie même était toute géométrique. Si, par exemple, ils voulaient louer la beauté d'une jeune fille, ils disaient que ses dents blanches étaient de beaux et parfaits parallélogrammes, que ses sourcils étaient un arc charmant ou une belle portion de cercle, que ses yeux formaient une ellipse admirable, que sa gorge était décorée de deux globes asymptotes, et ainsi du reste. Le sinus, la tangente, la ligne courbe, le cône, le cylindre, l'ovale, la parabole, le diamètre, le rayon, le centre, le point, sont parmi eux des termes qui entrent dans le langage affectueux.

Leurs maisons étaient fort mal bâties : c'est qu'en ce pays-là on méprise la géométrie pratique comme une chose vulgaire et mécanique. Je n'ai jamais vu de peuple si sot, si niais, si maladroit dans tout ce qui regarde les actions communes et la conduite de la vie. Ce sont, outre cela, les plus mauvais raisonneurs du monde, toujours prêts à contredire, si ce n'est lorsqu'ils pensent juste, ce qui leur arrive rarement, et alors ils se taisent ; ils ne savent ce que c'est qu'imagination, invention, portraits, et n'ont pas même de mots en leur langue qui expriment ces choses. Aussi tous leurs ouvrages, et même leurs poésies, semblent des théorèmes d'Euclide.

Plusieurs d'entre eux, principalement ceux qui s'appliquent à l'astronomie, donnent dans l'astrologie judiciaire, quoiqu'ils n'osent l'avouer publiquement ; mais ce que je trouvai de plus surprenant, ce fut l'inclination qu'ils avaient pour la politique et leur curiosité pour les nouvelles ; ils parlaient incessamment d'affaires d'État, et portaient sans façon leur jugement sur tout ce qui se passait dans les cabinets des princes. J'ai souvent remarqué le même caractère dans nos mathématiciens d'Europe, sans avoir jamais pu trouver la moindre analogie entre les mathématiques et la politique, à moins que l'on ne suppose que, comme le plus petit cercle a autant de degrés que le plus grand, celui qui sait raisonner sur un cercle tracé sur le papier peut également raisonner sur la sphère du monde ; mais n'est-ce pas plutôt le défaut naturel de tous les hommes, qui se plaisent naturellement à parler et à raisonner sur ce qu'ils entendent le moins ?

Ce peuple paraît toujours inquiet et alarmé, et ce qui n'a jamais troublé le repos des autres hommes est le sujet continuel de leurs craintes et de leurs frayeurs : ils appréhendent l'altération des corps célestes ; par exemple, que la terre, par les approches continuelles du soleil, ne soit à la fin dévorée par les flammes de cet astre terrible ; que ce flambeau de la nature ne se trouve peu à peu encroûté par son écume, et ne vienne à s'éteindre tout à fait pour les mortels ; ils craignent que la prochaine comète, qui, selon leur calcul, paraîtra dans trente et un ans, d'un coup de sa queue ne foudroie la terre et ne la réduise en cendres ; ils craignent encore que le soleil, à force de répandre des rayons de toutes parts, ne vienne enfin à s'user et à perdre tout à fait sa substance. Voilà les craintes ordinaires et les alarmes qui leur dérobent le sommeil et les privent de toutes sortes de plaisirs ; aussi, dès qu'ils se rencontrent le matin, ils se demandent d'abord les uns aux autres des nouvelles du soleil, comment il se porte et comment il s'est levé et couché.

III

Phénomène expliqué par les philosophes et astronomes modernes. Les Laputiens sont grands astronomes. Comment le roi apaise les séditions.

Je demandai au roi la permission de voir les curiosités de l'île ; il me l'accorda et ordonna à un de ses courtisans de m'accompagner. Je voulus savoir principalement quel secret naturel ou artificiel était le principe de ces mouvements divers, dont je vais rendre au lecteur un compte exact et philosophique.

L'île volante est parfaitement ronde ; son diamètre est de sept mille huit cent trente-sept demi-toises, c'est-à-dire d'environ quatre mille pas, et par conséquent contient à peu près dix mille acres. Le fond de cette île ou la surface de dessous, telle qu'elle paraît à ceux qui la regardent d'en bas, est comme un large diamant, poli et taillé régulièrement, qui réfléchit la lumière à quatre cents pas. Il y a au-dessus plusieurs minéraux, situés selon le rang ordinaire des mines, et par-dessus est un terrain fertile de dix ou douze pieds de profondeur.

Le penchant des parties de la circonférence vers le centre de la surface supérieure est la cause naturelle que toutes les pluies et rosées qui tombent sur l'île sont conduites par de petits ruisseaux vers le milieu, où ils s'amassent dans quatre grands bassins, chacun d'environ un demi-mille de circuit. À deux cents pas de distance du centre de ces bassins, l'eau est continuellement attirée et pompée par le soleil pendant le jour, ce qui empêche le débordement. De plus, comme il est au pouvoir du monarque d'élever l'île au-dessus de la région des nuages et des vapeurs terrestres, il peut, quand il lui plaît, empêcher la chute de la pluie et de la rosée, ce qui n'est au pouvoir d'aucun potentat d'Europe, qui, ne dépendant de personne, dépend toujours de la pluie et du beau temps.

Au centre de l'île est un trou d'environ vingt-cinq toises de diamètre, par lequel les astronomes descendent dans un large dôme, qui, pour cette raison, est appelé *Flandola Gahnolé*, ou la *Cave des Astronomes*, située à la profondeur de cinquante toises au-dessus de la surface supérieure du diamant. Il y a dans cette cave vingt lampes sans cesse allumées, qui par la réverbération du diamant répandent une grande lumière de tous côtés. Ce lieu est orné de sextants, de cadrans, de télescopes, d'astrolabes et autres instruments astronomiques ; mais la plus grande curiosité, dont dépend même la destinée de l'île, est une pierre d'aimant prodigieuse taillée en forme de navette de tisserand.

Elle est longue de trois toises, et dans sa plus grande épaisseur elle a au moins une toise et demie. Cet aimant est suspendu par un gros essieu de diamant qui passe par le milieu de la pierre, sur lequel elle joue, et qui est placé avec tant de justesse qu'une main très faible peut le faire tourner ; elle est entourée d'un cercle de diamant, en forme de cylindre creux, de quatre pieds de profondeur, de plusieurs pieds d'épaisseur et de six toises de diamètre, placé horizontalement et soutenu par huit piédestaux, tous de diamant, hauts chacun de trois toises. Du côté concave du cercle il y a une mortaise profonde de douze pouces, dans laquelle sont placées les extrémités de l'essieu, qui tourne quand il le faut.

Aucune force ne peut déplacer la pierre, parce que le cercle et les pieds du cercle sont d'une seule pièce avec le corps du diamant qui fait la base de l'île.

C'est par le moyen de cet aimant que l'île se hausse, se baisse et change de place ; car, par rapport à cet endroit de la terre sur lequel le monarque préside, la pierre est munie à un de ses côtés d'un pouvoir attractif, et à l'autre d'un pouvoir répulsif. Ainsi, quand il lui plaît que l'aimant soit tourné vers la terre par son *pôle ami*, l'île descend ; mais quand le *pôle ennemi* est tourné vers la même terre, l'île remonte. Lorsque la position de la terre est oblique, le mouvement de l'île est pareil ; car, dans cet aimant, les forces agissent toujours en ligne parallèle à sa direction ; c'est par ce mouvement oblique que l'île est conduite aux différentes parties des domaines du monarque.

Le roi serait le prince le plus absolu de l'univers s'il pouvait engager ses ministres à lui complaire en tout ; mais ceux-ci, ayant leurs terres au-dessous dans le continent, et considérant que la faveur des princes est passagère, n'ont garde de se porter préjudice à eux-mêmes en opprimant la liberté de leurs compatriotes.

Si quelque ville se révolte ou refuse de payer les impôts, le roi a deux façons de la réduire. La première et la plus modérée est de tenir son île au-dessus de la ville rebelle et des terres voisines ; par là, il prive le pays et du soleil et de la rosée, ce qui cause des maladies et de la mortalité ; mais si le crime le mérite, on les accable de grosses pierres qu'on leur jette du haut de l'île, dont ils ne peuvent se garantir qu'en se sauvant dans leurs celliers et dans leurs caves, où ils passent le temps à boire frais tandis que les toits de leurs maisons sont mis en pièces. S'ils continuent témérairement dans leur obstination et leur révolte, le roi a recours alors au dernier remède, qui est de laisser tomber l'île à plomb sur leurs têtes, ce qui écrase toutes les maisons et tous les habitants. Le prince, néanmoins, se porte rarement à cette terrible extrémité, que les ministres n'osent lui conseiller, vu que ce procédé violent le rendrait odieux au peuple et leur ferait tort à eux-mêmes, qui ont des biens dans le continent : car l'île n'appartient qu'au roi, qui aussi n'a que l'île pour tout domaine.

Mais il y a encore une autre raison plus forte pour laquelle les rois de ce pays ont été toujours éloignés d'exercer ce dernier châtiment, si ce n'est dans une nécessité absolue : c'est que, si la ville qu'on veut détruire était située près de quelques hautes roches (car il y en a en ce pays, ainsi qu'en Angleterre, auprès des grandes villes, qui ont été exprès bâties près de ces roches pour se préserver de la colère des rois), ou si elle avait un grand nombre de clochers et de pyramides de pierres, l'île royale, par sa chute, pourrait se briser. Ce sont principalement les clochers que le roi redoute, et le peuple le sait bien. Aussi, quand Sa Majesté est le plus en courroux, il fait toujours descendre son île très doucement, de peur, dit-il, d'accabler son peuple, mais, dans le fond, c'est qu'il craint lui-même que les clochers ne brisent son île. En ce cas, les philosophes croient que l'aimant ne pourrait plus la soutenir désormais, et qu'elle tomberait.

IV

L'auteur quitte l'île de Laputa et est conduit aux Balnibarbes. Son arrivée à la capitale. Description de cette ville et des environs. Il est reçu avec bonté par un grand seigneur.

Quoique je ne puisse pas dire que je fusse maltraité dans cette île, il est vrai cependant que je m'y crus négligé et tant soit peu méprisé. Le prince et le peuple n'y étaient curieux que de mathématiques et de musique ; j'étais en ce genre fort au-dessous d'eux, et ils me rendaient justice en faisant peu de cas de moi.

D'un autre côté, après avoir vu toutes les curiosités de l'île, j'avais une forte envie d'en sortir, étant très las de ces insulaires aériens. Ils excellaient, il est vrai, dans des sciences que j'estime beaucoup et dont j'ai même quelque teinture ; mais ils étaient si absorbés dans leurs spéculations, que je ne m'étais jamais trouvé en si triste compagnie. Je ne m'entretenais qu'avec les femmes (quel entretien pour un philosophe marin !), qu'avec les artisans, les moniteurs, les pages de cour, et autres gens de cette espèce, ce qui augmenta encore le mépris qu'on avait pour moi ; mais, en vérité, pouvais-je faire autrement ? Il n'y avait que ceux-là avec qui je pusse lier commerce ; les autres ne parlaient point.

Il y avait à la cour un grand seigneur, favori du roi, et qui, pour cette raison seule, était traité avec respect, mais qui était, pourtant regardé en général comme un homme très ignorant et assez stupide ; il passait pour avoir de l'honneur et de la probité, mais il n'avait point du tout d'oreille pour la musique, et battait, dit-on, la mesure assez mal ; on ajoute qu'il n'avait jamais pu apprendre les propositions les plus aisées des mathématiques. Ce seigneur me donna mille marques de bonté ; il me faisait souvent l'honneur de me venir voir, désirant s'informer des affaires de l'Europe et s'instruire des coutumes, des mœurs, des lois et des sciences des différentes nations parmi lesquelles j'avais demeuré ; il m'écoutait toujours avec une grande attention, et faisait de très belles observations sur tout ce que je lui disais. Deux moniteurs le suivaient pour la forme, mais il ne s'en servait qu'à la cour et dans les visites de cérémonie ; quand nous étions ensemble, il les faisait toujours retirer.

Je priai ce seigneur d'intercéder pour moi auprès de Sa Majesté pour obtenir mon congé. Le roi m'accorda cette grâce avec regret, comme il eut la bonté de me le dire, et il me fit plusieurs offres avantageuses, que je refusai en lui en marquant ma vive reconnaissance.

Le 16 février, je pris congé de Sa Majesté, qui me fit un présent considérable, et mon protecteur me donna un diamant, avec une lettre de recommandation pour un seigneur de ses amis demeurant à Lagado, capitale des Balnibarbes. L'île étant alors suspendue au-dessus d'une montagne, je descendis de la dernière terrasse de l'île de la même façon que j'étais monté.

Le continent porte le nom de Balnibarbes, et la capitale, comme j'ai dit, s'appelle Lagado. Ce fut d'abord une assez agréable satisfaction pour moi de n'être plus en l'air et de me trouver en terre ferme. Je marchai vers la ville sans aucune peine et sans aucun embarras, étant vêtu comme les habitants et sachant assez bien la langue pour la parler. Je trouvai bientôt le logis de la personne à qui j'étais recommandé. Je lui présentai la lettre du grand seigneur, et j'en fus très bien reçu. Cette personne, qui était un seigneur balnibarbe, et qui s'appelait *Munodi*, me donna un bel appartement chez lui, où je logeai pendant mon séjour en ce pays, et où je fus très bien traité.

Le lendemain matin après mon arrivée, *Munodi* me prit dans son carrosse pour me faire voir la ville, qui est grande comme la moitié de Londres ; mais les maisons étaient étrangement bâties, et la plupart tombaient en ruine ; le peuple, couvert de haillons, marchait dans les rues d'un pas précipité, ayant un regard farouche. Nous passâmes par une des portes de la ville, et nous avançâmes environ trois mille pas dans la campagne, où je vis un grand nombre de laboureurs qui travaillaient à la terre avec plusieurs sortes d'instruments, mais je ne pus deviner ce qu'ils faisaient : je ne voyais nulle part aucune apparence d'herbes ni de grain. Je priai mon conducteur de vouloir bien m'expliquer ce que prétendaient toutes ces têtes et toutes ces mains occupées à la ville et à la campagne, n'en voyant aucun effet ; car, en vérité, je n'avais jamais trouvé ni de terre si mal cultivée, ni de maisons en si mauvais état et si délabrées, ni un peuple si gueux et si misérable.

Le seigneur *Munodi* avait été plusieurs années gouverneur de Lagado ; mais, par la cabale des ministres, il avait été déposé, au grand regret du peuple. Cependant le roi l'estimait comme un homme qui avait des intentions droites, mais qui n'avait pas l'esprit de la cour.

Lorsque j'eus ainsi critiqué librement le pays et ses habitants, il ne me répondit autre chose sinon que je n'avais pas été assez longtemps parmi eux pour en juger, et que les différents peuples du monde avaient des usages différents ; il me débita plusieurs autres lieux communs semblables ; mais, quand nous fûmes de retour chez lui, il me demanda comment je trouvais son palais, quelles absurdités j'y remarquais, et ce que je trouvais à redire dans les habits et dans les manières de ses domestiques. Il pouvait me faire aisément cette question, car chez lui tout était magnifique, régulier et poli. Je répondis que sa grandeur, sa prudence et ses richesses l'avaient exempté de tous les défauts qui avaient rendu les autres fous et gueux ; il me dit que, si je voulais aller avec lui à sa maison de campagne, qui était à vingt milles, il aurait plus de loisir de m'entretenir sur tout cela. Je répondis à Son Excellence que je ferais tout ce qu'elle souhaiterait ; nous partîmes donc le lendemain au matin.

Durant notre voyage, il me fit observer les différentes méthodes des laboureurs pour ensemencer leurs terres. Cependant, excepté en quelques endroits, je n'avais découvert dans tout le pays aucune espérance de moisson, ni même aucune trace de culture ; mais, ayant marché encore trois heures, la scène changea entièrement. Nous nous trouvâmes dans une très belle campagne. Les maisons des laboureurs étaient un peu éloignées et très bien bâties ; les champs étaient clos et renfermaient des vignes, des pièces de blé, des prairies, et je ne me souviens pas d'avoir rien vu de si agréable. Le seigneur, qui observait ma contenance, me dit alors en soupirant que là commençait sa terre ; que, néanmoins, les gens du pays le raillaient et le méprisaient de ce qu'il n'avait pas mieux fait ses affaires.

Nous arrivâmes enfin à son château, qui était d'une très noble structure : les fontaines, les jardins, les promenades, les avenues, les bosquets, étaient tous disposés avec jugement et avec goût. Je donnai à chaque chose des louanges, dont Son Excellence ne parut s'apercevoir qu'après le souper.

Alors, n'y ayant point de tiers, il me dit d'un air fort triste qu'il ne savait s'il ne lui faudrait pas bientôt abattre ses maisons à la ville et à la campagne pour les rebâtir à la mode, et détruire tout son palais pour le rendre conforme au goût moderne ; mais qu'il craignait pourtant de passer pour ambitieux, pour singulier, pour ignorant et capricieux, et peut-être de déplaire par là aux gens de bien ; que je cesserais d'être étonné quand je saurais quelques particularités que j'ignorais.

Il me dit que, depuis environ quatre ans, certaines personnes étaient venues à Laputa, soit pour leurs affaires, soit pour leurs plaisirs, et qu'après cinq mois elles s'en étaient retournées avec une très légère teinture de mathématiques, mais pleines d'esprits volatils recueillis dans cette région aérienne ; que ces personnes, à leur retour, avaient commencé à désapprouver ce qui se passait dans le pays d'en bas, et avaient formé le projet de mettre les arts et les sciences sur un nouveau pied ; que pour cela elles avaient obtenu des lettres patentes pour ériger une académie d'ingénieurs, c'est-à-dire de gens à systèmes ; que le peuple était si fantasque qu'il y avait une académie de ces gens-là dans toutes les grandes villes ; que, dans ces académies ou collèges, les professeurs avaient trouvé de nouvelles méthodes pour l'agriculture et l'architecture, et de nouveaux instruments et outils pour tous les métiers et manufactures, par le moyen desquels un homme seul pourrait travailler autant que dix, et un palais pourrait être bâti en une semaine de matières si solides, qu'il durerait éternellement sans avoir besoin de réparation ; tous les fruits de la terre devaient naître dans toutes les saisons, plus gros cent fois qu'à présent, avec une infinité d'autres projets admirables. « C'est dommage, continua-t-il, qu'aucun de ces projets n'ait été perfectionné jusqu'ici, qu'en peu de temps toute la campagne ait été misérablement ravagée, que la plupart des maisons soient tombées en ruine, et que le peuple, tout nu, meure de froid, de soif et de faim. Avec tout cela, loin d'être découragés, ils en sont plus animés à la poursuite de leurs systèmes, poussés tour à tour par l'espérance et par le désespoir. » Il ajouta que, pour ce qui était de lui, n'étant pas d'un esprit entreprenant, il s'était contenté d'agir selon l'ancienne méthode, de vivre dans les maisons bâties par ses ancêtres et de faire ce qu'ils avaient fait, sans rien innover ; que quelque peu de gens de qualité avaient suivi son exemple, mais avaient été regardés avec mépris, et s'étaient même rendus odieux, comme gens mal intentionnés, ennemis des arts, ignorants, mauvais républicains, préférant leur commodité et leur molle fainéantise au bien général du pays.

Son Excellence ajouta qu'il ne voulait pas prévenir par un long détail le plaisir que j'aurais lorsque j'irais visiter l'académie des systèmes ; qu'il souhaitait seulement que j'observasse un bâtiment ruiné du côté de la montagne ; que ce que je voyais, à la moitié d'un mille de son château, était un moulin que le courant d'une grande rivière faisait aller, et qui suffisait pour sa maison et pour un grand nombre de ses vassaux ; qu'il y avait environ sept ans qu'une compagnie d'ingénieurs était venue lui proposer d'abattre ce moulin et d'en bâtir un autre au pied de la montagne, sur le sommet de laquelle serait construit un réservoir où l'eau pourrait être conduite aisément par des tuyaux et par des machines, d'autant que le vent et l'air sur le haut de la montagne agiteraient l'eau et la rendraient plus fluide, et que le poids de l'eau en descendant ferait par sa chute tourner le moulin avec la moitié du courant de la rivière ; il me dit que, n'étant pas bien à la cour, parce qu'il n'avait donné jusqu'ici dans aucun des nouveaux systèmes, et étant pressé par plusieurs de ses amis, il avait agréé le projet ; mais qu'après y avoir fait travailler pendant deux ans, l'ouvrage avait mal réussi, et que les entrepreneurs avaient pris la fuite.

Peu de jours après, je souhaitai voir l'académie des systèmes, et Son Excellence voulut bien me donner une personne pour m'y accompagner ; il me prenait peut-être pour un grand admirateur de nouveautés, pour un esprit curieux et crédule. Dans le fond, j'avais un peu été dans ma jeunesse homme à projets et à systèmes, et encore aujourd'hui tout ce qui est neuf et hardi me plaît extrêmement.

V

L'auteur visite l'académie et en fait la description.

Le logement de cette académie n'est pas un seul et simple corps de logis, mais une suite de divers bâtiments des deux côtés d'une cour.

Je fus reçu très honnêtement par le concierge, qui nous dit d'abord que, dans ces bâtiments, chaque chambre renfermait un ingénieur, et quelquefois plusieurs, et qu'il y avait environ cinq cents chambres dans l'académie. Aussitôt il nous fit monter et parcourir les appartements.

Le premier mécanicien que je vis me parut un homme fort maigre : il avait la face et les mains couvertes de crasse, la barbe et les cheveux longs, avec un habit et une chemise de même couleur que sa peau ; il avait été huit ans sur un projet curieux, qui était, nous dit-il, de recueillir des rayons de soleil afin de les enfermer dans des fioles bouchées hermétiquement, et qu'ils pussent servir à échauffer l'air lorsque les étés seraient peu chauds ; il me dit que, dans huit autres années, il pourrait fournir aux jardins des financiers des rayons de soleil à un prix raisonnable ; mais il se plaignait que ses fonds étaient petits, et il m'engagea à lui donner quelque chose pour l'encourager.

Je passai dans une autre chambre ; mais je tournai vite le dos, ne pouvant endurer la mauvaise odeur. Mon conducteur me poussa dedans, et me pria tout bas de prendre garde d'offenser un homme qui s'en ressentirait ; ainsi je n'osai pas même me boucher le nez. L'ingénieur qui logeait dans cette chambre était le plus ancien de l'académie : son visage et sa barbe étaient d'une couleur pâle et jaune, et ses mains avec ses habits étaient couverts d'une ordure infâme. Lorsque je lui fus présenté, il m'embrassa très étroitement, politesse dont je me serais bien passé. Son occupation, depuis son entrée à l'académie, avait été de tâcher de reconstituer les éléments des matières ayant servi à l'alimentation, pour les faire retourner à l'état d'aliment.

J'en vis un autre occupé à calciner la glace, pour en extraire, disait-il, de fort bon salpêtre et en faire de la poudre à canon ; il me montra un traité concernant la malléabilité du feu, qu'il avait envie de publier.

Je vis ensuite un très ingénieux architecte, qui avait trouvé une méthode admirable pour bâtir les maisons en commençant par le faîte et en finissant par les fondements, projet qu'il me justifia aisément par l'exemple de deux insectes, l'abeille et l'araignée.

Il y avait un homme aveugle de naissance qui avait sous lui plusieurs apprentis aveugles comme lui. Leur occupation était de composer des couleurs pour les peintres. Ce maître leur enseignait à les distinguer par le tact et par l'odorat. Je fus assez malheureux pour les trouver alors très peu instruits, et le maître lui-même, comme on peut juger, n'était pas plus habile.

Je montai dans un appartement où était un grand homme qui avait trouvé le secret de labourer la terre avec des cochons et d'épargner les frais des chevaux, des bœufs, de la charrue et du laboureur. Voici sa méthode : dans l'espace d'un acre de terre, on enfouissait de six pouces en six pouces une quantité de glands, de dattes, de châtaignes, et autres pareils fruits que les cochons aiment ; alors, on lâchait dans le champ six cents et plus de ces animaux, qui, par le moyen de leurs pieds et de leur museau, mettaient en très peu de temps la terre en état d'être ensemencée, l'engraissaient aussi en lui rendant ce qu'ils y avaient pris. Par malheur, on avait fait l'expérience ; et, outre qu'on avait trouvé le système coûteux et embarrassant, le champ n'avait presque rien produit. On ne doutait pas néanmoins que cette invention ne pût être d'une très grande conséquence et d'une vraie utilité.

Dans une chambre vis-à-vis logeait un homme qui avait des idées contraires par rapport au même objet. Il prétendait faire marcher une charrue sans bœufs et sans chevaux, mais avec le secours du vent, et, pour cela, il avait construit une charrue avec un mât et des voiles ; il soutenait que, par le même moyen, il ferait aller des charrettes et des carrosses, et que, dans la suite, on pourrait courir la poste en chaise, en mettant à la voile sur la terre comme sur mer ; que puisque sur la mer on allait à tous vents, il n'était pas difficile de faire la même chose sur la terre.

Je passai dans une autre chambre, qui était toute tapissée de toiles d'araignée, et où il y avait à peine un petit espace pour donner passage à l'ouvrier. Dès qu'il me vit, il cria : « Prenez garde de rompre mes toiles ! » Je l'entretins, et il me dit que c'était une chose pitoyable que l'aveuglement où les hommes avaient été jusqu'ici par rapport aux vers à soie, tandis qu'ils avaient à leur disposition tant d'insectes domestiques dont ils ne faisaient aucun usage, et qui étaient néanmoins préférables aux vers à soie, qui ne savaient que filer ; au lieu que l'araignée saurait tout ensemble filer et ourdir. Il ajouta que l'usage des toiles d'araignée épargnerait encore dans la suite les frais de la teinture, ce que je concevrais aisément lorsqu'il m'aurait fait voir un grand nombre de mouches de couleurs diverses et charmantes dont il nourrissait ses araignées ; qu'il était certain que leurs toiles prendraient infailliblement la couleur de ces mouches, et que, comme il en avait de toute espèce, il espérait aussi voir bientôt des toiles capables de satisfaire, par leurs couleurs, tous les goûts différents des hommes, aussitôt qu'il aurait pu trouver une certaine nourriture suffisamment glutineuse pour ses mouches, afin que les fils de l'araignée en acquissent plus de solidité et de force.

Je vis ensuite un célèbre astronome, qui avait entrepris de placer un cadran à la pointe du grand clocher de la maison de ville, ajustant de telle manière les mouvements diurnes et annuels du soleil avec le vent, qu'ils pussent s'accorder avec le mouvement de la girouette.

Après avoir visité le bâtiment des arts, je passai dans l'autre corps de logis, où étaient les faiseurs de systèmes par rapport aux sciences. Nous entrâmes d'abord dans l'école du langage, où nous trouvâmes trois académiciens qui raisonnaient ensemble sur les moyens d'embellir la langue.

L'un d'eux était d'avis, pour abréger le discours, de réduire tous les mots en simples monosyllabes et de bannir tous les verbes et tous les participes.

L'autre allait plus loin, et proposait une manière d'abolir tous les mots, en sorte qu'on raisonnerait sans parler, ce qui serait très favorable à la poitrine, parce qu'il est clair qu'à force de parler les poumons s'usent et la santé s'altère. L'expédient qu'il trouvait était de porter sur soi toutes les choses dont on voudrait s'entretenir. Ce nouveau système, dit-on, aurait été suivi, si les femmes ne s'y fussent opposées. Plusieurs esprits supérieurs de cette académie ne laissaient pas néanmoins de se conformer à cette manière d'exprimer les choses par les choses mêmes, ce qui n'était embarrassant pour eux que lorsqu'ils avaient à parler de plusieurs sujets différents ; alors il fallait apporter sur leur dos des fardeaux énormes, à moins qu'ils n'eussent un ou deux valets bien forts pour s'épargner cette peine : ils prétendaient que, si ce système avait lieu, toutes les nations pourraient facilement s'entendre (ce qui serait d'une grande commodité), et qu'on ne perdrait plus le temps à apprendre des langues étrangères.

De là, nous entrâmes dans l'école de mathématique, dont le maître enseignait à ses disciples une méthode que les Européens auront de la peine à s'imaginer : chaque proposition, chaque démonstration était écrite sur du pain à chanter, avec une certaine encre de teinture céphalique. L'écolier, à jeun, était obligé, après avoir avalé ce pain à chanter, de s'abstenir de boire et de manger pendant trois jours, en sorte que, le pain à chanter étant digéré, la teinture céphalique pût monter au cerveau et y porter avec elle la proposition et la démonstration. Cette méthode, il est vrai, n'avait pas eu beaucoup de succès jusqu'ici, mais c'était, disait-on, parce que l'on s'était trompé dans la mesure de la dose, ou parce que les écoliers, malins et indociles, faisaient seulement semblant d'avaler le bolus, ou bien parce qu'ils mangeaient en cachette pendant les trois jours.

VI

Suite de la description de l'académie.

Je ne fus pas fort satisfait de l'école de politique, que je visitai ensuite. Ces docteurs me parurent peu sensés, et la vue de telles personnes a le don de me rendre toujours mélancolique. Ces hommes extravagants soutenaient que les grands devaient choisir pour leurs favoris ceux en qui ils remarquaient plus de sagesse, plus de capacité, plus de vertu, et qu'ils devaient avoir toujours en vue le bien public, récompenser le mérite, le savoir, l'habileté et les services ; ils disaient encore que les princes devaient toujours donner leur confiance aux personnes les plus capables et les plus expérimentées, et autres pareilles sottises et chimères, dont peu de princes se sont avisés jusqu'ici ; ce qui me confirma la vérité de cette pensée admirable de Cicéron : *qu'il n'y a rien de si absurde qui n'ait été avancé par quelque philosophe.*

Mais tous les autres membres de l'académie ne ressemblaient pas à ces originaux dont je viens de parler. Je vis un médecin d'un esprit sublime, qui possédait à fond la science du gouvernement : il avait consacré ses veilles jusqu'ici à découvrir les causes des maladies d'un État et à trouver des remèdes pour guérir le mauvais tempérament de ceux qui administrent les affaires publiques. On convient, disait-il, que le corps naturel et le corps politique ont entre eux une parfaite analogie : donc l'un et l'autre peuvent être traités avec les mêmes remèdes. Ceux qui sont à la tête des affaires ont souvent les maladies qui suivent : ils sont pleins d'humeurs en mouvement, qui leur affaiblissent la tête et le cœur et leur causent quelquefois des convulsions et des contractions de nerfs à la main droite, une faim canine, des indigestions, des vapeurs, des délires et autres sortes de maux. Pour les guérir, notre grand médecin proposait que lorsque ceux qui manient les affaires d'État seraient sur le point de s'assembler, on leur tâterait le pouls, et que par là on tâcherait de connaître la nature de leur maladie ; qu'ensuite, la première fois qu'ils s'assembleraient encore, on leur enverrait avant la séance des apothicaires avec des remèdes astringents, palliatifs, laxatifs, céphalalgiques, apophlegmatiques, acoustiques, etc., selon la qualité du mal, et en réitérant toujours le même remède à chaque séance.

L'exécution de ce projet ne serait pas d'une grande dépense, et serait, selon mon idée, très utile dans les pays où les états et les parlements se mêlent des affaires d'État : elle procurerait l'unanimité, terminerait les différends, ouvrirait la bouche aux muets, la fermerait aux déclamateurs, calmerait l'impétuosité des jeunes sénateurs, échaufferait la froideur des vieux, réveillerait les stupides, ralentirait les étourdis.

Et parce que l'on se plaint ordinairement que les favoris des princes ont la mémoire courte et malheureuse, le même docteur voulait que quiconque aurait affaire à eux, après avoir exposé le cas en très peu de mots, eût la liberté de donner à M. le favori une chiquenaude dans le nez, un coup de pied dans le ventre, de lui tirer les oreilles ou de lui ficher une épingle dans les cuisses, et tout cela pour l'empêcher d'oublier l'affaire dont on lui aurait parlé ; en sorte qu'on pourrait réitérer de temps en temps le même compliment jusqu'à ce que la chose fût accordée ou refusée tout à fait.

Il voulait aussi que chaque sénateur, dans l'assemblée générale de la nation, après avoir proposé son opinion et avoir dit tout ce qu'il aurait à dire pour la soutenir, fût obligé de conclure à la proposition contradictoire, parce qu'infailliblement le résultat de ces assemblées serait par là très favorable au bien public.

Je vis deux académiciens disputer avec chaleur sur le moyen de lever des impôts sans faire murmurer les peuples. L'un soutenait que la meilleure méthode serait d'imposer une taxe sur les vices et sur les folies des hommes, et que chacun serait taxé suivant le jugement et l'estimation de ses voisins. L'autre académicien était d'un sentiment entièrement opposé, et prétendait, au contraire, qu'il fallait taxer les belles qualités du corps et de l'esprit dont chacun se piquait, et les taxer plus ou moins selon leurs degrés, en sorte que chacun serait son propre juge et ferait lui-même sa déclaration. Il fallait taxer fortement l'esprit et la valeur, selon l'aveu que chacun ferait de ces qualités ; mais à l'égard de l'honneur et de la probité, de la sagesse, de la modestie, on exemptait ces vertus de toute taxe, vu qu'étant trop rares, elles ne rendraient presque rien ; qu'on ne rencontrerait personne qui ne voulût avouer qu'elles se trouvassent dans son voisin, et que presque personne aussi n'aurait l'effronterie de se les attribuer à lui-même.

On devait pareillement taxer les dames à proportion de leur beauté, de leurs agréments et de leur bonne grâce, suivant leur propre estimation, comme on faisait à l'égard des hommes ; mais pour la sincérité, le bon sens et le bon naturel des femmes, comme elles ne s'en piquent point, cela ne devait rien payer du tout, parce que tout ce qu'on en pourrait retirer ne suffirait pas pour les frais du gouvernement.

Afin de retenir les sénateurs dans l'intérêt de la couronne, un antre académicien politique était d'avis qu'il fallait que le prince fît jouer tous les grands emplois à la rafle, de façon cependant que chaque sénateur, avant que de jouer, fit serment et donnât caution qu'il opinerait ensuite selon les intentions de la cour, soit qu'il gagnât ou non ; mais que les perdants auraient ensuite le droit de jouer dès qu'il y aurait quelque emploi vacant. Ils seraient ainsi toujours pleins d'espérance, ils ne se plaindraient point des fausses promesses qu'on leur aurait données, et ne s'en prendraient qu'à la fortune, dont les épaules sont toujours plus fortes que celles du ministère.

Un autre académicien me fit voir un écrit contenant une méthode curieuse pour découvrir les complots et les cabales, qui était d'examiner la nourriture des personnes suspectes, le temps auquel elles mangent, le côté sur lequel elles se couchent dans leur lit, de considérer leurs excréments, et de juger par leur odeur et leur couleur des pensées et des projets d'un homme. Il ajoutait que lorsque, pour faire seulement des expériences, il avait parfois songé à l'assassinat d'un homme, il avait alors trouvé ses excréments très jaunes, et que lorsqu'il avait pensé à se révolter et à brûler la capitale, il les avait trouvés d'une couleur très noire.

Je me hasardai d'ajouter quelque chose au système de ce politique : je lui dis qu'il serait bon d'entretenir toujours une troupe d'espions et de délateurs, qu'on protégerait et auxquels on donnerait toujours une somme d'argent proportionnée à l'importance de leur dénonciation, soit qu'elle fût fondée ou non ; que, par ce moyen, les sujets seraient retenus dans la crainte et dans le respect ; que ces délateurs et accusateurs seraient autorisés à donner quel sens il leur plairait aux écrits qui leur tomberaient entre les mains ; qu'ils pourraient, par exemple, interpréter ainsi les termes suivants :

Un crible, – une grande dame de la cour.

Un chien boiteux, – une descente, une invasion. La peste, – une armée sur pied.

Une buse, – un favori.

La goutte, – un grand prêtre. Un balai, – une révolution.

Une souricière, – un emploi de finance. Un égout, – la cour.

Un roseau brisé, – la cour de justice. Un tonneau vide, – un général.

Une plaie ouverte, – l'état des affaires publiques.

On pourrait encore observer l'anagramme de tous les noms cités dans un écrit ; mais il faudrait pour cela des hommes de la plus haute pénétration et du plus sublime génie, surtout quand il s'agirait de découvrir le sens politique et mystérieux des lettres initiales : Ainsi N pourrait signifier un complot, B un régiment de cavalerie, L une flotte. Outre cela, en transposant les lettres, on pourrait apercevoir dans un écrit tous les desseins cachés d'un parti mécontent : par exemple, vous lisez dans une lettre écrite à un ami : *Votre frère Thomas a mal au ventre :* l'habile déchiffreur trouvera dans l'assemblage de ces mots indifférents une phrase qui fera entendre que tout est prêt pour une sédition.

L'académicien me fit de grands remerciements de lui avoir communiqué ces petites observations, et me promit de faire de moi une mention honorable dans le traité qu'il allait mettre au jour sur ce sujet.

Je ne vis rien dans ce pays qui pût m'engager à y faire un plus long séjour ; ainsi, je commençai à songer à mon retour en Angleterre.

VII

L'auteur quitte Lagado et arrive à Maldonada. Il fait un petit voyage à Gloubbdoubdrib. Comment il est reçu par le gouverneur.

Le continent dont ce royaume fait partie s'étend, autant que j'en puis juger, à l'est, vers une contrée inconnue de l'Amérique ; à l'ouest, vers la Californie ; et au nord, vers la mer Pacifique. Il n'est pas à plus de mille cinquante lieues de Lagado. Ce pays a un port célèbre et un grand commerce avec l'île de Luggnagg, située au nord-ouest, environ à vingt degrés de latitude septentrionale et à cent quarante de longitude. L'île de Luggnagg est au sud-ouest du Japon et en est éloignée environ de cent lieues. Il y a une étroite alliance entre l'empereur du Japon et le roi de Luggnagg, ce qui fournit plusieurs occasions d'aller de l'une à l'autre. Je résolus, pour cette raison, de prendre ce chemin pour retourner en Europe. Je louai deux mules avec un guide pour porter mon bagage et me montrer le chemin. Je pris congé de mon illustre protecteur, qui m'avait témoigné tant de bonté, et à mon départ j'en reçus un magnifique présent.

Il ne m'arriva pendant mon voyage aucune aventure qui mérite d'être rapportée. Lorsque je fus arrivé au port de Maldonada, qui est une ville environ de la grandeur de Portsmouth, il n'y avait point de vaisseau dans le port prêt à partir pour Luggnagg. Je fis bientôt quelques connaissances dans la ville. Un gentilhomme de distinction me dit que, puisqu'il ne partirait aucun navire pour Luggnagg que dans un mois, je ferais bien de me divertir à faire un petit voyage à l'île de Gloubbdoubdrib, qui n'était éloignée que de cinq lieues vers le sud-ouest ; il s'offrit lui-même d'être de la partie avec un de ses amis, et de me fournir une petite barque.

Gloubbdoubdrib, selon son étymologie, signifie *l'île des Sorciers* ou *Magiciens*. Elle est environ trois fois aussi large que l'île de Wight et est très fertile. Cette île est sous la puissance du chef d'une tribu toute composée de sorciers, qui ne s'allient qu'entre eux et dont le prince est toujours le plus ancien de la tribu. Ce prince ou gouverneur a un palais magnifique et un parc d'environ trois mille acres, entouré d'un mur de pierres de taille de vingt pieds de haut. Lui et toute sa famille sont servis par des domestiques d'une espèce assez extraordinaire. Par la connaissance qu'il a de la nécromancie, il a le pouvoir d'évoquer les esprits et de les obliger à le servir pendant vingt-quatre heures.

Lorsque nous abordâmes à l'île, il était environ onze heures du matin. Un des deux gentilshommes qui m'accompagnaient alla trouver le gouverneur, et lui dit qu'un étranger souhaitait d'avoir l'honneur de saluer Son Altesse. Ce compliment fut bien reçu. Nous entrâmes dans la cour du palais, et passâmes au milieu d'une haie de gardes, dont les armes et les attitudes me firent une peur extrême ; nous traversâmes les appartements et rencontrâmes une foule de domestiques avant que de parvenir à la chambre du gouverneur. Après que nous lui eûmes fait trois révérences profondes, il nous fit asseoir sur de petits tabourets au pied de son trône. Comme il entendait la langue des Balnibarbes, il me fit différentes questions au sujet de mes voyages, et, pour me marquer qu'il voulait en agir avec moi sans cérémonie, il fit signe avec le doigt à tous ses gens de se retirer, et en un instant (ce qui m'étonna beaucoup) ils disparurent comme une fumée. J'eus de la peine à me rassurer ; mais, le gouverneur m'ayant dit que je n'avais rien à craindre, et voyant mes deux compagnons nullement embarrassés, parce qu'ils étaient faits à ces manières, je commençai à prendre courage, et racontai à Son Altesse les différentes aventures de mes voyages, non sans être troublé de temps en temps par ma sotte imagination, regardant souvent autour de moi, à gauche et à droite, et jetant les yeux sur les lieux où j'avais vu les fantômes disparaître.

J'eus l'honneur de dîner avec le gouverneur, qui nous fit servir par une nouvelle troupe de spectres. Nous fûmes à table jusqu'au coucher du soleil, et, ayant prié Son Altesse de vouloir bien que je ne couchasse pas dans son palais, nous nous retirâmes, mes deux amis et moi, et allâmes chercher un lit dans la ville capitale, qui est proche. Le lendemain matin, nous revînmes rendre nos devoirs au gouverneur. Pendant les dix jours que nous restâmes dans cette île, je vins à me familiariser tellement avec les esprits, que je n'en eus plus de peur du tout, ou du moins, s'il m'en restait encore un peu, elle cédait à ma curiosité. J'eus bientôt une occasion de la satisfaire, et le lecteur pourra juger par là que je suis encore plus curieux que poltron. Son Altesse me dit un jour de nommer tels morts qu'il me plairait, qu'il me les ferait venir et les obligerait de répondre à toutes les questions que je leur voudrais faire, à condition, toutefois, que je ne les interrogerais que sur ce qui s'était passé de leur temps, et que je pourrais être bien assuré qu'ils me diraient toujours vrai, étant inutile aux morts de mentir.

Je rendis de très humbles Actions de grâces à Son Altesse, et, pour profiter de ses offres, je me mis à me rappeler la mémoire de ce que j'avais autrefois lu dans l'histoire romaine.

Le gouverneur fit signe à César et à Brutus de s'avancer. Je fus frappé d'admiration et de respect à la vue de Brutus, et César m'avoua que toutes ses belles actions étaient au-dessous de celles de Brutus, qui lui avait ôté la vie pour délivrer Rome de sa tyrannie.

Il me prit envie de voir Homère ; il m'apparut ; je l'entretins et lui demandai ce qu'il pensait de son *Iliade*. Il m'avoua qu'il était surpris des louanges excessives qu'on lui donnait depuis trois mille ans ; que son poème était médiocre et semé de sottises, qu'il n'avait plu de son temps qu'à cause de la beauté de sa diction et de l'harmonie de ses vers, et qu'il était fort surpris que, puisque sa langue était morte et que personne n'en pouvait plus distinguer les beautés, les agréments et les finesses, il se trouvât encore des gens assez vains ou assez stupides pour l'admirer. Sophocle et Euripide, qui l'accompagnaient, me tinrent à peu près le même langage et se moquèrent surtout de nos savants modernes, qui, obligés de convenir des bévues des anciennes tragédies, lorsqu'elles étaient fidèlement traduites, soutenaient néanmoins qu'en grec c'étaient des beautés et qu'il fallait savoir le grec pour en juger avec équité.

Je voulus voir Aristote et Descartes. Le premier m'avoua qu'il n'avait rien entendu à la physique, non plus que tous les philosophes ses contemporains, et tous ceux mêmes qui avaient vécu entre lui et Descartes ; il ajouta que celui-ci avait pris un bon chemin, quoiqu'il se fût souvent trompé, surtout par rapport à son système extravagant touchant l'âme des bêtes. Descartes prit la parole et dit qu'il avait trouvé quelque chose et avait su établir d'assez bons principes, mais qu'il n'était pas allé fort loin, et que tous ceux qui, désormais, voudraient courir la même carrière seraient toujours arrêtés par la faiblesse de leur esprit et obligés de tâtonner ; que c'était une grande folie de passer sa vie à chercher des systèmes, et que la vraie physique convenable et utile à l'homme était de faire un amas d'expériences et de se borner là ; qu'il avait eu beaucoup d'insensés pour disciples, parmi lesquels on pouvait compter un certain Spinosa.

J'eus la curiosité de voir plusieurs morts illustres de ces derniers temps, et surtout des morts de qualité, car j'ai toujours eu une grande vénération pour la noblesse. Oh ! que je vis des choses étonnantes, lorsque le gouverneur fit passer en revue devant moi toute la suite des aïeux de la plupart de nos gentilshommes modernes ! Que j'eus de plaisir à voir leur origine et tous les personnages qui leur ont transmis leur sang ! Je vis clairement pourquoi certaines familles ont le nez long, d'autres le menton pointu, d'autres ont le visage basané et les traits effroyables, d'autres ont les yeux beaux et le teint blond et délicat ; pourquoi, dans certaines familles, il y a beaucoup de fous et d'étourdis, dans d'autres beaucoup de fourbes et de fripons ; pourquoi le caractère de quelques-unes est la méchanceté, la brutalité, la bassesse, la lâcheté, ce qui les distingue, comme leurs armes et leurs livrées. Que je fus encore surpris de voir, dans la généalogie de certains seigneurs, des pages, des laquais, des maîtres à danser et à chanter, etc.

Je connus clairement pourquoi les historiens ont transformé des guerriers imbéciles et lâches en grands capitaines, des insensés et de petits génies en grands politiques, des flatteurs et des courtisans en gens de bien, des athées en hommes pleins de religion, d'infâmes débauchés en gens chastes, et des délateurs de profession en hommes vrais et sincères. Je sus de quelle manière des personnes très innocentes avaient été condamnées à la mort ou au bannissement par l'intrigue des favoris qui avaient corrompu les juges ; comment il était arrivé que des hommes de basse extraction et sans mérite avaient été élevés aux plus grandes places ; comment des hommes vils avaient souvent donné le branle aux plus importantes affaires, et avaient occasionné dans l'univers les plus grands événements. Oh ! que je conçus alors une basse idée de l'humanité ! Que la sagesse et la probité des hommes me parut peu de chose, en voyant la source de toutes les révolutions, le motif honteux des entreprises les plus éclatantes, les ressorts, ou plutôt les accidents imprévus, et les bagatelles qui les avaient fait réussir !

Je découvris l'ignorance et la témérité de nos historiens, qui ont fait mourir du poison certains rois, qui ont osé faire part au public des entretiens secrets d'un prince avec son Premier ministre, et qui ont, si on les en croit, crocheté, pour ainsi dire, les cabinets des souverains et les secrétaireries des ambassadeurs pour en tirer des anecdotes curieuses.

Ce fut là que j'appris les causes secrètes de quelques événements qui ont étonné le monde.

Un général d'armée m'avoua qu'il avait une fois remporté une victoire par sa poltronnerie et par son imprudence, et un amiral me dit qu'il avait battu malgré lui une flotte ennemie, lorsqu'il avait envie de laisser battre la sienne. Il y eut trois rois qui me dirent que, sous leur règne, ils n'avaient jamais récompensé ni élevé aucun homme de mérite, si ce n'est une fois que leur ministre les trompa et se trompa lui-même sur cet article ; qu'en cela ils avaient eu raison, la vertu étant une chose très incommode à la cour.

J'eus la curiosité de m'informer par quel moyen un grand nombre de personnes étaient parvenues à une très haute fortune. Je me bornai à ces derniers temps, sans néanmoins toucher au temps présent, de peur d'offenser même les étrangers (car il n'est pas nécessaire que j'avertisse que tout ce que j'ai dit jusqu'ici ne regarde point mon cher pays). Parmi ces moyens, je vis le parjure, l'oppression, la subornation, la perfidie, et autres pareilles bagatelles qui méritent peu d'attention. Après ces découvertes, je crois qu'on me pardonnera d'avoir désormais un peu moins d'estime et de vénération pour la grandeur, que j'honore et respecte naturellement, comme tous les inférieurs doivent faire à l'égard de ceux que la nature ou la fortune ont placés dans un rang supérieur.

J'avais lu dans quelques livres que des sujets avaient rendu de grands services à leur prince et à leur patrie ; j'eus envie de les voir ; mais on me dit qu'on avait oublié leurs noms, et qu'on se souvenait seulement de quelques-uns, dont les citoyens avaient fait mention en les faisant passer pour des traîtres et des fripons. Ces gens de bien, dont on avait oublié les noms, parurent cependant devant moi, mais avec un air humilié et en mauvais équipage ; ils me dirent qu'ils étaient tous morts dans la pauvreté et dans la disgrâce, et quelques-uns même sur un échafaud.

Parmi ceux-ci, je vis un homme dont le cas me parut extraordinaire, qui avait à côté de lui un jeune homme de dix-huit ans. Il me dit qu'il avait été capitaine de vaisseau pendant plusieurs années, et que, dans le combat naval d'Actium, il avait enfoncé la première ligne, coulé à fond trois vaisseaux du premier rang, et en avait pris un de la même grandeur, ce qui avait été la seule cause de la fuite d'Antoine et de l'entière défaite de sa flotte ; que le jeune homme qui était auprès de lui était son fils unique, qui avait été tué dans le combat ; il m'ajouta que, la guerre ayant été terminée, il vint à Rome pour solliciter une récompense et demander le commandement d'un plus gros vaisseau, dont le capitaine avait péri dans le combat ; mais que, sans avoir égard à sa demande, cette place avait été donnée à un jeune homme qui n'avait encore jamais vu la mer ; qu'étant retourné à son département, on l'avait accusé d'avoir manqué à son devoir, et que le commandement de son vaisseau avait été donné à un page favori du vice-amiral Publicola ; qu'il avait été alors obligé de se retirer chez lui, à une petite terre loin de Rome, et qu'il y avait fini ses jours. Désirant savoir si cette histoire était véritable, je demandai à voir Agrippa, qui dans ce combat avait été l'amiral de la flotte victorieuse : il parut, et, me confirmant la vérité de ce récit, il y ajouta des circonstances que la modestie du capitaine avait omises.

Comme chacun des personnages qu'on évoquait paraissait tel qu'il avait été dans le monde, je vis avec douleur combien, depuis cent ans, le genre humain avait dégénéré.

Je voulus voir enfin quelques-uns de nos anciens paysans, dont on vante la simplicité, la sobriété, la justice, l'esprit de liberté, la valeur et l'amour pour la patrie. Je les vis et ne pus m'empêcher de les comparer avec ceux d'aujourd'hui, qui vendent à prix d'argent leurs suffrages dans l'élection des députés au parlement et qui, sur ce point, ont toute la finesse et tout le manège des gens de cour.

VIII

Retour de l'auteur à Maldonada. Il fait voile pour le royaume du Luggnagg. À son arrivée, il est arrêté et conduit à la cour. Comment il y est reçu.

Le jour de notre départ étant arrivé, je pris congé de Son Altesse le gouverneur de Gloubbdoubdrid, et retournai avec mes deux compagnons à Maldonada, où, après avoir attendu quinze jours, je m'embarquai enfin dans un navire qui partait pour Luggnagg. Les deux gentilshommes, et quelques autres personnes encore, eurent l'honnêteté de me fournir les provisions nécessaires pour ce voyage et de me conduire jusqu'à bord.

Nous essuyâmes une violente tempête, et fûmes contraints de gouverner au nord pour pouvoir jouir d'un certain vent marchand qui souffle en cet endroit dans l'espace de soixante lieues. Le 21 avril 1609, nous entrâmes dans la rivière de Clumegnig, qui est une ville port de mer au sud-est de Luggnagg. Nous jetâmes l'ancre à une lieue de la ville et donnâmes le signal pour faire venir un pilote. En moins d'une demi-heure, il en vint deux à bord, qui nous guidèrent au milieu des écueils et des rochers, qui sont très dangereux dans cette rade et dans le passage qui conduit à un bassin où les vaisseaux sont en sûreté, et qui est éloigné des murs de la ville de la longueur d'un câble.

Quelques-uns de nos matelots, soit par trahison, soit par imprudence, dirent aux pilotes que j'étais un étranger et un grand voyageur. Ceux-ci en avertirent le commis de la douane, qui me fit diverses questions dans la langue balnibarbienne qui est entendue en cette ville à cause du commerce, et surtout par les gens de mer et les douaniers. Je lui répondis en peu de mots et lui fis une histoire aussi vraisemblable et aussi suivie qu'il me fut possible ; mais je crus qu'il était nécessaire de déguiser mon pays et de me dire Hollandais, ayant dessein d'aller au Japon, où je savais que les Hollandais seuls étaient reçus. Je dis donc au commis qu'ayant fait naufrage à la côte des Balnibarbes, et ayant échoué sur un rocher, j'avais été dans l'île volante de Laputa, dont j'avais souvent ouï parler, et que maintenant je songeais à me rendre au Japon, afin de pouvoir retourner de là dans mon pays. Le commis me dit qu'il était obligé de m'arrêter jusqu'à ce qu'il eût reçu des ordres de la cour, où il allait écrire immédiatement et d'où il espérait recevoir réponse dans quinze jours. On me donna un logement convenable et on mit une sentinelle à ma porte. J'avais un grand jardin pour me promener, et je fus traité assez bien aux dépens du roi. Plusieurs personnes me rendirent visite, excitées par la curiosité de voir un homme qui venait d'un pays très éloigné, dont ils n'avaient jamais entendu parler.

Je fis marché avec un jeune homme de notre vaisseau pour me servir d'interprète. Il était natif de Luggnagg ; mais, ayant passé plusieurs années à Maldonada, il savait parfaitement les deux langues. Avec son secours je fus en état d'entretenir tous ceux qui me faisaient l'honneur de me venir voir, c'est-à-dire d'entendre leurs questions et de leur faire entendre mes réponses.

Celle de la cour vint au bout de quinze jours, comme on l'attendait : elle portait un ordre de me faire conduire avec ma suite par un détachement de chevaux à Traldragenb ou Tridragdrib ; car, autant que je m'en puis souvenir, on prononce des deux manières. Toute ma suite consistait en ce pauvre garçon qui me servait d'interprète et que j'avais pris à mon service. On fit partir un courrier devant nous, qui nous devança d'une demi-journée, pour donner avis au roi de mon arrivée prochaine et pour demander à Sa Majesté le jour et l'heure que je pourrais avoir l'honneur et le plaisir de *lécher la poussière du pied de son trône.*

Deux jours après mon arrivée, j'eus audience ; et d'abord on me fit coucher et ramper sur le ventre, et balayer le plancher avec ma langue à mesure que j'avançais vers le trône du roi ; mais, parce que j'étais étranger, on avait eu l'honnêteté de nettoyer le plancher, de manière que la poussière ne me pût faire de peine. C'était une grâce particulière, qui ne s'accordait pas même aux personnes du premier rang lorsqu'elles avaient l'honneur d'être reçues à l'audience de Sa Majesté ; quelquefois même on laissait exprès le plancher très sale et très couvert de poussière, lorsque ceux qui venaient à l'audience avaient des ennemis à la cour. J'ai une fois vu un seigneur avoir la bouche si pleine de poussière et si souillée de l'ordure qu'il avait recueillie avec sa langue, que, quand il fut parvenu au trône, il lui fut impossible d'articuler un seul mot. À ce malheur il n'y a point de remède, car il est défendu, sous des peines très graves, de cracher ou de s'essuyer la bouche en présence du roi. Il y a même en cette cour un autre usage que je ne puis du tout approuver : lorsque le roi veut se défaire de quelque seigneur ou quelque courtisan d'une manière qui ne le déshonore point, il fait jeter sur le plancher une certaine poudre brune qui est empoisonnée, et qui ne manque point de le faire mourir doucement et sans éclat au bout de vingt-quatre heures ; mais, pour rendre justice à ce prince, à sa grande douceur et à la bonté qu'il a de ménager la vie de ses sujets, il faut dire, à son honneur, qu'après de semblables exécutions il a coutume d'ordonner très expressément de bien balayer le plancher ; en sorte que, si ses domestiques l'oubliaient, ils courraient risque de tomber dans sa disgrâce. Je le vis un jour condamner un petit page à être bien fouetté pour avoir malicieusement négligé d'avertir de balayer dans le cas dont il s'agit, ce qui avait été cause qu'un jeune seigneur de grande espérance avait été empoisonné ; mais le prince, plein de bonté, voulut bien encore pardonner au petit page et lui épargner le fouet.

Pour revenir à moi, lorsque je fus à quatre pas du trône de Sa Majesté, je me levai sur mes genoux, et après avoir frappé sept fois la terre de mon front, je prononçai les paroles suivantes, que la veille on m'avait fait apprendre par cœur : *Ickpling glofftrobb sgnutserumm bliopm lashnalt, zwin tnodbalkguffh sthiphad gurdlubb asht !* C'est un formulaire établi par les lois de ce royaume pour tous ceux qui sont admis à l'audience, et qu'on peut traduire ainsi : *Puisse Votre céleste Majesté survivre au soleil !* Le roi me fit une réponse que je ne compris point, et à laquelle je fis cette réplique, comme on me l'avait apprise : *Fluft drin valerick dwuldom prastrod mirpush* ; c'est-à-dire : *Ma langue est dans la bouche de mon ami.* Je fis entendre par là que je désirais me servir de mon interprète. Alors on fit entrer ce jeune garçon dont j'ai parlé, et, avec son secours, je répondis à toutes les questions que Sa Majesté me fit pendant une demi-heure. Je parlais balnibarbien, mon interprète rendait mes paroles en luggnaggien.

Le roi prit beaucoup de plaisir à mon entretien, et ordonna à son *bliffmarklub*, ou chambellan, de faire préparer un logement dans son palais pour moi et mon interprète, et de me donner une somme par jour pour ma table, avec une bourse pleine d'or pour mes menus plaisirs.

Je demeurai trois mois en cette cour, pour obéir à Sa Majesté, qui me combla de ses bontés et me fit des offres très gracieuses pour m'engager à m'établir dans ses États ; mais je crus devoir le remercier, et songer plutôt à retourner dans mon pays, pour y finir mes jours auprès de ma chère femme, privée depuis longtemps des douceurs de ma présence.

IX

Des struldbruggs ou immortels.

Les Luggnaggiens sont un peuple très poli et très brave, et, quoiqu'ils aient un peu de cet orgueil qui est commun à toutes les nations de l'Orient, ils sont néanmoins honnêtes et civils à l'égard des étrangers, et surtout de ceux qui ont été bien reçus à la cour.

Je fis connaissance et je me liai avec des personnes du grand monde et du bel air ; et, par le moyen de mon interprète, j'eus souvent avec eux des entretiens agréables et instructifs.

Un d'eux me demanda un jour si j'avais vu quelques-uns de leurs *struldbruggs* ou immortels. Je lui répondis que non, et que j'étais fort curieux de savoir comment on avait pu donner ce nom à des humains ; il me dit que quelquefois, quoique rarement, il naissait dans une famille un enfant avec une tache rouge et ronde, placée directement sur le sourcil gauche, et que cette heureuse marque le préservait de la mort ; que cette tache était d'abord de la largeur d'une petite pièce d'argent (que nous appelons en Angleterre un *three pence*), et qu'ensuite elle croissait et changeait même de couleur ; qu'à l'âge de douze ans elle était verte jusqu'à vingt, qu'elle devenait bleue ; qu'à quarante-cinq ans elle devenait tout à fait noire et aussi grande qu'un schilling, et ensuite ne changeait plus ; il m'ajouta qu'il naissait si peu de ces enfants marqués au front, qu'on comptait à peine onze cents immortels de l'un et de l'autre sexe dans tout le royaume ; qu'il y en avait environ cinquante dans la capitale, et que depuis trois ans il n'était né qu'un enfant de cette espèce, qui était fille ; que la naissance d'un immortel n'était point attachée à une famille préférablement à une autre ; que c'était un présent de la nature ou du hasard, et que les enfants mêmes des *struldbruggs* naissaient mortels comme les enfants des autres hommes, sans avoir aucun privilège.

Ce récit me réjouit extrêmement, et la personne qui me le faisait entendant la langue des Balnibarbes, que je parlais aisément, je lui témoignai mon admiration et ma joie avec les termes les plus expressifs et même les plus outrés. Je m'écriai, comme dans une espèce de ravissement et d'enthousiasme : « Heureuse nation, dont tous les enfants à naître peuvent prétendre à l'immortalité !

Heureuse contrée, où les exemples de l'ancien temps subsistent toujours, où la vertu des premiers siècles n'a point péri, et où les premiers hommes vivent encore et vivront éternellement, pour donner des leçons de sagesse à tous leurs descendants ! Heureux ces sublimes *struldbruggs* qui ont le privilège de ne point mourir, et que, par conséquent, l'idée de la mort n'intimide point, n'affaiblit point, n'abat point ! »

Je témoignai ensuite que j'étais surpris de n'avoir encore vu aucun de ces immortels à la cour ; que, s'il y en avait, la marque glorieuse empreinte sur leur front m'aurait sans doute frappé les yeux. « Comment, ajoutai-je, le roi, qui est un prince si judicieux, ne les emploie-t-il point dans le ministère et ne leur donne-t-il point sa confiance ? Mais peut-être que la vertu rigide de ces vieillards l'importunerait et blesserait les yeux de sa cour. Quoi qu'il en soit, je suis résolu d'en parler à Sa Majesté à la première occasion qui s'offrira, et, soit qu'elle défère à mes avis ou non, j'accepterai en tout cas l'établissement qu'elle a eu la bonté de m'offrir dans ses États, afin de pouvoir passer le reste de mes jours dans la compagnie illustre de ces hommes immortels, pourvu qu'ils daignent souffrir la mienne. »

Celui à qui j'adressai la parole, me regardant alors avec un sourire qui marquait que mon ignorance lui faisait pitié, me répondit qu'il était ravi que je voulusse bien rester dans le pays, et me demanda la permission d'expliquer à la compagnie ce que je venais de lui dire ; il le fit, et pendant quelque temps ils s'entretinrent ensemble dans leur langage, que je n'entendais point ; je ne pus même lire ni dans leurs gestes ni dans leurs yeux l'impression que mon discours avait faite sur leurs esprits. Enfin, la même personne qui m'avait parlé jusque-là me dit poliment que ses amis étaient charmés de mes réflexions judicieuses sur le bonheur et les avantages de l'immortalité ; mais qu'ils souhaitaient savoir quel système de vie je me ferais, et quelles seraient mes occupations et mes vues si la nature m'avait fait naître *struldbrugg*.

À cette question intéressante je répartis que j'allais les satisfaire sur-le-champ avec plaisir, que les suppositions et les idées me coûtaient peu, et que j'étais accoutumé à m'imaginer ce que j'aurais fait si j'eusse été roi, général d'armée ou ministre d'État ; que, par rapport à l'immortalité, j'avais aussi quelquefois médité sur la conduite que je tiendrais si j'avais à vivre éternellement, et que, puisqu'on le voulait, j'allais sur cela donner l'essor à mon imagination.

Je dis donc que, si j'avais eu l'avantage de naître *struldbrugg*, aussitôt que j'aurais pu connaître mon bonheur et savoir la différence qu'il y a entre la vie et la mort, j'aurais d'abord mis tout en œuvre pour devenir riche, et qu'à force d'être intrigant, souple et rampant, j'aurais pu espérer me voir un peu à mon aise au bout de deux cents ans ; qu'en second lieu, je me fusse appliqué si sérieusement à l'étude dès mes premières années, que j'aurais pu me flatter de devenir un jour le plus savant homme de l'univers ; que j'aurais remarqué avec soin tous les grands événements ; que j'aurais observé avec attention tous les princes et tous les ministres d'État qui se succèdent les uns aux autres, et aurais eu le plaisir de comparer tous leurs caractères et de faire sur ce sujet les plus belles réflexions du monde ; que j'aurais tracé un mémoire fidèle et exact de toutes les révolutions de la mode et du langage, et des changements arrivés aux coutumes, aux lois, aux mœurs, aux plaisirs même ; que, par cette étude et ces observations, je serais devenu à la fin un magasin d'antiquités, un registre vivant, un trésor de connaissances, un dictionnaire parlant, l'oracle perpétuel de mes compatriotes et de tous mes contemporains.

« Dans cet état, je ne me marierais point, ajoutai-je, et je mènerais une vie de garçon gaiement, librement, mais avec économie, afin qu'en vivant toujours j'eusse toujours de quoi vivre. Je m'occuperais à former l'esprit de quelques jeunes gens en leur faisant part de mes lumières et de ma longue expérience. Mes vrais amis, mes compagnons, mes confidents, seraient mes illustres confrères les *struldbruggs*, dont je choisirais une douzaine parmi les plus anciens, pour me lier plus étroitement avec eux. Je ne laisserais pas de fréquenter aussi quelques mortels de mérite, que je m'accoutumerais à voir mourir sans chagrin et sans regret, leur postérité me consolant de leur mort ; ce pourrait même être pour moi un spectacle assez agréable, de même qu'un fleuriste prend plaisir à voir les tulipes et les œillets de son jardin naître, mourir et renaître. Nous nous communiquerions mutuellement, entre nous autres *struldbruggs*, toutes les remarques et observations que nous aurions faites sur la cause et le progrès de la corruption du genre humain. Nous en composerions un beau traité de morale, plein de leçons utiles et capables d'empêcher la nature humaine de dégénérer, comme elle fait de jour en jour, et comme on le lui reproche depuis deux mille ans. Quel spectacle, noble et ravissant que de voir de ses propres yeux les décadences et les révolutions des empires, la face de la terre renouvelée, les villes superbes transformées en viles bourgades, ou tristement ensevelies sous leurs ruines honteuses ; les villages obscurs devenus le séjour des rois et de leurs courtisans ; les fleuves célèbres changés en petits ruisseaux ; l'Océan baignant d'autres rivages ; de nouvelles contrées découvertes ; un monde inconnu sortant, pour ainsi dire, du chaos ; la barbarie et l'ignorance répandues sur les nations les plus polies et les plus éclairées ; l'imagination éteignant le jugement, le jugement glaçant l'imagination ; le goût des systèmes, des paradoxes, de l'enflure, des pointes et des antithèses étouffant la raison et le bon goût ; la vérité opprimée dans un temps et triomphant dans l'autre ; les persécutés devenus persécuteurs, et les persécuteurs persécutés à leur tour ; les superbes abaissés et les humbles élevés ; des esclaves, des affranchis, des mercenaires, parvenus à une fortune immense et à une richesse énorme par le maniement des deniers publics, par les malheurs, par la faim, par la soif, par la nudité, par le sang des peuples ; enfin, la postérité de ces brigands publics rentrée dans le néant, d'où l'injustice et la rapine l'avaient tirée ! Comme, dans cet état d'immortalité, l'idée de la mort ne serait jamais présente à mon esprit pour me troubler ou pour ralentir mes désirs, je m'abandonnerais à tous les plaisirs sensibles dont la nature et la raison me permettraient l'usage. Les sciences seraient néanmoins toujours mon premier et mon plus cher objet, et je m'imagine qu'à force de méditer, je trouverais à la fin la quadrature du cercle, le mouvement perpétuel, la pierre philosophale et le remède universel ; qu'en un mot, je porterais toutes les sciences et tous les arts à leur dernière perfection. »

Lorsque j'eus fini mon discours, celui qui seul l'avait entendu se tourna vers la compagnie et lui en fit le précis dans le langage du pays ; après quoi ils se mirent à raisonner ensemble un peu de temps, sans pourtant témoigner, au moins par leurs gestes et attitudes, aucun mépris pour ce que je venais de dire. À la fin, cette même personne qui avait résumé mon discours fut priée par la compagnie d'avoir la charité de me dessiller les yeux et de me découvrir mes erreurs.

Il me dit d'abord que je n'étais pas le seul étranger qui regardât avec étonnement et avec envie l'état des *struldbruggs* ; qu'il avait trouvé chez les Balnibarbes et chez les Japonais à peu près les mêmes dispositions ; que le désir de vivre était naturel à l'homme ; que celui qui avait un pied dans le tombeau s'efforçait de se tenir ferme sur l'autre ; que le vieillard le plus courbé se représentait toujours un lendemain et un avenir, et n'envisageait la mort que comme un mal éloigné et à fuir ; mais que dans l'île de Luggnagg on pensait bien autrement, et que l'exemple familier et la vue continuelle des *struldbruggs* avaient préservé les habitants de cet amour insensé de la vie.

« Le système de conduite, continua-t-il, que vous vous proposez dans la supposition de votre être immortel, et que vous nous avez tracé tout à l'heure, est ridicule et tout à fait contraire à la raison. Vous avez supposé sans doute que, dans cet état, vous jouiriez d'une jeunesse perpétuelle, d'une vigueur et d'une santé sans aucune altération ; mais est-ce là de quoi il s'agissait lorsque nous vous avons demandé ce que vous feriez si vous deviez toujours vivre ? Avons-nous supposé que vous ne vieilliriez point, et que votre prétendue immortalité serait un printemps éternel ? »

Après cela, il me fit le portrait des *struldbruggs*, et me dit qu'ils ressemblaient aux mortels et vivaient comme eux jusqu'à l'âge de trente ans ; qu'après cet âge, ils tombaient peu à peu dans une humeur noire, qui augmentait toujours jusqu'à ce qu'ils eussent atteint l'âge de quatre-vingts ans ; qu'alors ils n'étaient pas seulement sujets à toutes les infirmités, à toutes les misères et à toutes les faiblesses des vieillards de cet âge, mais que l'idée affligeante de l'éternelle durée de leur misérable caducité les tourmentait à un point que rien ne pouvait les consoler : qu'ils n'étaient pas seulement, comme les autres vieillards, entêtés, bourrus, avares, chagrins, babillards, mais qu'ils n'aimaient qu'eux-mêmes, qu'ils renonçaient aux douceurs de l'amitié, qu'ils n'avaient plus même de tendresse pour leurs enfants, et qu'au-delà de la troisième génération ils ne reconnaissaient plus leur postérité ; que l'envie et la jalousie les dévoraient sans cesse ; que la vue des plaisirs sensibles dont jouissent les jeunes mortels, leurs amusements, leurs amours, leurs exercices, les faisaient en quelque sorte mourir à chaque instant ; que tout, jusqu'à la mort même des vieillards qui payaient le tribut à la nature, excitait leur envie et les plongeait dans le désespoir ; que, pour cette raison, toutes les fois qu'ils voyaient faire des funérailles, ils maudissaient leur sort et se plaignaient amèrement de la nature, qui leur avait refusé la douceur de mourir, de finir leur course ennuyeuse et d'entrer dans un repos éternel ; qu'ils n'étaient plus alors en état de cultiver leur esprit et d'orner leur mémoire ; qu'ils se ressouvenaient tout au plus de ce qu'ils avaient vu et appris dans leur jeunesse et dans leur âge moyen ; que les moins misérables et les moins à plaindre étaient ceux qui radotaient, qui avaient tout à fait perdu la mémoire et étaient réduits à l'état de l'enfance ; qu'au moins on prenait alors pitié de leur triste situation et qu'on leur donnait tous les secours dont ils avaient besoin.

« Lorsqu'un *struldbrugg*, ajouta-t-il, s'est marié à une *struldbrugge*, le mariage, selon les lois de l'État, est dissous dès que le plus jeune des deux est parvenu à l'âge de quatre-vingts ans. Il est juste que de malheureux humains, condamnés malgré eux, et sans l'avoir mérité, à vivre éternellement, ne soient pas encore, pour surcroît de disgrâce, obligés de vivre avec une femme éternelle. Ce qu'il y a de plus triste est qu'après avoir atteint cet âge fatal, ils sont regardés comme morts civilement. Leurs héritiers s'emparent de leurs biens ; ils sont mis en tutelle, ou plutôt ils sont dépouillés de tout et réduits à une simple pension alimentaire, loi très juste à cause de la sordide avarice ordinaire aux vieillards. Les pauvres sont entretenus aux dépens du public dans une maison appelée l'*hôpital des pauvres immortels*. Un immortel de quatre-vingts ans ne peut plus exercer de charge ni d'emploi, ne peut négocier, ne peut contracter, ne peut acheter ni vendre, et son témoignage même n'est point reçu en justice. Mais lorsqu'ils sont parvenus à quatre-vingt-dix ans, c'est encore bien pis : toutes leurs dents et tous leurs cheveux tombent ; ils perdent le goût des aliments, et ils boivent et mangent sans aucun plaisir ; ils perdent la mémoire des choses les plus aisées à retenir et oublient le nom de leurs amis et quelquefois leur propre nom. Il leur est, pour cette raison, inutile de s'amuser à lire, puisque, lorsqu'ils veulent lire une phrase de quatre mots, ils oublient les deux premiers tandis qu'ils lisent les deux derniers. Par la même raison, il leur est impossible de s'entretenir avec personne. D'ailleurs, comme la langue de ce pays est sujette à de fréquents changements, les *struldbruggs* nés dans un siècle ont beaucoup de peine à entendre le langage des hommes nés dans un autre siècle, et ils sont toujours comme étrangers dans leur patrie. »

Tel fut le détail qu'on me fit au sujet des immortels de ce pays, détail qui me surprit extrêmement. On m'en montra dans la suite cinq ou six, et j'avoue que je n'ai jamais rien vu de si laid et de si dégoûtant ; les femmes surtout étaient affreuses ; je m'imaginais voir des spectres.

Le lecteur peut bien croire que je perdis alors tout à fait l'envie de devenir immortel à ce prix. J'eus bien de la honte de toutes les folles imaginations auxquelles je m'étais abandonné sur le système d'une vie éternelle en ce bas monde.

Le roi, ayant appris ce qui s'était passé dans l'entretien que j'avais eu avec ceux dont j'ai parlé, rit beaucoup de mes idées sur l'immortalité et de l'envie que j'avais portée aux *struldbruggs*. Il me demanda ensuite sérieusement si je ne voudrais pas en mener deux ou trois dans mon pays pour guérir mes compatriotes du désir de vivre et de la peur de mourir. Dans le fond, j'aurais été fort aise qu'il m'eût fait ce présent ; mais, par une loi fondamentale du royaume, il est défendu aux immortels d'en sortir.

X

L'auteur part de l'île de Luggnagg pour se rendre au Japon, où il s'embarque sur un vaisseau hollandais. Il arrive à Amsterdam et de là passe en Angleterre.

Je m'imagine que tout ce que je viens de raconter des *struldbruggs* n'aura point ennuyé le lecteur. Ce ne sont point là, je crois, de ces choses communes, usées et rebattues qu'on trouve dans toutes les relations des voyageurs ; au moins, je puis assurer que je n'ai rien trouvé de pareil dans celles que j'ai lues. En tout cas, si ce sont des redites et des choses déjà connues, je prie de considérer que des voyageurs, sans se copier les uns les autres, peuvent fort bien raconter les mêmes choses lorsqu'ils ont été dans les mêmes pays.

Comme il y a un très grand commerce entre le royaume de Luggnagg et l'empire du Japon, il est à croire que les auteurs japonais n'ont pas oublié dans leurs livres de faire mention de ces *struldbruggs*. Mais le séjour que j'ai fait au Japon ayant été très court, et n'ayant, d'ailleurs, aucune teinture de la langue japonaise, je n'ai pu savoir sûrement si cette matière a été traitée dans leurs livres. Quelque Hollandais pourra un jour nous apprendre ce qu'il en est.

Le roi de Luggnagg m'ayant souvent pressé, mais inutilement, de rester dans ses États, eut enfin la bonté de m'accorder mon congé, et me fit même l'honneur de me donner une lettre de recommandation, écrite de sa propre main, pour Sa Majesté l'empereur du Japon. En même temps, il me fit présent de quatre cent quarante-quatre pièces d'or, de cinq mille cinq cent cinquante-cinq petites perles et de huit cent quatre-vingt-huit mille cent quatre-vingt-huit grains d'une espèce de riz très rare. Ces sortes de nombres, qui se multiplient par dix, plaisent beaucoup en ce pays-là.

Le 6 de mai 1709, je pris congé, en cérémonie, de Sa Majesté, et dis adieu à tous les amis que j'avais à sa cour. Ce prince me fit conduire par un détachement de ses gardes jusqu'au port de Glanguenstald, situé au sud-ouest de l'île. Au bout de six jours, je trouvai un vaisseau prêt à me transporter au Japon ; je montai sur ce vaisseau, et, notre voyage ayant duré cinquante jours, nous débarquâmes à un petit port nommé Xamoski, au sud-ouest du Japon.

Je fis voir d'abord aux officiers de la douane la lettre dont j'avais l'honneur d'être chargé de la part du roi de Luggnagg pour Sa Majesté japonaise ; ils connurent tout d'un coup le sceau de Sa Majesté luggnaggienne, dont l'empreinte représentait *un roi soutenant un pauvre estropié et l'aidant à marcher*.

Les magistrats de la ville, sachant que j'étais porteur de cette auguste lettre, me traitèrent en ministre et me fournirent une voiture pour me transporter à Yedo, qui est la capitale de l'empire. Là, j'eus audience de Sa Majesté impériale, et l'honneur de lui présenter ma lettre, qu'on ouvrit publiquement, avec de grandes cérémonies, et que l'empereur se fit aussitôt expliquer par son interprète. Alors Sa Majesté me fit dire, par ce même interprète, que j'eusse à lui demander quelque grâce, et qu'en considération de son très cher frère le roi de Luggnagg, il me l'accorderait aussitôt.

Cet interprète, qui était ordinairement employé dans les affaires du commerce avec les Hollandais, connut aisément à mon air que j'étais Européen, et, pour cette raison, me rendit en langue hollandaise les paroles de Sa Majesté. Je répondis que j'étais un marchand de Hollande qui avait fait naufrage dans une mer éloignée ; que depuis j'avais fait beaucoup de chemin par terre et par mer pour me rendre à Luggnagg, et de là dans l'empire du Japon, où je savais que mes compatriotes les Hollandais faisaient commerce, ce qui me pourrait procurer l'occasion de retourner en Europe ; que je suppliais donc Sa Majesté de me faire conduire en sûreté à Nangasaki. Je pris en même temps la liberté de lui demander encore une autre grâce : ce fut qu'en considération du roi de Luggnagg, qui me faisait l'honneur de me protéger, on voulût me dispenser de la cérémonie qu'on faisait pratiquer à ceux de mon pays, et ne point me contraindre à *fouler aux pieds le crucifix*, n'étant venu au Japon que pour passer en Europe, et non pour y trafiquer.

Lorsque l'interprète eut exposé à Sa Majesté japonaise cette dernière grâce que je demandais, elle parut surprise de ma proposition et répondit que j'étais le premier homme de mon pays à qui un pareil scrupule fût venu à l'esprit ; ce qui le faisait un peu douter que je fusse véritablement Hollandais, comme je l'avais assuré, et le faisait plutôt soupçonner que j'étais chrétien. Cependant l'empereur, goûtant la raison que je lui avais alléguée, et ayant principalement égard à la recommandation du roi de Luggnagg, voulut bien, par bonté, compatir à ma faiblesse et à ma singularité, pourvu que je gardasse des mesures pour sauver les apparences ; il me dit qu'il donnerait ordre aux officiers préposés pour faire observer cet usage de me laisser passer et de faire semblant de m'avoir oublié. Il ajouta qu'il était de mon intérêt de tenir la chose secrète, parce qu'infailliblement les Hollandais, mes compatriotes, me poignarderaient dans le voyage s'ils venaient à savoir la dispense que j'avais obtenue et le scrupule injurieux que j'avais eu de les imiter.

Je rendis de très humbles Actions de grâces à Sa Majesté de cette faveur singulière, et, quelques troupes étant alors en marche pour se rendre à Nangasaki, l'officier commandant eut ordre de me conduire en cette ville, avec une instruction secrète sur l'affaire du crucifix.

Le neuvième jour de juin 1709, après un voyage long et pénible, j'arrivai à Nangasaki, où je rencontrai une compagnie de Hollandais qui étaient partis d'Amsterdam pour négocier à Amboine, et qui étaient prêts à s'embarquer, pour leur retour, sur un gros vaisseau de quatre cent cinquante tonneaux. J'avais passé un temps considérable en Hollande, ayant fait mes études à Leyde, et je parlais fort bien la langue de ce pays. On me fit plusieurs questions sur mes voyages, auxquelles je répondis comme il me plut. Je soutins parfaitement au milieu d'eux le personnage de Hollandais ; je me donnai des amis et des parents dans les Provinces-Unies, et je me dis natif de Gelderland.

J'étais disposé à donner au capitaine du vaisseau, qui était un certain Théodore Vangrult, tout ce qui lui aurait plu de me demander pour mon passage ; mais, ayant su que j'étais chirurgien, il se contenta de la moitié du prix ordinaire, à condition que j'exercerais ma profession dans le vaisseau.

Avant que de nous embarquer, quelques-uns de la troupe m'avaient souvent demandé si j'avais pratiqué la cérémonie, et j'avais toujours répondu en général que j'avais fait tout ce qui était nécessaire. Cependant un d'eux, qui était un coquin étourdi, s'avisa de me montrer malignement à l'officier japonais, et de dire : *Il n'a point foulé aux pieds le crucifix*. L'officier, qui avait un ordre secret de ne le point exiger de moi, lui répliqua par vingt coups de canne qu'il déchargea sur ses épaules ; en sorte que personne ne fut d'humeur, après cela, de me faire des questions sur la cérémonie.

Il ne se passa rien dans notre voyage qui mérite d'être rapporté. Nous fîmes voile avec un vent favorable, et mouillâmes au cap de Bonne-Espérance pour y faire aiguade. Le 16 d'avril 1710, nous débarquâmes à Amsterdam, où je restai peu de temps, et où je m'embarquai bientôt pour l'Angleterre. Quel plaisir ce fut pour moi de revoir ma chère patrie, après cinq ans et demi d'absence ! Je me rendis directement à Redriff, où je trouvai ma femme et mes enfants en bonne santé.

Voyage au pays des Houyhnhnms

I

L'auteur entreprend encore un voyage en qualité de capitaine de vaisseau. Son équipage se révolte, l'enferme, l'enchaîne et puis le met à terre sur un rivage inconnu. Description des yahous. Deux Houyhnhnms viennent au-devant de lui.

Je passai cinq mois fort doucement avec ma femme et mes enfants, et je puis dire qu'alors j'étais heureux, si j'avais pu connaître que je l'étais ; mais je fus malheureusement tenté de faire encore un voyage, surtout lorsque l'on m'eut offert le titre flatteur de capitaine sur l'*Aventure*, vaisseau marchand de trois cent cinquante tonneaux. J'entendais parfaitement la navigation, et d'ailleurs j'étais las du titre subalterne de chirurgien de vaisseau. Je ne renonçai pourtant pas à la profession, et je sus l'exercer dans la suite quand l'occasion s'en présenta. Aussi me contentai-je de mener avec moi, dans ce voyage, un jeune garçon chirurgien. Je dis adieu à ma pauvre femme. Étant embarqué à Portsmouth, je mis à la voile le 2 août 1710.

Les maladies m'enlevèrent pendant la route une partie de mon équipage, en sorte que je fus obligé de faire une recrue aux Barbades et aux îles de Leeward, où les négociants dont je tenais ma commission m'avaient donné ordre de mouiller ; mais j'eus bientôt lieu de me repentir d'avoir fait cette maudite recrue, dont la plus grande partie était composée de bandits qui avaient été boucaniers. Ces coquins débauchèrent le reste de mon équipage, et tous ensemble complotèrent de se saisir de ma personne et de mon vaisseau. Un matin donc, ils entrèrent dans ma chambre, se jetèrent sur moi, me lièrent et me menacèrent de me jeter à la mer si j'osais faire la moindre résistance. Je leur dis que mon sort était entre leurs mains et que je consentais d'avance à tout ce qu'ils voudraient. Ils m'obligèrent d'en faire serment, et puis me délièrent, se contentant de m'enchaîner un pied au bois de mon lit et de poster à la porte de ma chambre une sentinelle qui avait ordre de me casser la tête si j'eusse fait quelque tentative pour me mettre en liberté. Leur projet était d'exercer la piraterie avec mon vaisseau et de donner la chasse aux Espagnols ; mais pour cela ils n'étaient pas assez forts d'équipage ; ils résolurent de vendre d'abord la cargaison du vaisseau et d'aller à Madagascar pour augmenter leur troupe. Cependant j'étais prisonnier dans ma chambre, fort inquiet du sort qu'on me préparait.

Le 9 de mai 1711, un certain Jacques Welch entra, et me dit qu'il avait reçu ordre de M. le capitaine de me mettre à terre. Je voulus, mais inutilement, avoir quelque entretien avec lui et lui faire quelques questions ; il refusa même de me dire le nom de celui qu'il appelait M. le capitaine. On me fit descendre dans la chaloupe, après m'avoir permis de faire mon paquet et d'emporter mes hardes. On me laissa mon sabre, et on eut la politesse de ne point visiter mes poches, où il y avait quelque argent. Après avoir fait environ une lieue dans la chaloupe, on me mit sur le rivage. Je demandai à ceux qui m'accompagnaient quel pays c'était. « Ma foi, me répondirent-ils, nous ne le savons pas plus que vous, mais prenez garde que la marée ne vous surprenne ; adieu. » Aussitôt la chaloupe s'éloigna.

Je quittai les sables et montai sur une hauteur pour m'asseoir et délibérer sur le parti que j'avais à prendre. Quand je fus un peu reposé, j'avançai dans les terres, résolu de me livrer au premier sauvage que je rencontrerais et de racheter ma vie, si je pouvais, par quelques petites bagues, par quelques bracelets et autres bagatelles, dont les voyageurs ne manquent jamais de se pourvoir, et dont j'avais une certaine quantité dans mes poches.

Je découvris de grands arbres, de vastes herbages et des champs où l'avoine croissait de tous côtés. Je marchais avec précaution, de peur d'être surpris ou de recevoir quelque coup de flèche. Après avoir marché quelque temps, je tombai dans un grand chemin, où je remarquai plusieurs pas d'hommes et de chevaux et quelques-uns de vaches. Je vis en même temps un grand nombre d'animaux dans un champ, et un ou deux de la même espèce perchés sur un arbre. Leur figure me parut surprenante, et quelques-uns s'étant un peu approchés, je me cachai derrière un buisson pour les mieux considérer.

De longs cheveux leur tombaient sur le visage ; leur poitrine, leur dos et leurs pattes de devant étaient couverts d'un poil épais ; ils avaient de la barbe au menton comme des boucs, mais le reste de leur corps était sans poil, et laissait voir une peau très brune. Ils n'avaient point de queue, ils se tenaient tantôt assis sur l'herbe, tantôt couchés et tantôt debout sur leurs pattes de derrière ; ils sautaient, bondissaient et grimpaient aux arbres avec l'agilité des écureuils, ayant des griffes aux pattes de devant et de derrière. Les femelles étaient un peu plus petites que les mâles. Elles avaient de forts longs cheveux et seulement un peu de duvet en plusieurs endroits de leur corps. Leurs mamelles pendaient entre leurs deux pattes de devant, et quelquefois touchaient la terre lorsqu'elles marchaient. Le poil des uns et des autres était de diverses couleurs : brun, rouge, noir et blond. Enfin, dans tous mes voyages je n'avais jamais vu d'animal si difforme et si dégoûtant.

Après les avoir suffisamment considérés, je suivis le grand chemin, dans l'espérance qu'il me conduirait à quelque hutte d'Indiens. Ayant un peu marché, je rencontrai, au milieu du chemin, un de ces animaux qui venait directement à moi. À mon aspect, il s'arrêta, fit une infinité de grimaces, et parut me regarder comme une espèce d'animal qui lui était inconnue ; ensuite il s'approcha et leva sur moi sa patte de devant. Je tirai mon sabre et je frappai du plat, ne voulant pas le blesser, de peur d'offenser ceux à qui ces animaux pouvaient appartenir. L'animal, se sentant frappé, se mit à fuir et à crier si haut, qu'il attira une quarantaine d'animaux de sa sorte, qui accoururent vers moi en me faisant des grimaces horribles. Je courus vers un arbre, auquel je m'adossai, tenant mon sabre devant moi ; aussitôt ils sautèrent aux branches de l'arbre et commencèrent à me couvrir de leurs ordures ; mais tout à coup ils se mirent tous à fuir.

Alors je quittai l'arbre et poursuivis mon chemin, étant assez surpris qu'une terreur soudaine leur eût ainsi fait prendre la fuite ; mais, regardant, à gauche, je vis un cheval marchant gravement au milieu d'un champ ; c'était la vue de ce cheval qui avait fait décamper si vite la troupe qui m'assiégeait. Le cheval, s'étant approché de moi, s'arrêta, recula, et ensuite me regarda fixement, paraissant un peu étonné ; il me considéra de tout côté, tournant plusieurs fois autour de moi.

Je voulus avancer, mais il se mit vis-à-vis de moi dans le chemin, me regardant d'un œil doux, et sans me faire aucune violence. Nous nous considérâmes l'un l'autre pendant un peu de temps ; enfin je pris la hardiesse de lui mettre la main sur le cou pour le flatter, sifflant et parlant à la façon des palefreniers lorsqu'ils veulent caresser un cheval ; mais l'animal superbe, dédaignant mon honnêteté et ma politesse, fronça ses sourcils et leva fièrement un de ses pieds de devant pour m'obliger à retirer ma main trop familière. En même temps il se mit à hennir trois ou quatre fois, mais avec des accents si variés, que je commençai à croire qu'il parlait un langage qui lui était propre, et qu'il y avait une espèce de sens attaché à ses divers hennissements.

Sur ces entrefaites arriva un autre cheval, qui salua le premier très poliment ; l'un et l'autre se firent des honnêtetés réciproques, et se mirent à hennir de cent façons différentes, qui semblaient former des sons articulés ; ils firent ensuite quelques pas ensemble, comme s'ils eussent voulu conférer sur quelque chose ; ils allaient et venaient en marchant gravement côte à côte, semblables à des personnes qui tiennent conseil sur des affaires importantes ; mais ils avaient toujours l'œil sur moi, comme s'ils eussent pris garde que je ne m'enfuisse.

Surpris de voir des bêtes se comporter ainsi, je me dis à moi-même : « Puisque en ce pays-ci les bêtes ont tant de raison, il faut que les hommes y soient raisonnables au suprême degré. »

Cette réflexion me donna tant de courage, que je résolus d'avancer dans le pays jusqu'à ce que j'eusse rencontré quelque habitant, et de laisser là les deux chevaux discourir ensemble tant qu'il leur plairait ; mais l'un des deux, qui était gris pommelé, voyant que je m'en allais, se mit à hennir d'une façon si expressive, que je crus entendre ce qu'il voulait : je me retournai et m'approchai de lui, dissimulant mon embarras et mon trouble autant qu'il m'était possible, car, dans le fond, je ne savais ce que cela deviendrait, et c'est ce que le lecteur peut aisément s'imaginer.

Les deux chevaux me serrèrent de près et se mirent à considérer mon visage et mes mains. Mon chapeau paraissait les surprendre, aussi bien que les pans de mon justaucorps. Le gris-pommelé se mit à flatter ma main droite, paraissant charmé et de la douceur et de la couleur de ma peau ; mais il la serra si fort entre son sabot et son pâturon, que je ne pus m'empêcher de crier de toute ma force, ce qui m'attira mille autres caresses pleines d'amitié. Mes souliers et mes bas leur donnaient de grandes inquiétudes ; ils les flairèrent et les tâtèrent plusieurs fois, et firent à ce sujet plusieurs gestes semblables à ceux d'un philosophe qui veut entreprendre d'expliquer un phénomène.

Enfin, la contenance et les manières de ces deux animaux me parurent si raisonnables, si sages, si judicieuses, que je conclus en moi-même qu'il fallait que ce fussent des enchanteurs qui s'étaient ainsi transformés en chevaux avec quelque dessein, et qui, trouvant un étranger sur leur chemin, avaient voulu se divertir un peu à ses dépens, ou avaient peut-être été frappés de sa figure, de ses habits et de ses manières. C'est ce qui me fit prendre la liberté de leur parler en ces termes :

« Messieurs les chevaux, si vous êtes des enchanteurs, comme j'ai lieu de le croire, vous entendez toutes les langues ; ainsi, j'ai l'honneur de vous dire en la mienne que je suis un pauvre Anglais qui, par malheur, ai échoué sur ces côtes, et qui vous prie l'un ou l'autre, si pourtant vous êtes de vrais chevaux, de vouloir souffrir que je monte sur vous pour chercher quelque village ou quelque maison où je me puisse retirer. En reconnaissance, je vous offre ce petit couteau et ce bracelet. »

Les deux animaux parurent écouter mon discours avec attention, et quand j'eus fini ils se mirent à hennir tour à tour, tournés l'un vers l'autre. Je compris alors clairement que leurs hennissements étaient significatifs, et renfermaient des mots dont on pourrait peut-être dresser un alphabet aussi aisé que celui des Chinois.

Je les entendis souvent répéter le mot *yahou*, dont je distinguai le son sans en distinguer le sens, quoique, tandis que les deux chevaux s'entretenaient, j'eusse essayé plusieurs fois d'en chercher la signification. Lorsqu'ils eurent cessé de parler, je me mis à crier de toute ma force : *Yahou ! yahou !* tâchant de les imiter. Cela parut les surprendre extrêmement, et alors le gris-pommelé, répétant deux fois le même mot, sembla vouloir m'apprendre comment il le fallait prononcer. Je répétai après lui le mieux qu'il me fut possible, et il me parut que, quoique je fusse très éloigné de la perfection de l'accent et de la prononciation, j'avais pourtant fait quelques progrès. L'autre cheval, qui était bai, sembla vouloir m'apprendre un autre mot beaucoup plus difficile à prononcer, et qui, étant réduit à l'orthographe anglaise, peut ainsi s'écrire : *houyhnhnm*. Je ne réussis pas si bien d'abord dans la prononciation de ce mot que dans celle du premier ; mais, après quelques essais, cela alla mieux, et les deux chevaux me trouvèrent de l'intelligence.

Lorsqu'ils se furent encore un peu entretenus (sans doute à mon sujet), ils prirent congé l'un de l'autre avec la même cérémonie qu'ils s'étaient abordés. Le bai me fit signe de marcher devant lui, ce que je jugeai à propos de faire, jusqu'à ce que j'eusse trouvé un autre conducteur. Comme je marchais fort lentement, il se mit à hennir : *hhuum*, *hhumn*. Je compris sa pensée, et lui donnai à entendre, comme je le pus, que j'étais bien las et avais de la peine à marcher ; sur quoi il s'arrêta charitablement pour me laisser reposer.

II

L'auteur est conduit au logis d'un Houyhnhnm ; comment il y est reçu. Quelle est la nourriture des Houyhnhnms. Embarras de l'auteur pour trouver de quoi se nourrir.

Après avoir marché environ trois milles, nous arrivâmes à un endroit où il y avait une grande maison de bois fort basse et couverte de paille. Je commençai aussitôt à tirer de ma poche les petits présents que je destinais aux hôtes de cette maison pour en être reçu plus honnêtement. Le cheval me fit poliment entrer le premier dans une grande salle très propre, où pour tout meuble il y avait un râtelier et une auge. J'y vis trois chevaux avec deux cavales, qui ne mangeaient point, et qui étaient assis sur leurs jarrets. Sur ces entrefaites, le gris-pommelé arriva, et en entrant se mit à hennir d'un ton de maître. Je traversai avec lui deux autres salles de plain-pied ; dans la dernière, mon conducteur me fit signe d'attendre et passa dans une chambre qui était proche. Je m'imaginai alors qu'il fallait que le maître de cette maison fût une personne de qualité, puisqu'on me faisait ainsi attendre en cérémonie dans l'antichambre ; mais, en même temps, je ne pouvais concevoir qu'un homme de qualité eût des chevaux pour valets de chambre. Je craignis alors d'être devenu fou, et que mes malheurs ne m'eussent fait entièrement perdre l'esprit. Je regardai attentivement autour de moi et me mis à considérer l'antichambre, qui était à peu près meublée comme la première salle. J'ouvrais de grands yeux, je regardais fixement tout ce qui m'environnait, et je voyais toujours la même chose. Je me pinçai les bras, je me mordis les lèvres, je me battis les flancs pour m'éveiller, en cas que je fusse endormi ; et comme c'étaient toujours les mêmes objets qui me frappaient les yeux, je conclus qu'il y avait là de la diablerie et de la haute magie.

Tandis que je faisais ces réflexions, le gris-pommelé revint à moi dans le lieu où il m'avait laissé, et me fit signe d'entrer avec lui dans la chambre, où je vis sur une natte très propre et très fine une belle cavale avec un beau poulain et une belle petite jument, tous appuyés modestement sur leurs hanches. La cavale se leva à mon arrivée et s'approcha de moi, et après avoir considéré attentivement mon visage et mes mains, me tourna le dos d'un air dédaigneux et se mit à hennir en prononçant souvent le mot *yahou.* Je compris bientôt, malgré moi, le sens funeste de ce mot, car le cheval qui m'avait introduit, me faisant signe de la tête, et me répétant souvent le mot *hhuum, hhuum,* me conduisit dans une espèce de basse-cour, où il y avait un autre bâtiment à quelque distance de la maison. La première chose qui me frappa les yeux ce furent trois de ces maudits animaux que j'avais vus d'abord dans un champ, et dont j'ai fait plus haut la description ; ils étaient attachés par le cou et mangeaient des racines et de la chair d'âne, de chien et de vache morte (comme je l'ai appris depuis), qu'ils tenaient entre leurs griffes et déchiraient avec leurs dents.

Le maître cheval commanda alors à un petit bidet alezan, qui était un de ses laquais, de délier le plus grand de ces animaux et de l'amener. On nous mit tous deux côte à côte, pour mieux faire la comparaison de lui à moi, et ce fut alors que *yahou* fut répété plusieurs fois, ce qui me donna à entendre que ces animaux s'appelaient *yahous.* Je ne puis exprimer ma surprise et mon horreur, lorsque, ayant considéré de près cet animal, je remarquai en lui tous les traits et toute la figure d'un homme, excepté qu'il avait le visage large et plat, le nez écrasé, les lèvres épaisses et la bouche très grande ; mais cela est ordinaire à toutes les nations sauvages, parce que les mères couchent leurs enfants le visage tourné contre terre, les portent sur le dos, et leur battent le nez avec leurs épaules. Ce *yahou* avait les pattes de devant semblables à mes mains, si ce n'est qu'elles étaient armées d'ongles fort grands et que la peau en était brune, rude et couverte de poils. Ses jambes ressemblaient aussi aux miennes, avec les mêmes différences. Cependant mes bas et mes souliers avaient fait croire à messieurs les chevaux que la différence était beaucoup plus grande. À l'égard du reste du corps, c'était, en vérité, la même chose, excepté par rapport à la couleur et au poil.

Quoi qu'il en soit, ces messieurs n'en jugeaient pas de même, parce que mon corps était vêtu et qu'ils croyaient que mes habits étaient ma peau même et une partie de ma substance ; en sorte qu'ils trouvaient que j'étais par cet endroit fort différent de leurs *yahous.* Le petit laquais bidet, tenant une racine entre son sabot et son pâturon, me la présenta. Je la pris, et, en ayant goûté, je la lui rendis sur-le-champ avec le plus de politesse qu'il me fut possible. Aussitôt il alla chercher dans la loge des *yahous* un morceau de chair d'âne et me l'offrit. Ce mets me parut si détestable et si dégoûtant, que je n'y voulus point toucher, et témoignai même qu'il me faisait mal au cœur. Le bidet jeta le morceau au *yahou*, qui sur-le-champ le dévora avec un grand plaisir. Voyant que la nourriture des *yahous* ne me convenait point, il s'avisa de me présenter de la sienne, c'est-à-dire du foin et de l'avoine ; mais je secouai la tête et lui fis entendre que ce n'était pas là un mets pour moi. Alors, portant un de ses pieds de devant à sa bouche d'une façon très surprenante et pourtant très naturelle, il me fit des signes pour me faire comprendre qu'il ne savait comment me nourrir, et pour me demander ce que je voulais donc manger ; mais je ne pus lui faire entendre ma pensée par mes signes ; et, quand je l'aurais pu, je ne voyais pas qu'il eût été en état de me satisfaire.

Sur ces entrefaites, une vache passa ; je la montrai du doigt, et fis entendre, par un signe expressif, que j'avais envie de l'aller traire. On me comprit, et aussitôt on me fit entrer dans la maison, où l'on ordonna à une servante, c'est-à-dire à une jument, de m'ouvrir une salle, où je trouvai une grande quantité de terrines de lait rangées très proprement. J'en bus abondamment et pris ma réfection fort à mon aise et de grand courage.

Sur l'heure de midi, je vis arriver vers la maison une espèce de chariot ou de carrosse tiré par quatre *yahous*. Il y avait dans ce carrosse un vieux cheval, qui paraissait un personnage de distinction ; il venait rendre visite à mes hôtes et dîner avec eux. Ils le reçurent fort civilement et avec de grands égards : ils dînèrent ensemble dans la plus belle salle, et, outre du foin et de la paille qu'on leur servît d'abord, on leur servit encore de l'avoine bouillie dans du lait. Leur auge, placée au milieu de la salle, était disposée circulairement, à peu près comme le tour d'un pressoir de Normandie, et divisée en plusieurs compartiments, autour desquels ils étaient rangés assis sur leurs hanches, et appuyés sur des bottes de paille. Chaque compartiment avait un râtelier qui lui répondait, en sorte que chaque cheval et chaque cavale mangeait sa portion avec beaucoup de décence et de propreté. Le poulain et la petite jument, enfants du maître et de la maîtresse du logis, étaient à ce repas, et il paraissait que leur père et leur mère étaient fort attentifs à les faire manger. Le gris-pommelé m'ordonna de venir auprès de lui, et il me sembla s'entretenir à mon sujet avec son ami, qui me regardait de temps en temps et répétait souvent le mot de *yahou*.

Depuis quelques moments j'avais mis mes gants ; le maître gris pommelé s'en étant aperçu et ne voyant plus mes mains telles qu'il les avait vues d'abord, fit plusieurs signes qui marquaient son étonnement et son embarras ; il me les toucha deux ou trois fois avec son pied et me fit entendre qu'il souhaitait qu'elles reprissent leur première figure. Aussitôt je me dégantai, ce qui fit parler toute la compagnie et leur inspira de l'affection pour moi. J'en ressentis bientôt les effets ; on s'appliqua à me faire prononcer certains mots que j'entendais, et on m'apprit les noms de l'avoine, du lait, du feu, de l'eau et de plusieurs autres choses. Je retins tous ces noms, et ce fut alors plus que jamais que je fis usage de cette prodigieuse facilité que la nature m'a donné pour apprendre les langues.

Lorsque le dîner fut fini, le maître cheval me prit en particulier, et, par des signes joints à quelques mots, me fit entendre la peine qu'il ressentait de voir que je ne mangeais point, et que je ne trouvais rien qui fût de mon goût. *Hlunnh*, dans leur langue, signifie de l'avoine. Je prononçai ce mot deux ou trois fois ; car, quoique j'eusse d'abord refusé l'avoine qui m'avait été offerte, cependant, après y avoir réfléchi, je jugeai que je pouvais m'en faire une sorte de nourriture en la mêlant avec du lait, et que cela me sustenterait jusqu'à ce que je trouvasse l'occasion de m'échapper et que je rencontrasse des créatures de mon espèce. Aussitôt le cheval donna ordre à une servante, qui était une jolie jument blanche, de m'apporter une bonne quantité d'avoine dans un plat de bois. Je fis rôtir cette avoine comme je pus, ensuite je la frottai jusqu'à ce que je lui eusse fait perdre son écorce, puis je tâchai de la vanner ; je me remis après cela à l'écraser entre deux pierres ; je pris de l'eau, et j'en fis une espèce de gâteau que je fis cuire et mangeai tout chaud en le trempant dans du lait.

Ce fut d'abord pour moi un mets très insipide, quoique ce soit une nourriture ordinaire en plusieurs endroits de l'Europe ; mais je m'y accoutumai avec le temps, et, m'étant trouvé dans ma vie réduit à des états fâcheux, ce n'était pas la première fois que j'avais éprouvé qu'il faut peu de choses pour contenter les besoins de la nature, et que le corps se fait à tout. J'observerai ici que, tant que je fus dans ce pays des chevaux, je n'eus pas la moindre indisposition. Quelquefois, il est vrai, j'allais à la chasse des lapins et des oiseaux, que je prenais avec des filets de cheveux de *yahou* ; quelquefois je cueillais des herbes, que je faisais bouillir ou que je mangeais en salade, et, de temps en temps, je faisais du beurre. Ce qui me causa beaucoup de peine d'abord fut de manquer de sel ; mais je m'accoutumai à m'en passer ; d'où je conclus que l'usage du sel est l'effet de notre intempérance et n'a été produit que pour exciter à boire ; car il est à remarquer que l'homme est le seul animal qui mêle du sel dans ce qu'il mange. Pour moi, quand j'eus quitté ce pays, j'eus beaucoup de peine à en reprendre le goût.

C'est assez parler, je crois, de ma nourriture. Si je m'étendais pourtant au long sur ce sujet, je ne ferais, ce me semble, que ce que font, dans leurs relations, la plupart des voyageurs, qui s'imaginent qu'il importe fort au lecteur de savoir s'ils ont fait bonne chère ou non.

Quoi qu'il en soit, j'ai cru que ce détail succinct de ma nourriture était nécessaire pour empêcher le monde de s'imaginer qu'il m'a été impossible de subsister pendant trois ans dans un tel pays et parmi de tels habitants.

Sur le soir, le maître cheval me fit donner une chambre à six pas de la maison et séparée du quartier des *yahous*. J'y étendis quelques bottes de paille et me couvris de mes habits, en sorte que j'y passai la nuit fort bien et y dormis tranquillement. Mais je fus bien mieux dans la suite, comme le lecteur verra ci-après, lorsque je parlerai de ma manière de vivre en ce pays-là.

III

L'auteur s'applique à bien apprendre la langue, et le Houyhnhnm son maître s'applique à la lui enseigner. Plusieurs Houyhnhnms viennent voir l'auteur par curiosité. Il fait à son maître un récit succinct de ses voyages.

Je m'appliquai extrêmement à apprendre la langue, que le Houyhnhnm mon maître (c'est ainsi que je l'appellerai désormais), ses enfants et tous ses domestiques avaient beaucoup d'envie de m'enseigner. Ils me regardaient comme un prodige, et étaient surpris qu'un animal brut eût toutes les manières et donnât tous les signes naturels d'un animal raisonnable. Je montrais du doigt chaque chose et en demandais le nom, que je retenais dans ma mémoire et que je ne manquais pas d'écrire sur mon petit registre de voyage lorsque j'étais seul. À l'égard de l'accent, je tâchais de le prendre en écoutant attentivement. Mais le bidet alezan m'aida beaucoup.

Il faut avouer que la prononciation de cette langue me parut très difficile. Les Houyhnhnms parlent en même temps du nez et de la gorge ; et leur langue, également nasale et gutturale, approche beaucoup de celle des Allemands, mais est beaucoup plus gracieuse et plus expressive. L'empereur Charles-Quint avait fait cette curieuse observation ; aussi disait-il que s'il avait à parler à son cheval, il lui parlerait allemand.

Mon maître avait tant d'impatience de me voir parler sa langue pour pouvoir s'entretenir avec moi et satisfaire sa curiosité, qu'il employait toutes ses heures de loisir à me donner des leçons et à m'apprendre tous les termes, tous les tours et toutes les finesses de cette langue. Il était convaincu, comme il me l'a avoué depuis, que j'étais un *yahou* ; mais ma propreté, ma politesse, ma docilité, ma disposition à apprendre, l'étonnaient : il ne pouvait allier ces qualités avec celles d'un *yahou*, qui est un animal grossier, malpropre et indocile. Mes habits lui causaient aussi beaucoup d'embarras, s'imaginant qu'ils étaient une partie de mon corps : car je ne me déshabillais, le soir, pour me coucher, que lorsque toute la maison était endormie, et je me levais le matin et m'habillais avant qu'aucun ne fût éveillé. Mon maître avait envie de connaître de quel pays je venais, où et comment j'avais acquis cette espèce de raison qui paraissait dans toutes mes manières, et de savoir enfin mon histoire. Il se flattait d'apprendre bientôt tout cela, vu le progrès que je faisais de jour en jour dans l'intelligence et dans la prononciation de la langue. Pour aider un peu ma mémoire, je formai un alphabet de tous les mots que j'avais appris, et j'écrivis tous ces termes avec l'anglais au-dessous. Dans la suite, je ne fis point difficulté d'écrire en présence de mon maître les mots et les phrases qu'il m'apprenait ; mais il ne pouvait comprendre ce que je faisais, parce que les Houyhnhnms n'ont aucune idée de l'écriture.

Enfin, au bout de dix semaines, je me vis en état d'entendre plusieurs de ses questions, et bientôt je fus assez habile pour lui répondre passablement. Une des premières questions qu'il me fit, lorsqu'il me crut en état de lui répondre, fut de me demander de quel pays je venais, et comment j'avais appris à contrefaire l'animal raisonnable, n'étant qu'un *yahou* : car ces *yahous*, auxquels il trouvait que je ressemblais par le visage et par les pattes de devant, avaient bien, disait-il, une espèce de connaissance, avec des ruses et de la malice, mais ils n'avaient point cette conception et cette docilité qu'il remarquait en moi. Je lui répondis que je venais de fort loin, et que j'avais traversé les mers avec plusieurs autres de mon espèce, porté dans un grand bâtiment de bois ; que mes compagnons m'avaient mis à terre sur cette côte et qu'ils m'avaient abandonné. Il me fallut alors joindre au langage plusieurs signes pour me faire entendre. Mon maître me répliqua qu'il fallait que je me trompasse, et que *j'avais dit la chose qui n'était pas*, c'est-à-dire que je mentais. (Les Houyhnhnms, dans leur langue, n'ont point de mot pour exprimer le mensonge ou la fausseté.) Il ne pouvait comprendre qu'il y eût des terres au-delà des eaux de la mer, et qu'un vil troupeau d'animaux pût faire flotter sur cet élément un grand bâtiment de bois et le conduire à leur gré. « À peine, disait-il, un Houyhnhnm en pourrait-il faire autant, et sûrement il n'en confierait pas la conduite à des *yahous*. »

Ce mot *houyhnhnm*, dans leur langue, signifie *cheval*, et veut dire selon son étymologie, *la perfection de la nature*. Je répondis à mon maître que les expressions me manquaient, mais que, dans quelque temps, je serais en état de lui dire des choses qui le surprendraient beaucoup. Il exhorta madame la cavale son épouse, messieurs ses enfants le poulain et la jument, et tous ses domestiques à concourir tous avec zèle à me perfectionner dans la langue, et tous les jours il y consacrait lui-même deux ou trois heures.

Plusieurs chevaux et cavales de distinction vinrent alors rendre visite à mon maître, excités par la curiosité de voir un *yahou* surprenant, qui, à ce qu'on leur avait dit, parlait comme un Houyhnhnm, et faisait reluire dans ses manières des étincelles de raison. Ils prenaient plaisir à me faire des questions à ma portée, auxquelles je répondais comme je pouvais. Tout cela contribuait à me fortifier dans l'usage de la langue, en sorte qu'au bout de cinq mois j'entendais tout ce qu'on me disait et m'exprimais assez bien sur la plupart des choses.

Quelques Houyhnhnms, qui venaient à la maison pour me voir et me parler, avaient de la peine à croire que je fusse un vrai *yahou*, parce que, disaient-ils, j'avais une peau fort différente de ces animaux ; ils ne me voyaient, ajoutaient-ils, une peau à peu près semblable à celle des *yahous* que sur le visage et sur les pattes de devant, mais sans poil. Mon maître savait bien ce qui en était, car une chose qui était arrivée environ quinze jours auparavant m'avait obligé de lui découvrir ce mystère, que je lui avais toujours caché jusqu'alors, de peur qu'il ne me prît pour un vrai *yahou* et qu'il ne me mît dans leur compagnie.

J'ai déjà dit au lecteur que tous les soirs, quand toute la maison était couchée, ma coutume était de me déshabiller et de me couvrir de mes habits. Un jour, mon maître m'envoya de grand matin son laquais le bidet alezan. Lorsqu'il entra dans ma chambre, je dormais profondément ; mes habits étaient tombés, et mes jambes étaient nues. Je me réveillai au bruit qu'il fit, et je remarquai qu'il s'acquittait de sa commission d'un air inquiet et embarrassé. Il s'en retourna aussitôt vers son maître et lui raconta confusément ce qu'il avait vu. Lorsque je fus levé, j'allai souhaiter le bonjour à *Son Honneur* (c'est le terme dont on se sert parmi les Houyhnhnms, comme nous nous servons de ceux d'altesse, de grandeur et de révérence). Il me dit d'abord ce que son laquais lui avait raconté le matin ; que je n'étais pas le même endormi qu'éveillé, et que, lorsque j'étais couché, j'avais une autre peau que debout.

J'avais jusque-là caché ce secret, comme j'ai dit, pour n'être point confondu avec la maudite et infâme race des *yahous* ; mais, hélas ! il fallut alors me découvrir malgré moi. D'ailleurs, mes habits et mes souliers commençaient à s'user ; et, comme il m'aurait fallu bientôt les remplacer par la peau d'un *yahou* ou de quelque autre animal, je prévoyais que mon secret ne serait pas encore longtemps caché. Je dis à mon maître que, dans le pays d'où je venais, ceux de mon espèce avaient coutume de se couvrir le corps du poil de certains animaux, préparé avec art, soit pour l'honnêteté et la bienséance, soit pour se défendre contre la rigueur des saisons ; que, pour ce qui me regardait, j'étais prêt à lui faire voir clairement ce que je venais de lui dire ; que je m'allais dépouiller, et ne lui cacherais seulement que ce que la nature nous défend de faire voir. Mon discours parut l'étonner ; il ne pouvait surtout concevoir que la nature nous obligeât à cacher ce qu'elle nous avait donné. « La nature, disait-il, nous a-t-elle fait des présents honteux, furtifs et criminels ? Pour nous, ajouta-t-il, nous ne rougissons point de ses dons, et ne sommes point honteux de les exposer à la lumière. Cependant, reprit-il, je ne veux point vous contraindre. »

Je me déshabillai donc honnêtement, pour satisfaire la curiosité de Son Honneur, qui donna de grands signes d'admiration en voyant la configuration de toutes les parties honnêtes de mon corps. Il leva tous mes vêtements les uns après les autres, les prenant entre son sabot et son pâturon, et les examina attentivement ; il me flatta, me caressa, et tourna plusieurs fois autour de moi ; après quoi, il me dit gravement qu'il était clair que j'étais un vrai *yahou*, et que je ne différais de tous ceux de mon espèce qu'en ce que j'avais la chair moins dure et plus blanche, avec une peau plus douce ; qu'en ce que je n'avais point de poil sur la plus grande partie de mon corps ; que j'avais les griffes plus courtes et un peu autrement configurées, et que j'affectais de ne marcher que sur mes pieds de derrière. Il n'en voulut pas voir davantage, et me laissa m'habiller, ce qui me fit plaisir, car je commençais à avoir froid.

Je témoignai à Son Honneur combien il me mortifiait de me donner sérieusement le nom d'un animal infâme et odieux. Je le conjurai de vouloir bien m'épargner une dénomination si ignominieuse et de recommander la même chose à sa famille, à ses domestiques et à tous ses amis ; mais ce fut en vain. Je le priai en même temps de vouloir bien ne faire part à personne du secret que je lui avais découvert touchant mon vêtement, au moins tant que je n'aurais pas besoin d'en changer, et que, pour ce qui regardait le laquais alezan, Son Honneur pouvait lui ordonner de ne point parler de ce qu'il avait vu.

Il me promit le secret, et la chose fut toujours tenue cachée, jusqu'à ce que mes habits fussent usés et qu'il me fallût chercher de quoi me vêtir, comme je le dirai dans la suite. Il m'exhorta en même temps à me perfectionner encore dans la langue, parce qu'il était beaucoup plus frappé de me voir parler et raisonner que de me voir blanc et sans poil, et qu'il avait une envie extrême d'apprendre de moi ces choses admirables que je lui avais promis de lui expliquer. Depuis ce temps-là, il prit encore plus de soin de m'instruire. Il me menait avec lui dans toutes les compagnies, et me faisait partout traiter honnêtement et avec beaucoup d'égards, afin de me mettre de bonne humeur (comme il me le dit en particulier), et de me rendre plus agréable et plus divertissant.

Tous les jours, lorsque j'étais avec lui, outre la peine qu'il prenait de m'enseigner la langue, il me faisait mille questions à mon sujet, auxquelles je répondais de mon mieux, ce qui lui avait donné déjà quelques idées générales et imparfaites de ce que je lui devais dire en détail dans la suite. Il serait inutile d'expliquer ici comment je parvins enfin à pouvoir lier avec lui une conversation longue et sérieuse ; je dirai seulement que le premier entretien suivi que j'eus fut tel qu'on va voir.

Je dis à Son Honneur que je venais d'un pays très éloigné, comme j'avais déjà essayé de lui faire entendre, accompagné d'environ cinquante de mes semblables ; que, dans un vaisseau, c'est-à-dire dans un bâtiment formé avec des planches, nous avions traversé les mers. Je lui décrivis la forme de ce vaisseau le mieux qu'il me fut possible, et, ayant déployé mon mouchoir, je lui fis comprendre comment le vent qui enflait les voiles nous faisait avancer. Je lui dis qu'à l'occasion d'une querelle qui s'était élevée parmi nous, j'avais été exposé sur le rivage de l'île où j'étais actuellement ; que j'avais été d'abord fort embarrassé, ne sachant où j'étais, jusqu'à ce que Son Honneur eût eu la bonté de me délivrer de la persécution des vilains *yahous*. Il me demanda alors qui avait formé ce vaisseau, et comment il se pouvait que les Houyhnhnms de mon pays en eussent donné la conduite à des animaux bruts ? Je répondis qu'il m'était impossible de répondre à sa question et de continuer mon discours, s'il ne me donnait sa parole et s'il ne me promettait sur son honneur et sur sa conscience de ne point s'offenser de tout ce que je lui dirais ; qu'à cette condition seule je poursuivrais mon discours et lui exposerais avec sincérité les choses merveilleuses que je lui avais promis de lui raconter.

Il m'assura positivement qu'il ne s'offenserait de rien. Alors, je lui dis que le vaisseau avait été construit par des créatures qui étaient semblables à moi, et qui, dans mon pays et dans toutes les parties du monde où j'avais voyagé, étaient les seuls animaux maîtres, dominants et raisonnables ; qu'à mon arrivée en ce pays, j'avais été extrêmement surpris de voir les Houyhnhnms agir comme des créatures douées de raison, de même que lui et tous ses amis étaient fort étonnés de trouver des signes de cette raison dans une créature qu'il leur avait plu d'appeler un *yahou*, et qui ressemblait, à la vérité, à ces vils animaux par sa figure extérieure, mais non par les qualités de son âme. J'ajoutai que, si jamais le Ciel permettait que je retournasse dans mon pays, et que j'y publiasse la relation de mes voyages, et particulièrement celle de mon séjour chez les Houyhnhnms, tout le monde croirait que *je dirais la chose qui n'est point*, et que ce serait une histoire fabuleuse et impertinente que j'aurais inventée ; enfin que, malgré tout le respect que j'avais pour lui, pour toute son honorable famille et pour tous ses amis, j'osais assurer qu'on ne croirait jamais dans mon pays qu'un Houyhnhnm fût un animal raisonnable, et qu'un *yahou* ne fût qu'une bête.

IV

Idées des Houyhnhnms sur la vérité et sur le mensonge. Les discours de l'auteur sont censurés par son maître.

Pendant que je prononçais ces dernières paroles, mon maître paraissait inquiet, embarrassé et comme hors de lui-même. *Douter et ne point croire ce* qu'on entend dire est, parmi les Houyhnhnms, une opération d'esprit à laquelle ils ne sont point accoutumés ; et, lorsqu'on les y force, leur esprit sort pour ainsi dire hors de son assiette naturelle. Je me souviens même que, m'entretenant quelquefois avec mon maître au sujet des propriétés de la nature humaine, telle qu'elle est dans les autres parties du monde, et ayant occasion de lui parler du mensonge et de la tromperie, il avait beaucoup de peine à concevoir ce que je lui voulais dire, car il raisonnait ainsi : l'usage de la parole nous a été donné pour nous communiquer les uns aux autres ce que nous pensons, et pour être instruits de ce que nous ignorons. Or, *si on dit la chose qui n'est pas, on n'agit point* selon l'intention de la nature ; on fait un usage abusif de la parole ; on parle et on ne parle point. Parler, n'est-ce pas faire entendre ce que l'on pense ? Or, quand vous faites ce que vous appelez *mentir*, vous me faites entendre ce que vous ne pensez point : au lieu de me dire ce qui est, vous me dites ce qui n'est point ; vous ne parlez donc pas, vous ne faites qu'ouvrir la bouche pour rendre de vains sons ; vous ne me tirez point de mon ignorance, vous l'augmentez. Telle est l'idée que les Houyhnhnms ont de la faculté de mentir, que nous autres humains possédons dans un degré si parfait et si éminent.

Pour revenir à l'entretien particulier dont il s'agit, lorsque j'eus assuré Son Honneur que les *yahous* étaient, dans mon pays, les animaux maîtres et dominants (ce qui l'étonna beaucoup), il me demanda si nous avions des Houyhnhnms, et quel était parmi nous leur état et leur emploi. Je lui répondis que nous en avions un très grand nombre ; que pendant l'été ils paissaient dans les prairies, et que pendant l'hiver ils restaient dans leurs maisons, où ils avaient des *yahous* pour les servir, pour peigner leurs crins, pour nettoyer et frotter leur peau, pour laver leurs pieds, pour leur donner à manger. « Je vous entends, reprit-il, c'est-à-dire que, quoique vos *yahous* se flattent d'avoir un peu de raison, les Houyhnhnms sont toujours les maîtres, comme ici. Plût au Ciel seulement que nos *yahous* fussent aussi dociles et aussi bons domestiques que ceux de votre pays ! Mais poursuivez, je vous prie. »

Je conjurai Son Honneur de vouloir me dispenser d'en dire davantage sur ce sujet, parce que je ne pouvais, selon les règles de la prudence, de la bienséance et de la politesse, lui expliquer le reste. « Je veux savoir tout, me répliqua-t-il ; continuez, et ne craignez point de me faire de la peine. – Eh bien ! lui dis-je, puisque vous le voulez absolument, je vais vous obéir. Les Houyhnhnms, que nous appelons *chevaux*, sont parmi nous des animaux très beaux et très nobles, également vigoureux et légers à la course. Lorsqu'ils demeurent chez les personnes de qualité, on leur fait passer le temps à voyager, à courir, à tirer des chars, et on a pour eux toutes sortes d'attention et d'amitié, tant qu'ils sont jeunes et qu'ils se portent bien ; mais dès qu'ils commencent à vieillir ou à avoir quelques maux de jambes, on s'en défait aussitôt et on les vend à des *yahous* qui les occupent à des travaux durs, pénibles, bas et honteux, jusqu'à ce qu'ils meurent. Alors, on les écorche, on vend leur peau, et on abandonne leurs cadavres aux oiseaux de proie, aux chiens et aux loups, qui les dévorent. Telle est, dans mon pays, la fin des plus beaux et des plus nobles Houyhnhnms. Mais ils ne sont pas tous aussi bien traités et aussi heureux dans leur jeunesse que ceux dont je viens de parler ; il y en a qui logent, dès leurs premières années, chez des laboureurs, chez des charretiers, chez des voituriers et autres gens semblables, chez qui ils sont obligés de travailler beaucoup, quoique fort mal nourris. » Je décrivis alors notre façon de voyager à cheval, et l'équipage d'un cavalier. Je peignis, le mieux qu'il me fut possible, la bride, la selle, les éperons, le fouet, sans oublier ensuite tous les harnais des chevaux qui traînent un carrosse, une charrette ou une charrue. J'ajoutai que l'on attachait au bout des pieds de tous nos Houyhnhnms une plaque d'une certaine substance très dure, appelée *fer*, pour conserver leur sabot et l'empêcher de se briser dans les chemins pierreux.

Mon maître parut indigné de cette manière brutale dont nous traitons les Houyhnhnms dans notre pays. Il me dit qu'il était très étonné que nous eussions la hardiesse et l'insolence de monter sur leur dos ; que si le plus vigoureux de ses *yahous* osait jamais prendre cette liberté à l'égard du plus petit Houyhnhnm de ses domestiques, il serait sur-le-champ renversé, foulé, écrasé, brisé. Je lui répondis que nos Houyhnhnms étaient ordinairement domptés et dressés à l'âge de trois ou quatre ans, et que, si quelqu'un d'eux était indocile, rebelle et rétif, on l'occupait à tirer des charrettes, à labourer la terre, et qu'on l'accablait de coups.

J'eus beaucoup de peine à faire entendre tout cela à mon maître, et il me fallut user de beaucoup de circonlocutions pour exprimer mes idées, parce que la langue des Houyhnhnms n'est pas riche, et que, comme ils ont peu de passions, ils ont aussi peu de termes, car ce sont les passions multipliées et subtilisées qui forment la richesse, la variété et la délicatesse d'une langue.

Il est impossible de représenter l'impression que mon discours fit sur l'esprit de mon maître, et le noble courroux dont il fut saisi lorsque je lui eus exposé la manière dont nous traitons les Houyhnhnms. Il convint que, s'il y avait un pays où les *yahous* fussent les seuls animaux raisonnables, il était juste qu'ils y fussent les maîtres, et que tous les autres animaux se soumissent à leurs lois, vu que la raison doit l'emporter sur la force. Mais, considérant la figure de mon corps, il ajouta qu'une créature telle que moi était trop mal faite pour pouvoir être raisonnable, ou au moins pour se servir de sa raison dans la plupart des choses de la vie. Il me demanda en même temps si tous les *yahous* de mon pays me ressemblaient. Je lui dis que nous avions à peu près tous la même figure, et que je passais pour assez bien fait ; que les jeunes mâles et les femelles avaient la peau plus fine et plus délicate, et que celle des femelles était ordinairement, dans mon pays, blanche comme du lait. Il me répliqua qu'il y avait, à la vérité, quelque différence entre les *yahous* de sa basse-cour et moi ; que j'étais plus propre qu'eux et n'étais pas tout à fait si laid ; mais que, par rapport aux avantages solides, il croyait qu'ils l'emporteraient sur moi ; que mes pieds de devant et de derrière étaient nus, et que le peu de poil que j'y avais était inutile, puisqu'il ne suffisait pas pour me préserver du froid ; qu'à l'égard de mes pieds de devant, ce n'était pas proprement des pieds, puisque je ne m'en servais point pour marcher ; qu'ils étaient faibles et délicats, que je les tenais ordinairement nus, et que la chose dont je les couvrais de temps en temps n'était ni si forte ni si dure que la chose dont je couvrais mes pieds de derrière ; que je ne marchais point sûrement, vu que, si un de mes pieds de derrière venait à chopper ou à glisser, il fallait nécessairement que je tombasse. Il se mit alors à critiquer toute la configuration de mon corps, la *platitude* de mon visage, la *proéminence* de mon nez, la situation de mes yeux, attachés immédiatement au front, en sorte que je ne pouvais regarder ni à ma droite ni à ma gauche sans tourner ma tête. Il dit que je ne pouvais manger sans le secours de mes pieds de devant, que je portais à ma bouche, et que c'était apparemment pour cela que la nature y avait mis tant de jointures, afin de suppléer à ce défaut ; qu'il ne voyait pas de quel usage me pouvaient être tous ces petits membres séparés qui étaient au bout de mes pieds de derrière ; qu'ils étaient assurément trop faibles et trop tendres pour n'être pas coupés et brisés par les pierres et par les broussailles, et que j'avais besoin, pour y remédier, de les couvrir de la peau de quelque autre bête ; que mon corps nu et sans poil était exposé au froid, et que, pour l'en garantir, j'étais contraint de le couvrir de poils étrangers, c'est-à-dire de m'habiller et de me déshabiller chaque jour, ce qui était, selon lui, la chose du monde la plus ennuyeuse et la plus fatigante ; qu'enfin il avait remarqué que tous les animaux de son pays avaient une horreur naturelle des *yahous* et les fuyaient, en sorte que, supposant que nous avions, dans mon pays, reçu de la nature le présent de la raison, il ne voyait pas comment, même avec elle, nous pouvions guérir cette antipathie naturelle que tous les animaux ont pour ceux de notre espèce, et, par conséquent, comment nous pouvions en tirer aucun service. « Enfin, ajouta-t-il, je ne veux pas aller plus loin sur cette matière ; je vous tiens quitte de toutes les réponses que vous pourriez me faire, et vous prie seulement de vouloir bien me raconter l'histoire de votre vie, et de me décrire le pays où vous êtes né. »

Je répondis que j'étais disposé à lui donner satisfaction sur tous les points qui intéressaient sa curiosité ; mais que je doutais fort qu'il me fût possible de m'expliquer assez clairement sur des matières dont Son Honneur ne pouvait avoir aucune idée, vu que je n'avais rien remarqué de semblable dans son pays ; que néanmoins je ferais mon possible, et que je tâcherais de m'exprimer par des similitudes et des métaphores, le priant de m'excuser si je ne me servais pas des termes propres.

Je lui dis donc que j'étais né d'honnêtes parents, dans une île qu'on appelait l'Angleterre, qui était si éloignée que le plus vigoureux des Houyhnhnms pourrait à peine faire ce voyage pendant la course annuelle du soleil ; que j'avais d'abord exercé la chirurgie, qui est l'art de guérir les blessures ; que mon pays était gouverné par une femelle que nous appelions la reine ; que je l'avais quitté pour tâcher de m'enrichir et de mettre à mon retour ma famille un peu à son aise ; que, dans le dernier de mes voyages, j'avais été capitaine de vaisseau, ayant environ cinquante *yahous* sous moi, dont la plupart étaient morts en chemin, de sorte que j'avais été obligé de les remplacer par d'autres tirés de diverses nations ; que notre vaisseau avait été deux fois en danger de faire naufrage, la première fois par une violente tempête, et la seconde pour avoir heurté contre un rocher.

Ici mon maître m'interrompit pour me demander comment j'avais pu engager des étrangers de différentes contrées à se hasarder de venir avec moi après les périls que j'avais courus et les pertes que j'avais faites. Je lui répondis que tous étaient des malheureux qui n'avaient ni feu ni lieu, et qui avaient été obligés de quitter leur pays, soit à cause du mauvais état de leurs affaires, soit pour les crimes qu'ils avaient commis ; que quelques-uns avaient été ruinés par les procès, d'autres par la débauche, d'autres par le jeu ; que la plupart étaient des traîtres, des assassins, des voleurs, des empoisonneurs, des brigands, des parjures, des faussaires, des faux monnayeurs, des soldats déserteurs, et presque tous des échappés de prison ; qu'enfin nul d'eux n'osait retourner dans son pays de peur d'y être pendu ou d'y pourrir dans un cachot.

Pendant ce discours, mon maître fut obligé de m'interrompre plusieurs fois. J'usai de beaucoup de circonlocutions pour lui donner l'idée de tous ces crimes qui avaient obligé la plupart de ceux de ma suite à quitter leur pays. Il ne pouvait concevoir à quelle intention ces gens-là avaient commis ces forfaits, et ce qui les y avait pu porter. Pour lui éclaircir un peu cet article, je tâchai de lui donner une idée du désir insatiable que nous avions tous de nous agrandir et de nous enrichir, et des funestes effets du luxe, de l'intempérance, de la malice et de l'envie ; mais je ne pus lui faire entendre tout cela que par des exemples et des hypothèses, car il ne pouvait comprendre que tous ces vices existassent réellement ; aussi me parut-il comme une personne dont l'imagination est frappée du récit d'une chose qu'elle n'a jamais vue, et dont elle n'a jamais entendu parler, qui baisse les yeux et ne peut exprimer par ses paroles sa surprise et son indignation.

Ces idées, *pouvoir*, *gouvernement*, *guerre*, *loi*, *punition* et plusieurs autres idées pareilles, ne peuvent se représenter dans la langue des Houyhnhnms que par de longues périphrases. J'eus donc beaucoup de peine lorsqu'il me fallut faire à mon maître une relation de l'Europe, et particulièrement de l'Angleterre, ma patrie.

V

L'auteur expose à son maître ce qui ordinairement allume la guerre entre les princes de l'Europe ; il lui explique ensuite comment les particuliers se font la guerre les uns aux autres. Portraits des procureurs et des juges d'Angleterre.

Le lecteur observera, s'il lui plaît, que ce qu'il va lire est l'extrait de plusieurs conversations que j'ai eues en différentes fois, pendant deux années, avec le Houyhnhnm mon maître. Son Honneur me faisait des questions et exigeait de moi des récits détaillés à mesure que j'avançais dans la connaissance et dans l'usage de la langue. Je lui exposai le mieux qu'il me fut possible l'état de toute l'Europe ; je discourus sur les arts, sur les manufactures, sur le commerce, sur les sciences, et les réponses que je fis à toutes ses demandes furent le sujet d'une conversation inépuisable ; mais je ne rapporterai ici que la substance des entretiens que nous eûmes au sujet de ma patrie ; et, y donnant le plus d'ordre qu'il me sera possible, je m'attacherai moins aux temps et aux circonstances qu'à l'exacte vérité. Tout ce qui m'inquiète est la peine que j'aurai à rendre avec grâce et avec énergie les beaux discours de mon maître et ses raisonnements solides ; mais je prie le lecteur d'excuser ma faiblesse et mon incapacité, et de s'en prendre aussi un peu à la langue défectueuse dans laquelle je suis à présent obligé de m'exprimer.

Pour obéir donc aux ordres de mon maître, un jour je lui racontai la dernière révolution arrivée en Angleterre par l'invasion du prince d'Orange, et la guerre que ce prince ambitieux fit ensuite au roi de France, le monarque le plus puissant de l'Europe, dont la gloire était répandue dans tout l'univers et qui possédait toutes les vertus royales. J'ajoutai que la reine Anne, qui avait succédé au prince d'Orange, avait continué cette guerre, où toutes les puissances de la chrétienté étaient engagées. Je lui dis que cette guerre funeste avait pu faire périr jusqu'ici environ un million de *yahous* ; qu'il y avait eu plus de cent villes assiégées et prises, et plus de trois cents vaisseaux brûlés ou coulés à fond.

Il me demanda alors quels étaient les causes et les motifs les plus ordinaires de nos querelles et de ce que j'appelais la *guerre*. Je répondis que ces causes étaient innombrables et que je lui en dirais seulement les principales. « Souvent, lui dis-je, c'est l'ambition de certains princes qui ne croient jamais posséder assez de terre ni gouverner assez de peuples. Quelquefois, c'est la politique des ministres, qui veulent donner de l'occupation aux sujets mécontents. Ç'a été quelquefois le partage des esprits dans le choix des opinions. L'un croit que siffler est une bonne action, l'autre que c'est un crime ; l'un dit qu'il faut porter des habits blancs, l'autre qu'il faut s'habiller de noir, de rouge, de gris ; l'un dit qu'il faut porter un petit chapeau retroussé, l'autre dit qu'il en faut porter un grand dont les bords tombent sur les oreilles, etc. » J'imaginai exprès ces exemples chimériques, ne voulant pas lui expliquer les causes véritables de nos dissensions par rapport à l'opinion, vu que j'aurais eu trop de peine et de honte à les lui faire entendre. J'ajoutai que nos guerres n'étaient jamais plus longues et plus sanglantes que lorsqu'elles étaient causées par ces opinions diverses, que des cerveaux échauffés savaient faire valoir de part et d'autre, et pour lesquelles ils excitaient à prendre les armes.

Je continuai ainsi : « Deux princes ont été en guerre parce que tous deux voulaient dépouiller un troisième de ses États, sans y avoir aucun droit ni l'un ni l'autre. Quelquefois un souverain en a attaqué un autre de peur d'en être attaqué. On déclare la guerre à son voisin, tantôt parce qu'il est trop fort, tantôt parce qu'il est trop faible. Souvent ce voisin a des choses qui nous manquent, et nous avons des choses aussi qu'il n'a pas ; alors on se bat pour avoir tout ou rien. Un autre motif de porter la guerre dans un pays est lorsqu'on le voit désolé par la famine, ravagé par la peste, déchiré par les factions. Une ville est à la bienséance d'un prince, et la possession d'une petite province arrondit son État : sujet de guerre. Un peuple est ignorant, simple, grossier et faible ; on l'attaque, on en massacre la moitié, on réduit l'autre à l'esclavage, et cela pour le civiliser. Une guerre fort glorieuse est lorsqu'un souverain généreux vient au secours d'un autre qui l'a appelé, et qu'après avoir chassé l'usurpateur, il s'empare lui-même des États qu'il a secourus, tue, met dans les fers ou bannit le prince qui avait imploré son assistance. La proximité du sang, les alliances, les mariages, sont autant de sujets de guerre parmi les princes ; plus ils sont proches parents, plus ils sont près d'être ennemis. Les nations pauvres sont affamées, les nations riches sont ambitieuses ; or, l'indigence et l'ambition aiment également les changements et les révolutions. Pour toutes ces raisons, vous voyez bien que, parmi nous, le métier d'un homme de guerre est le plus beau de tous les métiers ; car, qu'est-ce qu'un homme de guerre ? C'est un *yahou* payé pour tuer de sang-froid ses semblables qui ne lui ont fait aucun mal.

– Vraiment, ce que vous venez de me dire des causes ordinaires de vos guerres, me répliqua Son Honneur, me donne une haute idée de votre raison ! Quoi qu'il en soit, il est heureux pour vous qu'étant si méchants, vous soyez hors d'état de vous faire beaucoup de mal ; car, quelque chose que vous m'ayez dite des effets terribles de vos guerres cruelles où il périt tant de monde, je crois, en vérité, que *vous m'avez dit la chose qui n'est point*. La nature vous a donné une bouche plate sur un visage plat : ainsi, je ne vois pas comment vous pouvez vous mordre, que de gré à gré. À l'égard des griffes que vous avez aux pieds de devant et de derrière, elles sont si faibles et si courtes qu'en vérité un seul de nos *yahous* en déchirerait une douzaine comme vous. »

Je ne pus m'empêcher de secouer la tête et de sourire de l'ignorance de mon maître. Comme je savais un peu l'art de la guerre, je lui fis une ample description de nos canons, de nos couleuvrines, de nos mousquets, de nos carabines, de nos pistolets, de nos boulets, de notre poudre, de nos sabres, de nos baïonnettes ; je lui peignis les sièges de places, les tranchées, les attaques, les sorties, les mines et les contre-mines, les assauts, les garnisons passées au fil de l'épée ; je lui expliquai nos batailles navales ; je lui représentai de nos gros vaisseaux coulant à fond avec tout leur équipage, d'autres criblés de coups de canon, fracassés et brûlés au milieu des eaux ; la fumée, le feu, les ténèbres, les éclairs, le bruit ; les gémissements des blessés, les cris des combattants, les membres sautant en l'air, la mer ensanglantée et couverte de cadavres ; je lui peignis ensuite nos combats sur terre, où il y avait encore beaucoup plus de sang versé, et où quarante mille combattants périssaient en un jour, de part et d'autre ; et, pour faire valoir un peu le courage et la bravoure de mes chers compatriotes, je dis que je les avais une fois vus dans un siège faire heureusement sauter en l'air une centaine d'ennemis, et que j'en avais vu sauter encore davantage dans un combat sur mer, en sorte que les membres épars de tous ces *yahous* semblaient tomber des nues, ce qui avait formé un spectacle fort agréable à nos yeux.

J'allais continuer et faire encore quelque belle description, lorsque Son Honneur m'ordonna de me taire. « Le naturel du *yahou*, me dit-il, est si mauvais que je n'ai point de peine à croire que tout ce que vous venez de raconter ne soit possible, dès que vous lui supposez une force et une adresse égales à sa méchanceté et à sa malice. Cependant, quelque mauvaise idée que j'eusse de cet animal, elle n'approchait point de celle que vous venez de m'en donner. Votre discours me trouble l'esprit, et me met dans une situation où je n'ai jamais été ; je crains que mes sens, effrayés des horribles images que vous leur avez tracées, ne viennent peu à peu à s'y accoutumer. Je hais les *yahous* de ce pays ; mais, après tout, je leur pardonne toutes leurs qualités odieuses, puisque la nature les a faits tels, et qu'ils n'ont point la raison pour se gouverner et se corriger ; mais qu'une créature qui se flatte d'avoir cette raison en partage soit capable de commettre des actions si détestables et de se livrer à des excès si horribles, c'est ce que je ne puis comprendre, et ce qui me fait conclure en même temps que l'état des brutes est encore préférable à une raison corrompue et dépravée ; mais, de bonne foi, votre raison est-elle une vraie raison ? N'est-ce point plutôt un talent que la nature vous a donné pour perfectionner tous vos vices ? Mais, ajouta-t-il, vous ne m'en avez que trop dit au sujet de ce que vous appelez la *guerre*. Il y a un autre article qui intéresse ma curiosité. Vous m'avez dit, ce me semble, qu'il y avait dans cette troupe de *yahous* qui vous accompagnait sur votre vaisseau des misérables que les procès avaient ruinés et dépouillés de tout, et que c'était la loi qui les avait mis en ce triste état. Comment se peut-il que la loi produise de pareils effets ? D'ailleurs, qu'est-ce que cette loi ? Votre nature et votre raison ne vous suffisent-elles pas, et ne vous prescrivent-elles pas assez clairement ce que vous devez faire et ce que vous ne devez point faire ? »

Je répondis à Son Honneur que je n'étais pas absolument versé dans la science de la loi ; que le peu de connaissance que j'avais de la jurisprudence, je l'avais puisée dans le commerce de quelques avocats que j'avais autrefois consultés sur mes affaires ; que cependant j'allais lui débiter sur cet article ce que je savais. Je lui parlai donc ainsi :

« Le nombre de ceux qui s'adonnent à la jurisprudence parmi nous et qui font profession d'interpréter la loi est infini et surpasse celui des chenilles. Ils ont entre eux toutes sortes d'étages, de distinctions et de noms. Comme leur multitude énorme rend leur métier peu lucratif, pour faire en sorte qu'il donne au moins de quoi vivre, ils ont recours à l'industrie et au manège. Ils ont appris, dès leurs premières années, l'art merveilleux de prouver, par un discours entortillé, que le noir est blanc et que le blanc est noir. – Ce sont donc eux qui ruinent et dépouillent les autres par leur habileté ? reprit Son Honneur. – Oui, sans doute, lui répliquai-je, et je vais vous en donner un exemple, afin que vous puissiez mieux concevoir ce que je vous ai dit.

« Je suppose que mon voisin a envie d'avoir ma vache ; aussitôt il va trouver un procureur, c'est-à-dire un docte interprète de la pratique de la loi, et lui promet une récompense s'il peut faire voir que ma vache n'est point à moi. Je suis obligé de m'adresser aussi à un *yahou* de la même profession pour défendre mon droit, car il ne m'est pas permis par la loi de me défendre moi-même. Or, moi, qui assurément ai de mon côté la justice et le bon droit, je ne laisse pas de me trouver alors dans deux embarras considérables : le premier est que le *yahou* auquel j'ai eu recours pour plaider ma cause est, par état et selon l'esprit de sa profession, accoutumé dès sa jeunesse à soutenir le faux, en sorte qu'il se trouve comme hors de son élément lorsque je lui donne la vérité pure et nue à défendre ; il ne sait alors comment s'y prendre ; le second embarras est que ce même procureur, malgré la simplicité de l'affaire dont je l'ai chargé, est pourtant obligé de l'embrouiller, pour se conformer à l'usage de ses confrères, et pour la traîner en longueur autant qu'il est possible ; sans quoi ils l'accuseraient de gâter le métier et de donner mauvais exemple. Cela étant, pour me tirer d'affaire il ne me reste que deux moyens : le premier est d'aller trouver le procureur de ma partie et de tâcher de le corrompre en lui donnant le double de ce qu'il espère recevoir de son client, et vous jugez bien qu'il ne m'est pas difficile de lui faire goûter une proposition aussi avantageuse ; le second moyen, qui peut-être vous surprendra, mais qui n'est pas moins infaillible, est de recommander à ce *yahou* qui me sert d'avocat de plaider ma cause un peu confusément, et de faire entrevoir aux juges qu'effectivement ma vache pourrait bien n'être pas à moi, mais à mon voisin. Alors les juges, peu accoutumés aux choses claires et simples, feront plus d'attention aux subtils arguments de mon avocat, trouveront du goût à l'écouter et à balancer le pour et le contre, et, en ce cas, seront bien plus disposés à juger en ma faveur que si on se contentait de leur prouver mon droit en quatre mots. C'est une maxime parmi les juges que tout ce qui a été jugé ci-devant a été bien jugé. Aussi ont-ils grand soin de conserver dans un greffe tous les arrêts antérieurs, même ceux que l'ignorance a dictés, et qui sont le plus manifestement opposés à l'équité et à la droite raison. Ces arrêts antérieurs forment ce qu'on appelle la jurisprudence ; on les produit comme des autorités, et il n'y a rien qu'on ne prouve et qu'on ne justifie en les citant. On commence néanmoins depuis peu à revenir de l'abus où l'on était de donner tant de force à l'autorité des choses jugées ; on cite des jugements pour et contre, on s'attache à faire voir que les espèces ne peuvent jamais être entièrement semblables, et j'ai ouï dire à un juge très habile que *les arrêts sont pour ceux qui les obtiennent*. Au reste, l'attention des juges se tourne toujours plutôt vers les circonstances que vers le fond d'une affaire. Par exemple, dans le cas de ma vache, ils voudront savoir si elle est rouge ou noire, si elle a de longues cornes, dans quel champ elle a coutume de paître, combien elle rend de lait par jour, et ainsi du reste ; après quoi, ils se mettent à consulter les anciens arrêts. La cause est mise de temps en temps sur le bureau ; heureux si elle est jugée au bout de dix ans ! Il faut observer encore que les gens de loi ont une langue à part, un jargon qui leur est propre, une façon de s'exprimer que les autres n'entendent point ; c'est dans cette belle langue inconnue que les lois sont écrites, lois multipliées à l'infini et accompagnées d'exceptions innombrables. Vous voyez que, dans ce labyrinthe, le bon droit s'égare aisément, que le meilleur procès est très difficile à gagner, et que, si un étranger, né à trois cents lieues de mon pays, s'avisait de venir me disputer un héritage qui est dans ma famille depuis trois cents ans, il faudrait peut-être trente ans pour terminer ce différend et vider entièrement cette difficile affaire.

– C'est dommage, interrompit mon maître, que des gens qui ont tant de génie et de talents ne tournent pas leur esprit d'un autre côté et n'en fassent pas un meilleur usage. Ne vaudrait-il pas mieux, ajouta-t-il, qu'ils s'occupassent à donner aux autres des leçons de sagesse et de vertu, et qu'ils fissent part au public de leurs lumières ? Car ces habiles gens possèdent sans doute toutes les sciences.

– Point du tout, répliquai-je ; ils ne savent que leur métier, et rien autre chose ; ce sont les plus grands ignorants du monde sur toute autre matière : ils sont ennemis de la belle littérature et de toutes les sciences, et, dans le commerce ordinaire de la vie, ils paraissent stupides, pesants, ennuyeux, impolis. Je parle en général, car il s'en trouve quelques-uns qui sont spirituels, agréables et galants. »

VI

Du luxe, de l'intempérance, et des maladies qui règnent en Europe. Caractère de la noblesse.

Mon maître ne pouvait comprendre comment toute cette race de patriciens était si malfaisante et si redoutable.

« Quel motif, disait-il, les porte à faire un tort si considérable à ceux qui ont besoin de leur secours ? et que voulez-vous dire par cette *récompense* que l'on promet à un procureur quand on le charge d'une affaire ? »

Je lui répondis que c'était de l'argent. J'eus un peu de peine à lui faire entendre ce que ce mot signifiait ; je lui expliquai nos différentes espèces de monnaies et les métaux dont elles étaient composées ; je lui en fis connaître l'utilité, et lui dis que lorsqu'on en avait beaucoup on était heureux ; qu'alors on se procurait de beaux habits, de belles maisons, de belles terres, qu'on faisait bonne chère, et qu'on avait à son choix tout ce qu'on pouvait désirer ; que, pour cette raison, nous ne croyions jamais avoir assez d'argent, et que, plus nous en avions, plus nous en voulions avoir ; que le riche oisif jouissait du travail du pauvre, qui, pour trouver de quoi se nourrir, suait du matin jusqu'au soir et n'avait pas un moment de relâche.

« Eh quoi ! interrompit Son Honneur, toute la terre n'appartient-elle pas à tous les animaux, et n'ont-ils pas un droit égal aux fruits qu'elle produit pour leur nourriture ? Pourquoi y a-t-il des *yahous* privilégiés qui recueillent ces fruits à l'exclusion de leurs semblables ? Et si quelques-uns y prétendent un droit plus particulier, ne doit-ce pas être principalement ceux qui, par leur travail, ont contribué à rendre la terre fertile ?

– Point du tout, lui répondis-je ; ceux qui font vivre tous les autres par la culture de la terre sont justement ceux qui meurent de faim.

– Mais, me dit-il, qu'avez-vous entendu par ce mot de *bonne chère*, lorsque vous m'avez dit qu'avec de l'argent on faisait bonne chère dans votre pays ? »

Je me mis alors à lui indiquer les mets les plus exquis dont la table des riches est ordinairement couverte, et les manières différentes dont on apprête les viandes. Je lui dis sur cela tout ce qui me vint à l'esprit, et lui appris que, pour bien assaisonner ces viandes, et surtout pour avoir de bonnes liqueurs à boire, nous équipions des vaisseaux et entreprenions de longs et dangereux voyages sur la mer ; en sorte qu'avant que de pouvoir donner une honnête collation à quelques personnes de qualité, il fallait avoir envoyé plusieurs vaisseaux dans les quatre parties du monde.

« Votre pays, repartit-il, est donc bien misérable, puisqu'il ne fournit pas de quoi nourrir ses habitants ! Vous n'y trouvez pas même de l'eau, et vous êtes obligés de traverser les mers pour chercher de quoi boire ! »

Je lui répliquai que l'Angleterre, ma patrie, produisait trois fois plus de nourriture que ses habitants n'en pouvaient consommer, et qu'à l'égard de la boisson, nous composions une excellente liqueur avec le suc de certains fruits ou avec l'extrait de quelques grains ; qu'en un mot, rien ne manquait à nos besoins naturels ; mais que, pour nourrir notre luxe et notre intempérance, nous envoyions dans les pays étrangers ce qui croissait chez nous, et que nous en rapportions en échange de quoi devenir malades et vicieux ; que cet amour du luxe, de la bonne chère et du plaisir était le principe de tous les mouvements de nos *yahous* ; que, pour y atteindre, il fallait s'enrichir ; que c'était ce qui produisait les filous, les voleurs, les pipeurs, les parjures, les flatteurs, les suborneurs, les faussaires, les faux témoins, les menteurs, les joueurs, les imposteurs, les fanfarons, les mauvais auteurs, les empoisonneurs, les précieux ridicules, les esprits forts. Il me fallut définir tous ces termes.

J'ajoutai que la peine que nous prenions d'aller chercher du vin dans les pays étrangers n'était pas faute d'eau ou d'autre liqueur bonne à boire, mais parce que le vin était une boisson qui nous rendait gais, qui nous faisait en quelque manière sortir hors de nous-mêmes, qui chassait de notre esprit toutes les idées sérieuses ; qui remplissait notre tête de mille imaginations folles ; qui rappelait le courage, bannissait la crainte, et nous affranchissait pour un temps de la tyrannie de la raison. « C'est, continuai-je, en fournissant aux riches toutes les choses dont ils ont besoin que notre petit peuple s'entretient. Par exemple, lorsque je suis chez moi et que je suis habillé comme je dois l'être, je porte sur mon corps l'ouvrage de cent ouvriers. Un millier de mains ont contribué à bâtir et à meubler ma maison, et il en a fallu encore cinq ou six fois plus pour habiller ma femme. »

J'étais sur le point de lui peindre certains *yahous* qui passent leur vie auprès de ceux qui sont menacés de la perdre, c'est-à-dire nos médecins. J'avais dit à Son Honneur que la plupart de mes compagnons de voyage étaient morts de maladie ; mais il n'avait qu'une idée fort imparfaite de ce que je lui avais dit.

Il s'imaginait que nous mourions comme tous les autres animaux, et que nous n'avions d'autre maladie que de la faiblesse et de la pesanteur un moment avant que de mourir, à moins que nous n'eussions été blessés par quelque accident. Je fus donc obligé de lui expliquer la nature et la cause de nos diverses maladies. Je lui dis que nous mangions sans avoir faim, que nous buvions sans avoir soif ; que nous passions les nuits à avaler des liqueurs brûlantes sans manger un seul morceau, ce qui enflammait nos entrailles, ruinait notre estomac et répandait dans tous nos membres une faiblesse et une langueur mortelles ; enfin, que je ne finirais point si je voulais lui exposer toutes les maladies auxquelles nous étions sujets ; qu'il y en avait au moins cinq ou six cents par rapport à chaque membre, et que chaque partie, soit interne, soit externe, en avait une infinité qui lui était propre.

« Pour guérir tous ces maux, ajoutai-je, nous avons des *yahous* qui se consacrent uniquement à l'étude du corps humain, et qui prétendent, par des remèdes efficaces, extirper nos maladies, lutter contre la nature même et prolonger nos vies. » Comme j'étais du métier, j'expliquai avec plaisir à Son Honneur la méthode de nos médecins et tous nos mystères de médecine. « Il faut supposer d'abord, lui dis-je, que toutes nos maladies viennent de réplétion, d'où nos médecins concluent sensément que l'évacuation est nécessaire, soit par en haut soit par en bas. Pour cela, ils font un choix d'herbes, de minéraux, de gommes, d'huiles, d'écailles, de sels, d'excréments, d'écorces d'arbres, de serpents, de crapauds, de grenouilles, d'araignées, de poissons, et de tout cela ils nous composent une liqueur d'une odeur et d'un goût abominables, qui soulève le cœur, qui fait horreur, qui révolte tous les sens. C'est cette liqueur que nos médecins nous ordonnent de boire. Tantôt ils tirent de leur magasin d'autres drogues, qu'ils nous font prendre : c'est alors ou une médecine qui purge les entrailles et cause d'effroyables tranchées, ou bien un remède qui lave et relâche les intestins. Nous avons d'autres maladies qui n'ont rien de réel que leur idée. Ceux qui sont attaqués de cette sorte de mal s'appellent malades imaginaires. Il y a aussi pour les guérir des remèdes imaginaires ; mais souvent nos médecins donnent ces remèdes pour les maladies réelles. En général, les fortes maladies d'imagination attaquent nos femelles ; mais nous connaissons certains spécifiques naturels pour les guérir sans douleur. »

Un jour, mon maître me fit un compliment que je ne méritais pas. Comme je lui parlais des gens de qualité d'Angleterre, il me dit qu'il croyait que j'étais gentilhomme, parce que j'étais beaucoup plus propre et bien mieux fait que tous les *yahous* de son pays, quoique je leur fusse fort inférieur pour la force et pour l'agilité ; que cela venait sans doute de ma différente manière de vivre et de ce que je n'avais pas seulement la faculté de parler, mais que j'avais encore quelques commencements de raison qui pourraient se perfectionner dans la suite par le commerce que j'aurais avec lui.

Il me fit observer en même temps que, parmi les Houyhnhnms, on remarquait que les blancs et les alezans bruns n'étaient pas si bien faits que les bais châtains, les gris-pommelés et les noirs ; que ceux-là ne naissaient pas avec les mêmes talents et les mêmes dispositions que ceux-ci ; que pour cela ils restaient toute leur vie dans l'état de servitude qui leur convenait, et qu'aucun d'eux ne songeait à sortir de ce rang pour s'élever à celui de maître, ce qui paraîtrait dans le pays une chose énorme et monstrueuse. « Il faut, disait-il, rester dans l'état où la nature nous a fait éclore ; c'est l'offenser, c'est se révolter contre elle que de vouloir sortir du rang dans lequel elle nous a donné d'être. Pour vous, ajouta-t-il, vous êtes sans doute né ce que vous êtes ; car vous tenez du Ciel votre esprit et votre noblesse, c'est-à-dire votre bon esprit et votre bon naturel. »

Je rendis à Son Honneur de très humbles Actions de grâces de la bonne opinion qu'il avait de moi, mais je l'assurai en même temps que ma naissance était très basse, étant né seulement d'honnêtes parents, qui m'avaient donné une assez bonne éducation. Je lui dis que la noblesse parmi nous n'avait rien de commun avec l'idée qu'il en avait conçue ; que nos jeunes gentilshommes étaient nourris dès leur enfance dans l'oisiveté et dans le luxe ; que, lorsqu'ils avaient consumé en plaisirs tout leur bien et qu'ils se voyaient entièrement ruinés, ils se mariaient, à qui ? À une femelle de basse naissance, laide, mal faite, malsaine, mais riche ; qu'alors il naissait d'eux des enfants mal constitués, noués, scrofuleux, difformes, ce qui continuait quelquefois jusqu'à la troisième génération.

VII

Parallèle des yahous et des hommes.

Le lecteur sera peut-être scandalisé des portraits fidèles que je fis alors de l'espèce humaine et de la sincérité avec laquelle j'en parlai devant un animal superbe, qui avait déjà une si mauvaise opinion de tous les *yahous* ; mais j'avoue ingénument que le caractère des Houyhnhnms et les excellentes qualités de ces vertueux quadrupèdes avaient fait une telle impression sur mon esprit, que je ne pouvais les comparer à nous autres humains sans mépriser tous mes semblables. Ce mépris me les fit regarder comme presque indignes de tout ménagement. D'ailleurs, mon maître avait l'esprit très pénétrant, et remarquait tous les jours dans ma personne des défauts énormes dont je ne m'étais jamais aperçu, et que je regardais tout au plus comme de fort légères imperfections. Ses censures judicieuses m'inspirèrent un esprit critique et misanthrope, et l'amour qu'il avait pour la vérité me fit détester le mensonge et fuir le déguisement dans mes récits.

Mais j'avouerai encore ingénument un autre principe de ma sincérité. Lorsque j'eus passé une année parmi les Houyhnhnms, je conçus pour eux tant d'amitié, de respect, d'estime et de vénération que je résolus alors de ne jamais songer à retourner dans mon pays, mais de finir mes jours dans cette heureuse contrée, où le Ciel m'avait conduit pour m'apprendre à cultiver la vertu. Heureux si ma résolution eût été efficace ! Mais la fortune, qui m'a toujours persécuté, n'a pas permis que je pusse jouir de ce bonheur. Quoi qu'il en soit, à présent que je suis en Angleterre, je me sais bon gré de n'avoir pas tout dit et d'avoir caché aux Houyhnhnms les trois quarts de nos extravagances et de nos vices ; je palliais même de temps en temps, autant qu'il m'était possible, les défauts de mes compatriotes. Lors même que je les révélais, j'usais de restrictions mentales, et tâchais de dire le faux sans mentir. N'étais-je pas en cela tout à fait excusable ? Qui est-ce qui n'est pas un peu partial quand il s'agit de sa chère patrie ? J'ai rapporté jusqu'ici la substance de mes entretiens avec mon maître durant le temps que j'eus l'honneur d'être à son service ; mais, pour éviter d'être long, j'ai passé sous silence plusieurs autres articles.

Un jour, il m'envoya chercher de grand matin, et m'ordonnant de m'asseoir à quelque distance de lui (honneur qu'il ne m'avait point encore fait), il me parla ainsi :

« J'ai repassé dans mon esprit tout ce que vous m'avez dit, soit à votre sujet, soit au sujet de votre pays. Je vois clairement que vous et vos compatriotes avez une étincelle de raison, sans que je puisse deviner comment ce petit lot vous est échu ; mais je vois aussi que l'usage que vous en faites n'est que pour augmenter tous vos défauts naturels et pour en acquérir d'autres que la nature ne vous avait point donnés. Il est certain que vous ressemblez aux *yahous* de ce pays-ci pour la figure extérieure, et qu'il ne vous manque, pour être parfaitement tel qu'eux, que de la force, de l'agilité et des griffes plus longues. Mais du côté des mœurs, la ressemblance est entière. Ils se haïssent mortellement les uns les autres, et la raison que nous avons coutume d'en donner est qu'ils voient mutuellement leur laideur et leur figure odieuse, sans qu'aucun d'eux considère la sienne propre. Comme vous avez un petit grain de raison, et que vous avez compris que la vue réciproque de la figure impertinente de vos corps était pareillement une chose insupportable et qui vous rendrait odieux les uns aux autres, vous vous êtes avisés de les couvrir, par prudence et par amour-propre ; mais malgré cette précaution, vous ne vous haïssez pas moins, parce que d'autres sujets de division, qui règnent parmi nos *yahous*, règnent aussi parmi vous. Si, par exemple, nous jetons à cinq *yahous* autant de viande qu'il en suffirait pour en rassasier cinquante, ces cinq animaux, gourmands et voraces, au lieu de manger en paix ce qu'on leur donne en abondance, se jettent les uns sur les autres, se mordent, se déchirent, et chacun d'eux veut manger tout, en sorte que nous sommes obligés de les faire tous repaître à part, et même de lier ceux qui sont rassasiés, de peur qu'ils n'aillent se jeter sur ceux qui ne le sont pas encore. Si une vache dans le voisinage meurt de vieillesse ou par accident, nos *yahous* n'ont pas plutôt appris cette agréable nouvelle, que les voilà tous en campagne, troupeau contre troupeau, basse-cour contre basse-cour ; c'est à qui s'emparera de la vache. On se bat, on s'égratigne, on se déchire, jusqu'à ce que la victoire penche d'un côté, et, si on ne se massacre pas, c'est qu'on n'a pas la raison des *yahous* d'Europe pour inventer des machines meurtrières et des armes massacrantes. Nous avons, en quelques endroits de ce pays, de certaines pierres luisantes de différentes couleurs, dont nos *yahous* sont fort amoureux. Lorsqu'ils en trouvent, ils font leur possible pour les tirer de la terre, où elles sont ordinairement un peu enfoncées ; ils les portent dans leurs loges et en font un amas qu'ils cachent soigneusement et sur lequel ils veillent sans cesse comme sur un trésor, prenant bien garde que leurs camarades ne le découvrent. Nous n'avons encore pu connaître d'où leur vient cette inclination violente pour les pierres luisantes, ni à quoi elles peuvent leur être utiles ; mais j'imagine à présent que cette avarice de vos *yahous* dont vous m'avez parlé se trouve aussi dans les nôtres, et que c'est ce qui les rend si passionnés pour les pierres luisantes. Je voulus une fois enlever à un de nos *yahous* son cher trésor : l'animal, voyant qu'on lui avait ravi l'objet de sa passion, se mit à hurler de toute sa force, il entra en fureur, et puis il tomba en faiblesse ; il devint languissant, il ne mangea plus, ne dormit plus, ne travailla plus, jusqu'à ce que j'eusse donné ordre à un de mes domestiques de reporter le trésor dans l'endroit d'où je l'avais tiré. Alors le *yahou* commença à reprendre ses esprits et sa bonne humeur, et ne manqua pas de cacher ailleurs ses bijoux. Lorsqu'un *yahou* a découvert dans un champ une de ces pierres, souvent un autre *yahou* survient qui la lui dispute ; tandis qu'ils se battent, un troisième accourt et emporte la pierre, et voilà le procès terminé. Selon ce que vous m'avez dit, ajouta-t-il, vos procès ne se vident pas si promptement dans votre pays, ni à si peu de frais. Ici, les deux plaideurs (si je puis les appeler ainsi) en sont quittes pour n'avoir ni l'un ni l'autre la chose disputée, au lieu que chez vous en plaidant on perd souvent et ce qu'on veut avoir et ce qu'on a.

« Il prend souvent à nos *yahous* une fantaisie dont nous ne pouvons concevoir la cause. Gras, bien nourris, bien couchés, traités doucement par leurs maîtres, et pleins de santé et de force, ils tombent tout à coup dans un abattement, dans un dégoût, dans une humeur noire qui les rend mornes et stupides. En cet état, ils fuient leurs camarades, ils ne mangent point, ils ne sortent point ; ils paraissent rêver dans le coin de leurs loges et s'abîmer dans leurs pensées lugubres. Pour les guérir de cette maladie, nous n'avons trouvé qu'un remède : c'est de les réveiller par un traitement un peu dur et de les employer à des travaux pénibles. L'occupation que nous leur donnons alors met en mouvement tous leurs esprits et rappelle leur vivacité naturelle. »

Lorsque mon maître me raconta ce fait avec ses circonstances, je ne pus m'empêcher de songer à mon pays, où la même chose arrive souvent, et où l'on voit des hommes comblés de biens et d'honneurs, pleins de santé et de vigueur, environnés de plaisirs et préservés de toute inquiétude, tomber tout à coup dans la tristesse et dans la langueur, devenir à charge à eux-mêmes, se consumer par des réflexions chimériques, s'affliger, s'appesantir et ne faire plus aucun usage de leur esprit, livré aux vapeurs hypocondriaques. Je suis persuadé que le remède qui convient à cette maladie est celui qu'on donne aux *yahous*, et qu'une vie laborieuse et pénible est un régime excellent pour la tristesse et la mélancolie. C'est un remède que j'ai éprouvé moi-même, et que je conseille au lecteur de pratiquer lorsqu'il se trouvera dans un pareil état. Au reste, pour prévenir le mal, je l'exhorte à n'être jamais oisif ; et, supposé qu'il n'ait malheureusement aucune occupation dans le monde, je le prie d'observer qu'il y a de la différence entre ne faire rien et n'avoir rien à faire.

VIII

Philosophie et mœurs des Houyhnhnms.

Je priais quelquefois mon maître de me laisser voir les troupeaux de *yahous* du voisinage, afin d'examiner par moi-même leurs manières et leurs inclinations. Persuadé de l'aversion que j'avais pour eux, il n'appréhenda point que leur vue et leur commerce me corrompissent ; mais il voulut qu'un gros cheval alezan brûlé, l'un de ses fidèles domestiques, et qui était d'un fort bon naturel, m'accompagnât toujours, de peur qu'il ne m'arrivât quelque accident.

Ces *yahous* me regardaient comme un de leurs semblables, surtout ayant une fois vues mes manches retroussées, avec ma poitrine et mes bras découverts. Ils voulurent pour lors s'approcher de moi, et ils se mirent à me contrefaire en se dressant sur leurs pieds de derrière, en levant la tête et en mettant une de leurs pattes sur le côté. La vue de ma figure les faisait éclater de rire. Ils me témoignèrent néanmoins de l'aversion et de la haine, comme font toujours les singes sauvages à l'égard d'un singe apprivoisé qui porte un chapeau, un habit et des bas.

Comme j'ai passé trois années entières dans ce pays-là, le lecteur attend de moi, sans doute, qu'à l'exemple de tous les autres voyageurs, je fasse un ample récit des habitants de ce pays, c'est-à-dire des Houyhnhnms, et que j'expose en détail leurs usages, leurs mœurs, leurs maximes, leurs manières. C'est aussi ce que je vais tâcher de faire, mais en peu de mots.

Comme les Houyhnhnms, qui sont les maîtres et les animaux dominants dans cette contrée, sont tous nés avec une grande inclination pour la vertu et n'ont pas même l'idée du mal par rapport à une créature raisonnable, leur principale maxime est de cultiver et de perfectionner leur raison et de la prendre pour guide dans toutes leurs actions. Chez eux, la raison ne produit point de problèmes comme parmi nous, et ne forme point d'arguments également vraisemblables pour et contre. Ils ne savent ce que c'est que mettre tout en question et défendre des sentiments absurdes et des maximes malhonnêtes et pernicieuses. Tout ce qu'ils disent porte la conviction dans l'esprit, parce qu'ils n'avancent rien d'obscur, rien de douteux, rien qui soit déguisé ou défiguré par les passions et par l'intérêt. Je me souviens que j'eus beaucoup de peine à faire comprendre à mon maître ce que j'entendais par le mot d'*opinion*, et comment il était possible que nous disputassions quelquefois et que nous fussions rarement du même avis.

« La raison, disait-il, n'est-elle pas immuable ? La vérité n'est-elle pas une ? Devons-nous affirmer comme sûr ce qui est incertain ? Devons-nous nier positivement ce que nous ne voyons pas clairement ne pouvoir être ? Pourquoi agitez-vous des questions que l'évidence ne peut décider, et où, quelque parti que vous preniez, vous serez toujours livrés au doute et à l'incertitude ? À quoi servent toutes ces conjectures philosophiques, tous ces vains raisonnements sur des matières incompréhensibles, toutes ces recherches stériles et ces disputes éternelles ? Quand on a de bons yeux, on ne se heurte point ; avec une raison pure et clairvoyante, on ne doit point contester, et, puisque vous le faites, il faut que votre raison soit couverte de ténèbres ou que vous haïssiez la vérité. »

C'était une chose admirable que la bonne philosophie de ce cheval : Socrate ne raisonna jamais plus sensément. Si nous suivions ces maximes, il y aurait assurément, en Europe, moins d'erreurs qu'il y en a. Mais alors, que deviendraient nos bibliothèques ? Que deviendraient la réputation de nos savants et le négoce de nos libraires ? La république des lettres ne serait que celle de la raison, et il n'y aurait, dans les universités, d'autres écoles que celles du bon sens.

Les Houyhnhnms s'aiment les uns les autres, s'aident, se soutiennent et se soulagent réciproquement ; ils ne se portent point envie ; ils ne sont point jaloux du bonheur de leurs voisins ; ils n'attentent point sur la liberté et sur la vie de leurs semblables ; ils se croiraient malheureux si quelqu'un de leur espèce l'était, et ils disent, à l'exemple d'un ancien : *Nihil caballini a me alienum puto**. Ils ne médisent point les uns des autres ; la satire ne trouve chez eux ni principe ni objet ; les supérieurs n'accablent point les inférieurs du poids de leur rang et de leur autorité ; leur conduite sage, prudente et modérée ne produit jamais le murmure ; la dépendance est un lien et non un joug, et la puissance, toujours soumise aux lois de l'équité, est révérée sans être redoutable.

* *Variante du célèbre vers de Térence : Homo sum : humani a me nihil aliomna puto ; « Je suis homme et pense que rien de ce qui concerne*

les hommes ne doit m'être indifférent. » Nihil caballini, rien de ce qui concerne les chevaux.

Leurs mariages sont bien mieux assortis que les nôtres. Les mâles choisissent pour épouses des femelles de la même couleur qu'eux. Un gris-pommelé épousera toujours une grise-pommelée, et ainsi des autres. On ne voit donc ni changement, ni révolution, ni déchet dans les familles ; les enfants sont tels que leurs pères et leurs mères ; leurs armes et leurs titres de noblesse consistent dans leur figure, dans leur taille, dans leur force, dans leur couleur, qualités qui se perpétuent dans leur postérité ; en sorte qu'on ne voit point un cheval magnifique et superbe engendrer une rosse, ni d'une rosse naître un beau cheval, comme cela arrive si souvent en Europe.

Parmi eux, on ne remarque point de mauvais ménages.

L'un et l'autre vieillissent sans que leur cœur change de sentiment ; le divorce et la séparation, quoique permis, n'ont jamais été pratiqués chez eux.

Ils élèvent leurs enfants avec un soin infini. Tandis que la mère veille sur le corps et sur la santé, le père veille sur l'esprit et sur la raison.

On donne aux femelles à peu près la même éducation qu'aux mâles, et je me souviens que mon maître trouvait déraisonnable et ridicule notre usage à cet égard pour la différence d'enseignement.

Le mérite des mâles consiste principalement dans la force et dans la légèreté, et celui des femelles dans la douceur et dans la souplesse. Si une femelle a les qualités d'un mâle, on lui cherche un époux qui ait les qualités d'une femelle ; alors tout est compensé, et il arrive, comme quelquefois parmi nous, que la femme est le mari et que le mari est la femme. En ce cas, les enfants qui naissent d'eux ne dégénèrent point, mais rassemblent et perpétuent heureusement les propriétés des auteurs de leur être.

IX

Parlement des Houyhnhnms. Question importante agitée dans cette assemblée de toute la nation. Détail au sujet de quelques usages du pays.

Pendant mon séjour en ce pays des Houyhnhnms, environ trois mois avant mon départ, il y eut une assemblée générale de la nation, une espèce de parlement, où mon maître se rendit comme député de son canton. On y traita une affaire qui avait déjà été cent fois mise sur le bureau, et qui était la seule question qui eût jamais partagé les esprits des Houyhnhnms. Mon maître, à son retour, me rapporta tout ce qui s'était passé à ce sujet.

Il s'agissait de décider s'il fallait absolument exterminer la race des *yahous*. Un des membres soutenait l'affirmative, et appuyait son avis de diverses preuves très fortes et très solides. Il prétendait que le *yahou* était l'animal le plus difforme, le plus méchant et le plus dangereux que la nature eût jamais produit ; qu'il était également malin et indocile, et qu'il ne songeait qu'à nuire à tous les autres animaux. Il rappela une ancienne tradition répandue dans le pays, selon laquelle on assurait que les *yahous* n'y avaient pas été de tout temps, mais que, dans un certain siècle, il en avait paru deux sur le haut d'une montagne, soit qu'ils eussent été formés d'un limon gras et glutineux, échauffé par les rayons du soleil, soit qu'ils fussent sortis de la vase de quelque marécage, soit que l'écume de la mer les eût fait éclore ; que ces deux *yahous* en avaient engendré plusieurs autres, et que leur espèce s'était tellement multipliée que tout le pays en était infesté ; que, pour prévenir les inconvénients d'une pareille multiplication, les Houyhnhnms avaient autrefois ordonné une chasse générale des *yahous* ; qu'on en avait pris une grande quantité, et, qu'après avoir détruit tous les vieux, on en avait gardé les plus jeunes pour les apprivoiser, autant que cela serait possible à l'égard d'un animal aussi méchant, et qu'on les avait destinés à tirer et à porter. Il ajouta que ce qu'il y avait de plus certain dans cette tradition était que les *yahous* n'étaient point *ylnhniam sky* (c'est-à-dire *aborigènes*). Il représenta que les habitants du pays, ayant eu l'imprudente fantaisie de se servir des *yahous*, avaient mal à propos négligé l'usage des ânes, qui étaient de très bons animaux, doux, paisibles, dociles, soumis, aisés à nourrir, infatigables, et qui n'avaient d'autre défaut que d'avoir une voix un peu désagréable, mais qui l'était encore moins que celle de la plupart des *yahous*. Plusieurs autres sénateurs ayant harangué diversement et très éloquemment sur le même sujet, mon maître se leva et proposa un expédient judicieux, dont je lui avais fait naître l'idée. D'abord, il confirma la tradition populaire par son suffrage, et appuya ce qu'avait dit savamment sur ce point d'histoire l'honorable membre qui avait parlé avant lui. Mais il ajouta qu'il croyait que ces deux premiers *yahous* dont il s'agissait étaient venus de quelque pays d'outre-mer, et avaient été mis à terre et ensuite abandonnés par leurs camarades ; qu'ils s'étaient d'abord retirés sur les montagnes et dans les forêts ; que, dans la suite des temps, leur naturel s'était altéré, qu'ils étaient devenus sauvages et farouches, et entièrement différents de ceux de leur espèce qui habitent des pays éloignés. Pour établir et appuyer solidement cette proposition, il dit qu'il avait chez lui, depuis quelque temps, un *yahou* très extraordinaire, dont les membres de l'assemblée avaient sans doute ouï parler et que plusieurs même avaient vu. Il raconta alors comment il m'avait trouvé d'abord, et comment mon corps était couvert d'une composition artificielle de poils et de peaux de bêtes ; il dit que j'avais une langue qui m'était propre, et que pourtant j'avais parfaitement appris la leur ; que je lui avais fait le récit de l'accident qui m'avait conduit sur ce rivage ; qu'il m'avait vu dépouillé et nu, et avait observé que j'étais un vrai et parfait *yahou*, si ce n'est que j'avais la peau blanche, peu de poil et des griffes fort courtes.

« Ce *yahou* étranger, ajouta-t-il, m'a voulu persuader que, dans son pays et dans beaucoup d'autres qu'il a parcourus, les *yahous* sont les seuls animaux maîtres, dominants et raisonnables, et que les Houyhnhnms y sont dans l'esclavage et dans la misère. Il a certainement toutes les qualités extérieures de nos *yahous* ; mais il faut avouer qu'il est bien plus poli, et qu'il a même quelque teinture de raison. Il ne raisonne pas tout à fait comme un Houyhnhnm, mais il a au moins des connaissances et des lumières fort supérieures à celles de nos *yahous*. »

Voilà ce que mon maître m'apprit des délibérations du parlement. Mais il ne me dit pas une autre particularité qui me regardait personnellement, et dont je ressentis bientôt les funestes effets ; c'est, hélas ! la principale époque de ma vie infortunée !

Mais avant que d'exposer cet article, il faut que je dise encore quelque chose du caractère et des usages des Houyhnhnms.

Les Houyhnhnms n'ont point de livres ; ils ne savent ni lire ni écrire, et par conséquent toute leur science est la tradition. Comme ce peuple est paisible, uni, sage, vertueux, très raisonnable, et qu'il n'a aucun commerce avec les peuples étrangers, les grands évènements sont très rares dans leur pays, et tous les traits de leur histoire qui méritent d'être sus peuvent aisément se conserver dans leur mémoire sans la surcharger.

Ils n'ont ni maladies ni médecins. J'avoue que je ne puis décider si le défaut des médecins vient du défaut des maladies, ou si le défaut des maladies vient du défaut des médecins ; ce n'est pas pourtant qu'ils n'aient de temps en temps quelques indispositions ; mais ils savent se guérir aisément eux-mêmes par la connaissance parfaite qu'ils ont des plantes et des herbes médicinales, vu qu'ils étudient sans cesse la botanique dans leurs promenades et souvent même pendant leurs repas.

Leur poésie est fort belle, et surtout très harmonieuse. Elle ne consiste ni dans un badinage familier et bas, ni dans un langage affecté, ni dans un jargon précieux, ni dans des pointes épigrammatiques, ni dans des subtilités obscures, ni dans des antithèses puériles, ni dans les *agudezas* des Espagnols, ni dans les *concetti* des Italiens, ni dans les figures outrées des Orientaux. L'agrément et la justesse des similitudes, la richesse et l'exactitude des descriptions, la liaison et la vivacité des images, voilà l'essence et le caractère de leur poésie. Mon maître me récitait quelquefois des morceaux admirables de leurs meilleurs poèmes : c'était en vérité tantôt le style d'Homère, tantôt celui de Virgile, tantôt celui de Milton.

Lorsqu'un Houyhnhnm meurt, cela n'afflige ni ne réjouit personne. Ses plus proches parents et ses meilleurs amis regardent son trépas d'un œil sec et très indifférent. Le mourant lui-même ne témoigne pas le moindre regret de quitter le monde ; il semble finir une visite et prendre congé d'une compagnie avec laquelle il s'est entretenu longtemps. Je me souviens que mon maître ayant un jour invité un de ses amis avec toute sa famille à se rendre chez lui pour une affaire importante, on convint de part et d'autre du jour et de l'heure. Nous fûmes surpris de ne point voir arriver la compagnie au temps marqué. Enfin l'épouse, accompagnée de ses deux enfants, se rendit au logis, mais un peu tard, et dit en entrant qu'elle priait qu'on l'excusât, parce que son mari venait de mourir ce matin d'un accident imprévu. Elle ne se servit pourtant pas du terme de *mourir*, qui est une expression malhonnête, mais de celui de *shnuwnh*, qui signifie à la lettre *aller retrouver sa grand-mère*. Elle fut très gaie pendant tout le temps qu'elle passa au logis, et mourut elle-même gaiement au bout de trois mois, ayant eu une assez agréable agonie.

Les Houyhnhnms vivent la plupart soixante-dix et soixante-quinze ans, et quelques-uns quatre-vingts. Quelques semaines avant que de mourir, ils pressentent ordinairement leur fin et n'en sont point effrayés. Alors ils reçoivent les visites et les compliments de tous leurs amis, qui viennent leur souhaiter un bon voyage. Dix jours avant le décès, le futur mort, qui ne se trompe presque jamais dans son calcul, va rendre toutes les visites qu'il a reçues, porté dans une litière par ses *yahous* ; c'est alors qu'il prend congé dans les formes de tous ses amis et qu'il leur dit un dernier adieu en cérémonie, comme s'il quittait une contrée pour aller passer le reste de sa vie dans une autre.

Je ne veux pas oublier d'observer ici que les Houyhnhnms n'ont point de terme dans leur langue pour exprimer ce qui est mauvais, et qu'ils se servent de métaphores tirées de la difformité et des mauvaises qualités des *yahous* ; ainsi, lorsqu'ils veulent exprimer l'étourderie d'un domestique, la faute d'un de leurs enfants, une pierre qui leur a offensé le pied, un mauvais temps et autres choses semblables, ils ne font que dire la chose dont il s'agit, en y ajoutant simplement l'épithète de yahou. Par exemple, pour exprimer ces choses, ils diront *hhhm yahou*, *whnaholm yahou*, *ynlhmnd-wihlma yahou* ; et pour signifier une maison mal bâtie, ils diront *ynholmhnmrohlnw yahou*.

Si quelqu'un désire en savoir davantage au sujet des mœurs et usages des Houyhnhnms, il prendra, s'il lui plaît, la peine d'attendre qu'un gros volume *in-quarto* que je prépare sur cette matière soit achevé. J'en publierai incessamment le prospectus, et les souscripteurs ne seront point frustrés de leurs espérances et de leurs droits. En attendant, je prie le public de se contenter de cet abrégé, et de vouloir bien que j'achève de lui conter le reste de mes aventures.

X

Félicité de l'auteur dans le pays des Houyhnhnms. Les plaisirs qu'il goûte dans leur conversation ; le genre de vie qu'il mène parmi eux. Il est banni du pays par ordre du parlement.

J'ai toujours aimé l'ordre et l'économie, et, dans quelque situation que je me sois trouvé, je me suis toujours fait un arrangement industrieux pour ma manière de vivre. Mais mon maître m'avait assigné une place pour mon logement environ à six pas de la maison, et ce logement, qui était une hutte conforme à l'usage du pays et assez semblable à celle des *yahous*, n'avait ni agrément ni commodité. J'allai chercher de la terre glaise, dont je me fis quatre murs et un plancher, et, avec des joncs, je formai une natte dont je couvris ma hutte. Je cueillis du chanvre qui croissait naturellement dans les champs ; je le battis, j'en composai du fil, et de ce fil une espèce de toile, que je remplis de plumes d'oiseaux, pour être couché mollement et à mon aise. Je me fis une table et une chaise avec mon couteau et avec le secours de l'alezan. Lorsque mon habit fut entièrement usé, je m'en donnai un neuf de peaux de lapin, auxquelles je joignis celles de certains animaux appelés *nnulnoh*, qui sont fort beaux et à peu près de la même grandeur, et dont la peau est couverte d'un duvet très fin. De cette peau, je me fis aussi des bas très propres. Je ressemelai mes souliers avec de petites planches de bois que j'attachai à l'empeigne, et quand cette empeigne fut usée entièrement, j'en fis une de peau de *yahou*. À l'égard de ma nourriture, outre ce que j'ai dit ci-dessus, je ramassais quelquefois du miel dans les troncs des arbres, et je le mangeais avec mon pain d'avoine. Personne n'éprouva jamais mieux que moi que la nature se contente de peu, et que la nécessité est la mère de l'invention.

Je jouissais d'une santé parfaite et d'une paix d'esprit inaltérable. Je ne me voyais exposé ni à l'inconstance ou à la trahison des amis, ni aux pièges invisibles des ennemis cachés. Je n'étais point tenté d'aller faire honteusement ma cour à un grand seigneur ou à sa maîtresse pour avoir l'honneur de sa protection ou de sa bienveillance. Je n'étais point obligé de me précautionner contre la fraude et l'oppression ; il n'y avait point là d'espion et de délateur gagé, ni de *lord mayor* crédule, politique, étourdi et malfaisant. Là, je ne craignais point de voir mon honneur flétri par des accusations absurdes, et ma liberté honteusement ravie par des complots indignes et par des ordres surpris. Il n'y avait point, en ce pays-là, de médecins pour m'empoisonner, de procureurs pour me ruiner, ni d'auteurs pour m'ennuyer. Je n'étais point environné de railleurs, de rieurs, de médisants, de censeurs, de calomniateurs, d'escrocs, de filous, de mauvais plaisants, de joueurs, d'impertinents nouvellistes, d'esprits forts, d'hypocondriaques, de babillards, de disputeurs, de gens de parti, de séducteurs, de faux savants. Là, point de marchands trompeurs, point de faquins, point de précieux ridicules, point d'esprits fades, point de damoiseaux, point de petits-maîtres, point de fats, point de traîneurs d'épée, point d'ivrognes, point de pédants. Mes oreilles n'étaient point souillées de discours licencieux et impies ; mes yeux n'étaient point blessés par la vue d'un maraud enrichi et élevé et par celle d'un honnête homme abandonné à sa vertu comme à sa mauvaise destinée.

J'avais l'honneur de m'entretenir souvent avec messieurs les Houyhnhnms qui venaient au logis, et mon maître avait la bonté de souffrir que j'entrasse toujours dans la salle pour profiter de leur conversation. La compagnie me faisait quelquefois des questions, auxquelles j'avais l'honneur de répondre. J'accompagnais aussi mon maître dans ses visites ; mais je gardais toujours le silence, à moins qu'on ne m'interrogeât. Je faisais le personnage d'auditeur avec une satisfaction infinie ; tout ce que j'entendais était utile et agréable, et toujours exprimé en peu de mots, mais avec grâce ; la plus exacte bienséance était observée sans cérémonie ; chacun disait et entendait ce qui pouvait lui plaire. On ne s'interrompait point, on ne s'assommait point de récits longs et ennuyeux, on ne discutait point, on ne chicanait point.

Ils avaient pour maxime que, dans une compagnie, il est bon que le silence règne de temps en temps, et je crois qu'ils avaient raison. Dans cet intervalle, et pendant cette espèce de trêve, l'esprit se remplit d'idées nouvelles, et la conversation en devient ensuite plus animée et plus vive. Leurs entretiens roulaient d'ordinaire sur les avantages et les agréments de l'amitié, sur les devoirs de la justice, sur la bonté, sur l'ordre, sur les opérations admirables de la nature, sur les anciennes traditions, sur les conditions et les bornes de la vertu, sur les règles invariables de la raison, quelquefois sur les délibérations de la prochaine assemblée du parlement, et souvent sur le mérite de leurs poètes et sur les qualités de la bonne poésie.

Je puis dire sans vanité que je fournissais quelquefois moi-même à la conversation, c'est-à-dire que je donnais lieu à de fort beaux raisonnements ; car mon maître les entretenait de temps en temps de mes aventures et de l'histoire de mon pays, ce qui leur faisait faire des réflexions fort peu avantageuses à la race humaine, et que, pour cette raison, je ne rapporterai point. J'observerai seulement que mon maître paraissait mieux connaître la nature des *yahous* qui sont dans les autres parties du monde que je ne la connaissais moi-même. Il découvrait la source de tous nos égarements, il approfondissait la matière de nos vices et de nos folies, et devinait une infinité de choses dont je ne lui avais jamais parlé. Cela ne doit point paraître incroyable : il connaissait à fond les *yahous* de son pays, en sorte qu'en leur supposant un certain petit degré de raison, il supputait de quoi ils étaient capables avec ce surcroît, et son estimation était toujours juste.

J'avouerai ici ingénument que le peu de lumières et de philosophie que j'ai aujourd'hui, je l'ai puisé dans les sages leçons de ce cher maître et dans les entretiens de tous ses judicieux amis, entretiens préférables aux doctes conférences des académies d'Angleterre, de France, d'Allemagne et d'Italie. J'avais pour tous ces illustres personnages une inclination mêlée de respect et de crainte, et j'étais pénétré de reconnaissance pour la bonté qu'ils avaient de vouloir bien ne me point confondre avec leurs *yahous*, et de me croire peut-être moins imparfait que ceux de mon pays.

Lorsque je me rappelais le souvenir de ma famille, de mes amis, de mes compatriotes et de toute la race humaine en général, je me les représentais tous comme de vrais *yahous* pour la figure et pour le caractère, seulement un peu plus civilisés, avec le don de la parole et un petit grain de raison. Quand je considérais ma figure dans l'eau pure d'un clair ruisseau, je détournais le visage sur-le-champ, ne pouvant soutenir la vue d'un animal qui me paraissait aussi difforme qu'un *yahou*. Mes yeux accoutumés à la noble figure des Houyhnhnms, ne trouvaient de beauté animale que dans eux. À force de les regarder et de leur parler, j'avais pris un peu de leurs manières, de leurs gestes, de leur maintien, de leur démarche, et, aujourd'hui que je suis en Angleterre, mes amis me disent quelquefois que je trotte comme un cheval. Quand je parle et que je ris, il me semble que je hennis. Je me vois tous les jours raillé sur cela sans en ressentir la moindre peine.

Dans cet état heureux, tandis que je goûtais les douceurs d'un parfait repos, que je me croyais tranquille pour tout le reste de ma vie, et que ma situation était la plus agréable et la plus digne d'envie, un jour, mon maître m'envoya chercher de meilleur matin qu'à l'ordinaire. Quand je me fus rendu auprès de lui, je le trouvai très sérieux, ayant un air inquiet et embarrassé, voulant me parler et ne pouvant ouvrir la bouche. Après avoir gardé quelque temps un morne silence, il me tint ce discours :

« Je ne sais comment vous allez prendre, mon cher fils, ce que je vais vous dire. Vous saurez que, dans la dernière assemblée du parlement, à l'occasion de l'affaire des *yahous* qui a été mise sur le bureau, un député a représenté à l'assemblée qu'il était indigne et honteux que j'eusse chez moi un *yahou* que je traitais comme un Houyhnhnm ; qu'il m'avait vu converser avec lui et prendre plaisir à son entretien comme à celui d'un de mes semblables ; que c'était un procédé contraire à la raison et à la nature, et qu'on n'avait jamais ouï parler de chose pareille. Sur cela l'assemblée m'a *exhorté* à faire de deux choses l'une : ou à vous reléguer parmi les autres *yahous* ou à vous renvoyer dans le pays d'où vous êtes venu. La plupart des membres qui vous connaissent et qui vous ont vu chez moi ou chez eux ont rejeté l'alternative, et ont soutenu qu'il serait injuste et contraire à la bienséance de vous mettre au rang des *yahous* de ce pays, vu que vous avez un commencement de raison et qu'il serait même à craindre que vous ne leur en communiquassiez, ce qui les rendrait peut-être plus méchants encore ; que, d'ailleurs, étant mêlé avec les *yahous*, vous pourriez cabaler avec eux, les soulever, les conduire tous dans une forêt ou sur le sommet d'une montagne, ensuite vous mettre à leur tête et venir fondre sur tous les Houyhnhnms pour les déchirer et les détruire. Cet avis a été suivi à la pluralité des voix, et j'ai été *exhorté* à vous renvoyer incessamment. Or, on me presse aujourd'hui d'exécuter ce résultat, et je ne puis plus différer. Je vous conseille donc de vous mettre à la nage ou bien de construire un petit bâtiment semblable à celui qui vous a apporté dans ces lieux, et dont vous m'avez fait la description, et de vous en retourner par mer comme vous êtes venu. Tous les domestiques de cette maison et ceux mêmes de mes voisins vous aideront dans cet ouvrage. S'il n'eût tenu qu'à moi, je vous aurais gardé toute votre vie à mon service, parce que vous avez d'assez bonnes inclinations, que vous vous êtes corrigé de plusieurs de vos défauts et de vos mauvaises habitudes, et que vous avez fait tout votre possible pour vous conformer, autant que votre malheureuse nature en est capable, à celle des Houyhnhnms. »

(Je remarquerai, en passant, que les décrets de l'assemblée générale de la nation des Houyhnhnms s'expriment toujours par le mot de *hnhloayn*, qui signifie *exhortation*. Ils ne peuvent concevoir qu'on puisse forcer et contraindre une créature raisonnable, comme si elle était capable de désobéir à la raison.)

Ce discours me frappa comme un coup de foudre : je tombai en un instant dans l'abattement et dans le désespoir : et, ne pouvant résister à l'impression de douleur, je m'évanouis aux pieds de mon maître, qui me crut mort. Quand j'eus un peu repris mes sens, je lui dis d'une voix faible et d'un air affligé que, quoique je ne puisse blâmer l'*exhortation* de l'assemblée générale ni la sollicitation de tous ses amis, qui le pressaient de se défaire de moi, il me semblait néanmoins, selon mon faible jugement, qu'on aurait pu décerner contre moi une peine moins rigoureuse ; qu'il m'était impossible de me mettre à la nage, que je pourrais tout au plus nager une lieue, et que cependant la terre la plus proche était peut-être éloignée de cent lieues ; qu'à l'égard de la construction d'une barque, je ne trouverais jamais dans le pays ce qui était nécessaire pour un pareil bâtiment ; que néanmoins je voulais obéir, malgré l'impossibilité de faire ce qu'il me conseillait, et que je me regardais comme une créature condamnée à périr, que la vue de la mort ne m'effrayait point, et que je l'attendais comme le moindre des maux dont j'étais menacé ; qu'en supposant que je pusse traverser les mers et retourner dans mon pays par quelque aventure extraordinaire et inespérée, j'aurais alors le malheur de retrouver les *yahous*, d'être obligé de passer le reste de ma vie avec eux et de retomber bientôt dans toutes mes mauvaises habitudes ; que je savais bien que les raisons qui avaient déterminé messieurs les Houyhnhnms étaient trop solides pour oser leur opposer celle d'un misérable *yahou* tel que moi ; qu'ainsi j'acceptais l'offre obligeante qu'il me faisait du secours de ses domestiques pour m'aider à construire une barque ; que je le priais seulement de vouloir bien m'accorder un espace de temps qui pût suffire à un ouvrage aussi difficile, qui était destiné à la conservation de ma misérable vie ; que, si je retournais jamais en Angleterre, je tâcherais de me rendre utile à mes compatriotes en leur traçant le portrait et les vertus des illustres Houyhnhnms, et en les proposant pour exemple à tout le genre humain.

Son Honneur me répliqua en peu de mots, et me dit qu'il m'accordait deux mois pour la construction de ma barque, et, en même temps, ordonna à l'alezan mon camarade (car il m'est permis de lui donner ce nom en Angleterre) de suivre mes instructions, parce que j'avais dit à mon maître que lui seul me suffirait, et que je savais qu'il avait beaucoup d'affection pour moi.

La première chose que je fis fut d'aller avec lui vers cet endroit de la côte où j'avais autrefois abordé. Je montai sur une hauteur, et jetant les yeux de tous côtés sur les vastes espaces de la mer, je crus voir vers le nord-est une petite île. Avec mon télescope, je la vis clairement, et je supputai qu'elle pouvait être éloignée de cinq lieues. Pour le bon alezan, il disait d'abord que c'était un nuage. Comme il n'avait jamais vu d'autre terre que celle où il était né, il n'avait pas le coup d'œil pour distinguer sur la mer des objets éloignés, comme moi, qui avais passé ma vie sur cet élément. Ce fut à cette île que je résolus d'abord de me rendre lorsque ma barque serait construite.

Je retournai au logis avec mon camarade, et, après avoir un peu raisonné ensemble, nous allâmes dans une forêt qui était peu éloignée, où moi avec mon couteau, et lui avec un caillou tranchant emmanché fort adroitement, nous coupâmes le bois nécessaire pour l'ouvrage. Afin de ne point ennuyer le lecteur du détail de notre travail, il suffit de dire qu'en six semaines de temps nous fîmes une espèce de canot à la façon des Indiens, mais beaucoup plus large, que je couvris de peaux de *yahous* cousues ensemble avec du fil de chanvre. Je me fis une voile de ces mêmes peaux, ayant choisi pour cela celles des jeunes *yahous*, parce que celles des vieux auraient été trop dures et trop épaisses ; je me fournis aussi de quatre rames ; je fis provision d'une quantité de chair cuite de lapins et d'oiseaux, avec deux vaisseaux, l'un plein d'eau et l'autre de lait. Je fis l'épreuve de mon canot dans un grand étang, et y corrigeai tous les défauts que j'y pus remarquer, bouchant toutes les voies d'eau avec du suc de *yahou*, et tâchant de le mettre en état de me porter avec ma petite cargaison. Je le mis alors sur une charrette, et le fis conduire au rivage par des *yahous*, sous la conduite de l'alezan et d'un autre domestique.

Lorsque tout fut prêt, et que le jour de mon départ fut arrivé, je pris congé de mon maître, de madame son épouse et de toute sa maison, ayant les yeux baignés de larmes et le cœur percé de douleur. Son Honneur, soit par curiosité, soit par amitié, voulut me voir dans mon canot, et s'avança vers le rivage avec plusieurs de ses amis du voisinage. Je fus obligé d'attendre plus d'une heure à cause de la marée ; alors, observant que le vent était bon pour aller à l'île, je pris le dernier congé de mon maître. Je me prosternai à ses pieds pour les lui baiser, et il me fit l'honneur de lever son pied droit de devant jusqu'à ma bouche. Si je rapporte cette circonstance, ce n'est point par vanité ; j'imite tous les voyageurs, qui ne manquent point de faire mention des honneurs extraordinaires qu'ils ont reçus. Je fis une profonde révérence à toute la compagnie, et, me jetant dans mon canot, je m'éloignai du rivage.

XI

L'auteur est percé d'une flèche que lui décoche un sauvage. Il est pris par des Portugais qui le conduisent à Lisbonne, d'où il passe en Angleterre.

Je commençai ce malheureux voyage le 15 février, l'an 1715, à neuf heures du matin. Quoique j'eusse le vent favorable, je ne me servis d'abord que de mes rames ; mais, considérant que je serais bientôt las et que le vent pouvait changer, je me risquai de mettre à la voile, et, de cette manière, avec le secours de la marée, je cinglai environ l'espace d'une heure et demie. Mon maître avec tous les Houyhnhnms de sa compagnie restèrent sur le rivage jusqu'à ce qu'ils m'eussent perdu de vue, et j'entendis plusieurs fois mon cher ami l'alezan crier : *Hnuy illa nyha, majah yahou*, c'est-à-dire : *Prends bien garde à toi, gentil yahou.*

Mon dessein était de découvrir, si je pouvais, quelque petite île déserte et inhabitée, où je trouvasse seulement ma nourriture et de quoi me vêtir. Je me figurais, dans un pareil séjour, une situation mille fois plus heureuse que celle d'un Premier ministre. J'avais une horreur extrême de retourner en Europe et d'y être obligé de vivre dans la société et sous l'empire des *yahous*. Dans cette heureuse solitude que je cherchais, j'espérais passer doucement le reste de mes jours, enveloppé de ma philosophie, jouissant de mes pensées, n'ayant d'autre objet que le souverain bien, ni d'autre plaisir que le témoignage de ma conscience, sans être exposé à la contagion des vices énormes que les Houyhnhnms m'avaient fait apercevoir dans ma détestable espèce.

Le lecteur peut se souvenir que je lui ai dit que l'équipage de mon vaisseau s'était révolté contre moi, et m'avait emprisonné dans ma chambre ; que je restai en cet état pendant plusieurs semaines, sans savoir où l'on conduisait mon vaisseau, et qu'enfin l'on me mit à terre sans me dire où j'étais. Je crus néanmoins alors que nous étions à dix degrés au sud du cap de Bonne-Espérance, et environ à quarante-cinq de latitude méridionale. Je l'inférai de quelques discours généraux que j'avais entendus dans le vaisseau au sujet du dessein qu'on avait d'aller à Madagascar. Quoique ce ne fût là qu'une conjecture, je ne laissai pas de prendre le parti de cingler à l'est, espérant mouiller au sud-ouest de la côte de la Nouvelle-Hollande, et de là me rendre à l'ouest dans quelqu'une des petites îles qui sont aux environs. Le vent était directement à l'ouest, et, sur les six heures du soir, je supputai que j'avais fait environ dix-huit lieues vers l'est.

Ayant, alors découvert une très petite île éloignée tout au plus d'une lieue et demie, j'y abordai en peu de temps. Ce n'était qu'un vrai rocher, avec une petite baie que les tempêtes y avaient formée. J'amarrai mon canot en cet endroit, et, ayant grimpé sur un des côtés du rocher, je découvris vers l'est une terre qui s'étendait du sud au nord. Je passai la nuit dans mon canot, et, le lendemain, m'étant mis à ramer de grand matin et de grand courage, j'arrivai à sept heures à un endroit de la Nouvelle-Hollande qui est au sud-ouest. Cela me confirma dans une opinion que j'avais depuis longtemps, savoir, que les mappemondes et les cartes placent ce pays au moins trois degrés de plus à l'est qu'il n'est réellement.

Je n'aperçus point d'habitants à l'endroit où j'avais pris terre, et, comme je n'avais pas d'armes, je ne voulus point m'avancer dans le pays. Je ramassai quelques coquillages sur le rivage, que je n'osai faire cuire, de peur que le feu ne me fît découvrir par les habitants de la contrée. Pendant les trois jours que je me tins caché en cet endroit, je ne vécus que d'huîtres et de moules, afin de ménager mes petites provisions. Je trouvai heureusement un petit ruisseau dont l'eau était excellente.

Le quatrième jour, m'étant risqué d'avancer un peu dans les terres, je découvris vingt ou trente habitants du pays sur une hauteur qui n'était pas à plus de cinq cents pas de moi. Ils étaient tout nus, hommes, femmes et enfants, et se chauffaient autour d'un grand feu. Un d'eux m'aperçut et me fit remarquer aux autres. Alors, cinq de la troupe se détachèrent et se mirent en marche de mon côté. Aussitôt, je me mis à fuir vers le rivage, je me jetai dans mon canot, et je ramai de toute ma force. Les sauvages me suivirent le long du rivage, et, comme je n'étais pas fort avancé dans la mer, ils me décochèrent une flèche qui m'atteignit au genou gauche et m'y fit une large blessure, dont je porte encore aujourd'hui la marque. Je craignis que le dard ne fût empoisonné ; aussi, ayant ramé fortement, et m'étant mis hors de la portée du trait, je tâchai de bien sucer ma plaie, et ensuite je bandai mon genou comme je pus.

J'étais extrêmement embarrassé ; je n'osais retourner à l'endroit où j'avais été attaqué, et, comme j'étais obligé d'aller du côté du nord, il me fallait toujours ramer, parce que j'avais le vent du nord-est. Dans le temps que je jetais les yeux de tous côtés pour faire quelque découverte, j'aperçus, au nord-nord-est, une voile qui, à chaque instant, croissait à mes yeux. Je balançai un peu de temps si je devais m'avancer vers elle ou non. À la fin, l'horreur que j'avais conçue pour toute la race des *yahous* me fit prendre le parti de virer de bord et de ramer vers le sud pour me rendre à cette même baie d'où j'étais parti le matin, aimant mieux m'exposer à toute sorte de dangers que de vivre avec des *yahous*. J'approchai mon canot le plus près qu'il me fut possible du rivage, et, pour moi, je me cachai à quelques pas de là, derrière une petite roche qui était proche de ce ruisseau dont j'ai parlé.

Le vaisseau s'avança environ à une demi-lieue de la baie, et envoya sa chaloupe avec des tonneaux pour y faire aiguade. Cet endroit était connu et pratiqué souvent par les voyageurs, à cause du ruisseau. Les mariniers, en prenant terre, virent d'abord mon canot, et, s'étant mis aussitôt à le visiter, ils connurent sans peine que celui à qui il appartenait n'était pas loin. Quatre d'entre eux, bien armés, cherchèrent de tous côtés aux environs et enfin me trouvèrent couché la face contre terre derrière la roche. Ils furent d'abord surpris de ma figure, de mon habit de peaux de lapins, de mes souliers de bois et de mes bas fourrés. Ils jugèrent que je n'étais pas du pays, où tous les habitants étaient nus. Un d'eux m'ordonna de me lever et me demanda en langage portugais qui j'étais. Je lui fis une profonde révérence, et je lui dis dans cette même langue, que j'entendais parfaitement, que j'étais un pauvre *yahou* banni du pays des Houyhnhnms, et que je le conjurais de me laisser aller. Ils furent surpris de m'entendre parler leur langue, et jugèrent, par la couleur de mon visage, que j'étais un Européen ; mais ils ne savaient ce que je voulais dire par les mots de *yahou* et de *Houyhnhnm* ; et ils ne purent en même temps s'empêcher de rire de mon accent, qui ressemblait au hennissement d'un cheval.

Je ressentais à leur aspect des mouvements de crainte et de haine, et je me mettais déjà en devoir de leur tourner le dos et de me rendre dans mon canot, lorsqu'ils mirent la main sur moi et m'obligèrent de leur dire de quel pays j'étais, d'où je venais, avec plusieurs autres questions pareilles. Je leur répondis que j'étais né en Angleterre, d'où j'étais parti il y avait environ cinq ans, et qu'alors la paix régnait entre leur pays et le mien ; qu'ainsi j'espérais qu'ils voudraient bien ne me point traiter en ennemi, puisque je ne leur voulais aucun mal, et que j'étais un pauvre *yahou* qui cherchais quelque île déserte où je pusse passer dans la solitude le reste de ma vie infortunée.

Lorsqu'ils me parlèrent, d'abord je fus saisi d'étonnement, et je crus voir un prodige. Cela me paraissait aussi extraordinaire que si j'entendais aujourd'hui un chien ou une vache parler en Angleterre. Ils me répondirent, avec toute l'humanité et toute la politesse possibles, que je ne m'affligeasse point, et qu'ils étaient sûrs que leur capitaine voudrait bien me prendre sur son bord et me mener *gratis* à Lisbonne, d'où je pourrais passer en Angleterre ; que deux d'entre eux iraient dans un moment trouver le capitaine pour l'informer de ce qu'ils avaient vu et recevoir ses ordres ; mais qu'en même temps, à moins que je ne leur donnasse ma parole de ne point m'enfuir, ils allaient me lier. Je leur dis qu'ils feraient de moi tout ce qu'ils jugeraient à propos.

Ils avaient bien envie de savoir mon histoire et mes aventures ; mais je leur donnai peu de satisfaction, et tous conclurent que mes malheurs m'avaient troublé l'esprit. Au bout de deux heures, la chaloupe, qui était allée porter de l'eau douce au vaisseau, revint avec ordre de m'amener incessamment à bord. Je me jetai à genoux pour prier qu'on me laissât aller et qu'on voulût bien ne point me ravir ma liberté ; mais ce fut en vain ; je fus lié et mis dans la chaloupe, et, dans cet état, conduit à bord et dans la chambre du capitaine.

Il s'appelait Pedro de Mendez. C'était un homme très généreux et très poli. Il me pria d'abord de lui dire qui j'étais, et ensuite me demanda ce que je voulais boire et manger. Il m'assura que je serais traité comme lui-même, et me dit enfin des choses si obligeantes, que j'étais tout étonné de trouver tant de bonté dans un *yahou*. J'avais néanmoins un air sombre, morne et fâché, et je ne répondis autre chose à toutes ses honnêtetés, sinon que j'avais à manger dans mon canot. Mais il ordonna qu'on me servît un poulet et qu'on me fît boire du vin excellent, et, en attendant, il me fit donner un bon lit dans une chambre fort commode. Lorsque j'y eus été conduit, je ne voulus point me déshabiller, et je me jetai sur le lit dans l'état où j'étais. Au bout d'une demi-heure, tandis que tout l'équipage était à dîner, je m'échappai de ma chambre dans le dessein de me jeter dans la mer et de me sauver à la nage, afin de n'être point obligé de vivre avec des *yahous*. Mais je fus prévenu par un des mariniers, et le capitaine, ayant été informé de ma tentative ordonna de m'enfermer dans ma chambre.

Après le dîner, dom Pedro vint me trouver et voulut savoir quel motif m'avait porté à former l'entreprise d'un homme désespéré. Il m'assura en même temps qu'il n'avait envie que de me faire plaisir, et me parla d'une manière si touchante et si persuasive que je commençai à le regarder comme un animal un peu raisonnable. Je lui racontai en peu de mots l'histoire de mon voyage, la révolte de mon équipage dans un vaisseau dont j'étais capitaine, et la résolution qu'ils avaient prise de me laisser sur un rivage inconnu ; je lui appris que j'avais passé trois ans parmi les Houyhnhnms, qui étaient des chevaux parlants et des animaux raisonnants et raisonnables. Le capitaine prit tout cela pour des visions et des mensonges, ce qui me choqua extrêmement. Je lui dis que j'avais oublié de mentir depuis que j'avais quitté les *yahous* d'Europe ; que chez les Houyhnhnms on ne mentait point, non pas même les enfants et les valets ; qu'au surplus, il croirait ce qu'il lui plairait, mais que j'étais prêt à répondre à toutes les difficultés qu'il pourrait m'opposer, et que je me flattais de lui pouvoir faire connaître la vérité.

Le capitaine, homme sensé, après m'avoir fait plusieurs autres questions pour voir si je ne me couperais pas dans mes discours, et avoir vu que tout ce que je disais était juste, et que toutes les parties de mon histoire se rapportaient les unes aux autres, commença à avoir un peu meilleure opinion de ma sincérité, d'autant plus qu'il m'avoua qu'il s'était autrefois rencontré avec un matelot hollandais, lequel lui avait dit qu'il avait pris terre, avec cinq autres de ses camarades, à une certaine île ou continent au sud de la Nouvelle-Hollande, où ils avaient mouillé pour faire aiguade ; qu'ils avaient aperçu un cheval chassant devant lui un troupeau d'animaux parfaitement ressemblants à ceux que je lui avais décrits, et auxquels je donnais le nom *yahous*, avec plusieurs autres particularités que le capitaine me dit qu'il avait oubliées, et dont il s'était mis alors peu en peine de charger sa mémoire, les regardant comme des mensonges.

Il ajouta que, puisque je faisais profession d'un si grand attachement à la vérité, il voulait que je lui donnasse ma parole d'honneur de rester avec lui pendant tout le voyage, sans songer à attenter sur ma vie ; qu'autrement il m'enfermerait jusqu'à ce qu'il fût arrivé à Lisbonne. Je lui promis ce qu'il exigeait de moi, mais je lui protestai en même temps que je souffrirais plutôt les traitements les plus fâcheux que de consentir jamais à retourner parmi les *yahous* de mon pays.

Il ne se passa rien de remarquable pendant notre voyage. Pour témoigner au capitaine combien j'étais sensible à ses honnêtetés, je m'entretenais quelquefois avec lui par reconnaissance, lorsqu'il me priait instamment de lui parler, et je tâchais alors de lui cacher ma misanthropie et mon aversion pour tout le genre humain. Il m'échappait néanmoins, de temps en temps, quelques traits mordants et satiriques, qu'il prenait en galant homme, et auxquels il ne faisait pas semblant de prendre garde. Mais je passais la plus grande partie du jour seul et isolé dans ma chambre, et je ne voulais parler à aucun de l'équipage. Tel était l'état de mon cerveau, que mon commerce avec les Houyhnhnms avait rempli d'idées sublimes et philosophiques. J'étais dominé par une misanthropie insurmontable ; semblable à ces sombres esprits, à ces farouches solitaires, à ces censeurs méditatifs, qui, sans avoir fréquenté les Houyhnhnms, se piquent de connaître à fond le caractère des hommes et d'avoir un souverain mépris pour l'humanité.

Le capitaine me pressa plusieurs fois de mettre bas mes peaux de lapin, et m'offrit, de me prêter de quoi m'habiller de pied en cap ; mais je le remerciai de ses offres, ayant horreur de mettre sur mon corps ce qui avait été à l'usage d'un *yahou*. Je lui permis seulement de me prêter deux chemises blanches, qui, ayant été bien lavées, pouvaient ne me point souiller. Je les mettais tour à tour, de deux jours l'un, et j'avais soin de les laver moi-même. Nous arrivâmes à Lisbonne, le 5 de novembre 1715. Le capitaine me força alors de prendre des habits, pour empêcher la canaille de nous tuer dans les rues. Il me conduisit à sa maison, et voulut que je demeurasse chez lui pendant mon séjour en cette ville. Je le priai instamment de me loger au quatrième étage, dans un endroit écarté, où je n'eusse commerce avec qui que ce fût. Je lui demandai aussi la grâce de ne dire à personne ce que je lui avais raconté de mon séjour parmi les Houyhnhnms, parce que, si mon histoire était sue, je serais bientôt accablé des visites d'une infinité de curieux, et, ce qu'il y a de pis, je serais peut-être brûlé par l'Inquisition.

Le capitaine, qui n'était point marié, n'avait que trois domestiques, dont l'un, qui m'apportait à manger dans ma chambre, avait de si bonnes manières à mon égard et me paraissait avoir tant de bon sens pour un *yahou*, que sa compagnie ne me déplut point ; il gagna sur moi de me faire mettre de temps en temps la tête à une lucarne pour prendre l'air ; ensuite, il me persuada de descendre à l'étage d'au-dessous et de coucher dans une chambre dont la fenêtre donnait sur la rue. Il me fit regarder par cette fenêtre ; mais au commencement, je retirais ma tête aussitôt que je l'avais avancée : le peuple me blessait la vue. Je m'y accoutumai pourtant peu à peu. Huit jours après, il me fit descendre à un étage encore plus bas ; enfin, il triompha si bien de ma faiblesse, qu'il m'engagea à venir m'asseoir à la porte pour regarder les passants, et ensuite à l'accompagner dans les rues.

Dom Pedro, à qui j'avais expliqué l'état de ma famille et de mes affaires, me dit un jour que j'étais obligé en honneur et en conscience de retourner dans mon pays et de vivre dans ma maison avec ma femme et mes enfants. Il m'avertit en même temps qu'il y avait dans le port un vaisseau prêt à faire voile pour l'Angleterre, et m'assura qu'il me fournirait tout ce qui me serait nécessaire pour mon voyage. Je lui opposai plusieurs raisons qui me détournaient de vouloir jamais aller demeurer dans mon pays, et qui m'avaient fait prendre la résolution de chercher quelque île déserte pour y finir mes jours. Il me répliqua que cette île que je voulais chercher était une chimère, et que je trouverais des hommes partout ; qu'au contraire, lorsque je serais chez moi, j'y serais le maître, et pourrais y être aussi solitaire qu'il me plairait.

Je me rendis à la fin, ne pouvant mieux faire ; j'étais d'ailleurs devenu un peu moins sauvage. Je quittai Lisbonne le 24 novembre, et m'embarquai dans un vaisseau marchand. Dom Pedro m'accompagna jusqu'au port et eut l'honnêteté de me prêter la valeur de vingt livres sterling. Durant ce voyage, je n'eus aucun commerce avec le capitaine ni avec aucun des passagers, et je prétextai une maladie pour pouvoir toujours rester dans ma chambre. Le 5 décembre 1715, nous jetâmes l'ancre sur la côte anglaise, environ sur les neuf heures du matin, et, à trois heures après midi, j'arrivai à Redriff en bonne santé, et me rendis au logis. Ma femme et toute ma famille, en me revoyant, me témoignèrent leur surprise et leur joie ; comme ils m'avaient cru mort, ils s'abandonnèrent à des transports que je ne puis exprimer. Je les embrassai tous assez froidement, à cause de l'idée de *yahou* qui n'était pas encore sortie de mon esprit.

Du premier argent que j'eus, j'achetai deux jeunes chevaux, pour lesquels je fis bâtir une fort belle écurie, et auxquels je donnai un palefrenier du premier mérite, que je fis mon favori et mon confident. L'odeur de l'écurie me charmait, et j'y passais tous les jours quatre heures à parler à mes chers chevaux, qui me rappelaient le souvenir des vertueux Houyhnhnms.

Dans le temps que j'écris cette relation, il y a cinq ans que je suis de retour de mon voyage et que je vis retiré chez moi. La première année, je souffris avec peine la vue de ma femme et de mes enfants, et ne pus presque gagner sur moi de manger avec eux. Mes idées changèrent dans la suite, et aujourd'hui je suis un homme ordinaire, quoique toujours un peu misanthrope.

XII

Invectives de l'auteur contre les voyageurs qui mentent dans leurs relations. Il justifie la sienne. Ce qu'il pense de la conquête qu'on voudrait faire des pays qu'il a découverts.

Je vous ai donné, mon cher lecteur, une histoire complète de mes voyages pendant l'espace de seize ans et sept mois ; et dans cette relation, j'ai moins cherché à être élégant et fleuri qu'à être vrai et sincère. Peut-être que vous prenez pour des contes et des fables tout ce que je vous ai raconté, et que vous n'y trouvez pas la moindre vraisemblance ; mais je ne me suis point appliqué à chercher des tours séduisants pour farder mes récits et vous les rendre croyables. Si vous ne me croyez pas, prenez-vous-en à vous-même de votre incrédulité ; pour moi, qui n'ai aucun génie pour la fiction et qui ai une imagination très froide, j'ai rapporté les faits avec une simplicité qui devrait vous guérir de vos doutes.

Il nous est aisé, à nous autres voyageurs, qui allons dans les pays où presque personne ne va, de faire des descriptions surprenantes de quadrupèdes, de serpents, d'oiseaux et de poissons extraordinaires et rares. Mais à quoi cela sert-il ? Le principal but d'un voyageur qui publie la relation de ses voyages, ne doit-ce pas être de rendre les hommes de son pays meilleurs et plus sages, et de leur proposer des exemples étrangers, soit en bien, soit en mal, pour les exciter à pratiquer la vertu et à fuir le vice ? C'est ce que je me suis proposé dans cet ouvrage, et je crois qu'on doit m'en savoir bon gré.

Je voudrais de tout mon cœur qu'il fût ordonné par une loi, qu'avant qu'aucun voyageur publiât la relation de ses voyages il jurerait et ferait serment, en présence du lord grand chancelier, que tout ce qu'il va faire imprimer est exactement vrai, ou du moins qu'il le croit tel. Le monde ne serait peut-être pas trompé comme il l'est tous les jours. Je donne d'avance mon suffrage pour cette loi, et je consens que mon ouvrage ne soit imprimé qu'après qu'elle aura été dressée.

J'ai parcouru, dans ma jeunesse, un grand nombre de relations avec un plaisir infini ; mais depuis que j'ai vu les choses de mes yeux et par moi-même, je n'ai plus de goût pour cette sorte de lecture ; j'aime mieux lire des romans. Je souhaite que mon lecteur pense comme moi.

Mes amis ayant jugé que la relation que j'ai écrite de mes voyages avait un certain air de vérité qui plairait au public, je me suis livré à leurs conseils, et j'ai consenti à l'impression. Hélas ! j'ai eu bien des malheurs dans ma vie ; je n'ai jamais eu celui d'être enclin au mensonge :

...Nec, si miserum fortuna Sinonem

Finxit, vanum etiam mendacemque improba finget.

(Si le sort a fait de Sinon un malheureux, au moins n'en fera-t-il pas un menteur et un fourbe.)

(Vigile, Énéide, liv. II.)

Je sais qu'il n'y a pas beaucoup d'honneur à publier des voyages ; que cela ne demande ni science ni génie, et qu'il suffit d'avoir une bonne mémoire ou d'avoir tenu un journal exact ; je sais aussi que les faiseurs de relations ressemblent aux faiseurs de dictionnaires, et sont au bout d'un certain temps éclipsés, comme anéantis par une foule d'écrivains postérieurs qui répètent tout ce qu'ils ont dit et y ajoutent des choses nouvelles. Il m'arrivera peut-être la même chose : des voyageurs iront dans les pays où j'ai été, enchériront sur mes descriptions, feront tomber mon livre et peut-être oublier que j'ai jamais écrit. Je regarderais cela comme une vraie mortification si j'écrivais pour la gloire ; mais, comme j'écris pour l'utilité du public, je m'en soucie peu et suis préparé à tout événement.

Je voudrais bien qu'on s'avisât de censurer mon ouvrage ! En vérité, que peut-on dire à un voyageur qui décrit des pays où notre commerce n'est aucunement intéressé, et où il n'y a aucun rapport à nos manufactures ? J'ai écrit sans passion, sans esprit de parti et sans vouloir blesser personne ; j'ai écrit pour une fin très noble, qui est l'instruction générale du genre humain ; j'ai écrit sans aucune vue d'intérêt et de vanité ; en sorte que les observateurs, les examinateurs, les critiques, les flatteurs, les chicaneurs, les timides, les politiques, les petits génies, les patelins, les esprits les plus difficiles et les plus injustes, n'auront rien à me dire et ne trouveront point occasion d'exercer leur odieux talent.

J'avoue qu'on m'a fait entendre que j'aurais dû d'abord, comme bon sujet et bon Anglais, présenter au secrétaire d'État, à mon retour, un mémoire instructif touchant mes découvertes, vu que toutes les terres qu'un sujet découvre appartiennent de droit à la couronne. Mais, en vérité, je doute que la conquête des pays dont il s'agit soit aussi aisée que celle que Fernand Cortez fit autrefois d'une contrée de l'Amérique, où les Espagnols massacrèrent tant de pauvres Indiens nus et sans armes. Premièrement, à l'égard du pays de Lilliput, il est clair que la conquête n'en vaut pas la peine, et que nous n'en retirerions pas de quoi nous rembourser des frais d'une flotte et d'une armée. Je demande s'il y aurait de la prudence à aller attaquer les Brobdingnagniens. Il ferait beau voir une armée anglaise faire une descente en ce pays-là ! Serait-elle fort contente, si on l'envoyait dans une contrée où l'on a toujours une île aérienne sur la tête, toute prête à écraser les rebelles, et à plus forte raison les ennemis du dehors qui voudraient s'emparer de cet empire ? Il est vrai que le pays des Houyhnhnms paraît une conquête assez aisée. Ces peuples ignorent le métier de la guerre ; ils ne savent ce que c'est qu'armes blanches et armes à feu.

Cependant, si j'étais ministre d'État, je ne serais point d'humeur de faire une pareille entreprise. Leur haute prudence et leur parfaite unanimité sont des armes terribles. Imaginez-vous, d'ailleurs, cent mille Houyhnhnms en fureur se jetant sur une armée européenne ! Quel carnage ne feraient-ils pas avec leurs dents, et combien de têtes et d'estomacs ne briseraient-ils pas avec leurs formidables pieds de derrière ? Certes, il n'y a point de Houyhnhnm auquel on ne puisse appliquer ce qu'Horace a dit de l'empereur Auguste :

Recalcitrat undique tutus.*

(Horace, Satires, livre II, sat. 1.)

* ....*Flacci*

Verba per attentam non ibunt Cæsaris aurem :

Cui male si palpere, recalcitrat undique tutus.

(Les vers de Flaccus (Horace) n'iront pas fatiguer l'oreille de César : quand on le caresse maladroitement, il se cabre contre la louange, tant il se tient sur ses gardes.)

Mais, loin de songer à conquérir leur pays, je voudrais plutôt qu'on les engageât à nous envoyer quelques-uns de leur nation pour civiliser la nôtre, c'est-à-dire pour la rendre vertueuse et plus raisonnable.

Une autre raison m'empêche d'opiner pour la conquête de ce pays, et de croire qu'il soit à propos d'augmenter les domaines de Sa Majesté britannique de mes heureuses découvertes : c'est qu'à dire le vrai, la manière dont on prend possession d'un nouveau pays découvert me cause quelques légers scrupules. Par exemple, une troupe de pirates est poussée par la tempête je ne sais où. Un mousse, du haut du perroquet, découvre terre : les voilà aussitôt à cingler de ce côté-là. Ils abordent, ils descendent sur le rivage, ils voient un peuple désarmé qui les reçoit bien ; aussitôt ils donnent un nouveau nom à cette terre et en prennent possession au nom de leur chef. Ils élèvent un monument qui atteste à la postérité cette belle action. Ensuite, ils se mettent à tuer deux ou trois douzaines de ces pauvres Indiens, et ont la bonté d'en épargner une douzaine, qu'ils renvoient à leurs huttes. Voilà proprement l'acte de possession qui commence à fonder le droit divin*.

* *Allusion à la conquête du Mexique par les Espagnols, qui exercèrent des cruautés inouïes à l'égard des naturels du pays.*

On envoie bientôt après d'autres vaisseaux en ce même pays pour exterminer le plus grand nombre des naturels ; on met les chefs à la torture pour les contraindre à livrer leurs trésors ; on exerce par conscience tous les actes les plus barbares et les plus inhumains ; on teint la terre du sang de ses infortunés habitants ; enfin, cette exécrable troupe de bourreaux employée à cette pieuse expédition est une *colonie* envoyée dans un pays barbare et idolâtre pour le civiliser et le convertir.

J'avoue que ce que je dis ici ne regarde point la nation anglaise, qui, dans la fondation des colonies, a toujours fait éclater sa sagesse et sa justice, et qui peut, sur cet article, servir aujourd'hui d'exemple à toute l'Europe. On sait quel est notre zèle pour faire connaître la religion chrétienne dans les pays nouvellement découverts et heureusement envahis ; que, pour y faire pratiquer les lois du christianisme nous avons soin d'y envoyer des pasteurs très pieux et très édifiants, des hommes de bonnes mœurs et de bon exemple, des femmes et des filles irréprochables et d'une vertu très bien éprouvée, de braves officiers, des juges intègres, et surtout des gouverneurs d'une probité reconnue, qui font consister leur bonheur dans celui des habitants du pays, qui n'y exercent aucune tyrannie, qui n'ont ni avarice, ni ambition, ni cupidité, mais seulement beaucoup de zèle pour la gloire et les intérêts du roi leur maître.

Au reste, quel intérêt aurions-nous à vouloir nous emparer des pays dont j'ai fait la description ? Quel avantage retirerions-nous de la peine d'enchaîner et de tuer les naturels ? Il n'y a dans ces pays-là ni mines d'or et d'argent, ni sucre, ni tabac. Ils ne méritent donc pas de devenir l'objet de notre ardeur martiale et de notre zèle religieux, ni que nous leur fassions l'honneur de les conquérir.

Si néanmoins la cour en juge autrement, je déclare que je suis prêt à attester, quand on m'interrogera juridiquement, qu'avant moi nul Européen n'avait mis le pied dans ces mêmes contrées : je prends à témoin les naturels, dont la déposition doit faire foi. Il est vrai qu'on peut chicaner par rapport à ces deux *yahous* dont j'ai parlé, et qui, selon la tradition des Houyhnhnms, parurent autrefois sur une montagne, et sont depuis devenus la tige de tous les *yahous* de ce pays-là. Mais il n'est pas difficile de prouver que ces deux anciens *yahous* étaient natifs d'Angleterre ; certains traits de leurs descendants, certaines inclinations, certaines manières, le font préjuger. Au surplus, je laisse aux docteurs en matière de colonies à discuter cet article, et à examiner s'il ne fonde pas un titre clair et incontestable pour le droit de la Grande-Bretagne.

Après avoir ainsi satisfait à la seule objection qu'on me peut faire au sujet de mes voyages, je prends enfin congé de l'honnête lecteur qui m'a fait l'honneur de vouloir bien voyager avec moi dans ce livre, et je retourne à mon petit jardin de Redriff, pour, m'y livrer, à mes spéculations philosophiques.

Printed by Amazon Italia Logistica S.r.l.
Torrazza Piemonte (TO), Italy

25705773R00126